KB241425

Magic or
Madness 1

Magic or Madness 1

Magic or Madness

매직 오어 매드니스

Madness

1

저스틴 라발레스티어 ♦ 김동찬 옮김

☆ 르드

스코트 웨스터펠드와 사랑하는 두 도시에 바친다.

1

내 이름은 리즌 칸시노

나는 엄마 배 속에서부터 도망치며 살았기 때문에, 그에 관해서는 많은 것을 알고 있다. 너무 단순한 계획은 실패하기 십상이다. 감시를 받고 있다면, 참을성을 가지고 기다려야 한다. 밤이 올 때까지 숨죽이고 있다 창문이나 뒷문, 지붕을 타고 나가는 것이 좋다. 가장 눈에 띄지 않는 경로를 선택해야 한다. 사람들은 위를 쳐다보지 않는다. 더 정교한 계획을 세울 수도 있다. 필요한 물자를 비축하고 도주로를 숙지한다. 위법 행위를 해도, 사람들과 마찰을 일으켜도 안 된다. 추적자의 수를 최소한으로 하는 것이 가장 중요하니까.

☆

리즌 칸시노, 내 이름이다. 우리 엄마는 로직, 래셔널러티, 인텔렉트보다 리즌이 훨씬 예쁘다고 생각했다. 별명도 훨씬 예쁘게 지을 수 있다. 엄마는 여러 가지 별명을 만들어 부르곤 했다.

엄마는 논리와 이성, 그와 관련된 것들을 믿었다. 그리고 수학을 믿었다. 내 이름을 어떻게 지을까, 궁리하고 있을 때 엄마 머릿속에 수학이 떠오르지 않았다는 것이 참으로 다행이다. 열자리 숫자로 시작되는 이름을 가질 수 있었다면 좋았겠지만 '앨저브러(대수)', '트리거나머트리(삼각법)', '캘켤러스(미적분학 혹은 치석)' 하고 사람들이 나를 부른다면, 정말이지 대답할 마음이 나지 않을 것이다.

진짜 내 이름을 알고 있는 사람은 많지 않다. 내가 태어난 병원의 의사와 간호사, 경찰, 사립탐정 정도? 그리고 당연히 그 여자도 알고 있다. 사악한 마녀, 나의 할머니 에스메랄다 칸시노.

배 속에 있을 때부터 우리는 할머니로부터 도망치고 있었다. 내가 열 살이 되었을 때, 한 번 잡힌 적이 있다. 물론 다시 도망쳤지만. 지금 돌아보면 멍청한 생각이지만 그때는 믿었다. 마녀가 우리를 잡았지만 우리는 다시 도망쳤고, 그것으로 이 이야기는 끝났다. 그 여자는 영원히 우리를 찾아내지 못할 것이다, 라고.

틀렸다.

사라피나가 언제나 하는 말, "최선의 상황을 기대해라, 하지만 최악의 상황에 대비해라."

시작은 괜찮았다. 하지만 끝은 개똥이다. 나는 지금까지 마녀에게 잡혔을 때를 대비해 왔다. 사라피나는 모든 것을 가르쳤다. 마녀에게 말해야 할 것, 말하지 말아야 할 것 그리고 에스메랄다가 살고 있는 집의 도면과 세세한 부분까지 내 머릿속에 새겨 주었다. (언제인가 내가 "만약에 이사를 했으면?" 하고 물었더니 사라피나는 "그럴 수 없어."라고 대답했다.)

예기치 못한 상황이 발생해 서로 헤어지게 되었을 때, 어떻게 하면 서로 연락할 수 있는지도 배웠다. 이 모든 것을 사라피나가 가르쳐 준 것이다.

그럼에도 나는 아직도 믿을 수 없다. 또다시 붙들리다니! 도주와 탈주는 사라피나와 내가 평생 즐기던 도박 혹은 놀이 같은 것이다.

나는 우리 삶을 사랑했다. 해질 무렵 브롤가 황새가 날아오르면 하얀 깃털이 석양을 받아 분홍, 자주, 주황으로 물들고, 늪의 수면에 커다란 잔물결이 일어 흘러가고, 수련 잎이 흔들리고, 개구리가 연 잎 위를 뛰어다니고, 게으름 피우던 악어가 눈 깜빡할 사이 물속으로 들어간다.

우기를 알리는 비가 내리면 가뭄의 짙은 먼지가 씻겨, 공기처럼 깨끗한 오리너구리가 아직 얼음장처럼 차가운 새벽녘의 물속으로, 천천히 그리고 편안히 헤엄쳐 간다. 물가에 앉아 있으면 얼굴에 황금빛 가는 실들이 흔들린다.

영화 한 편 본 적이 없고, 대형 매장에 간 적이 없고, 리모컨을 잡아 본 적이 없다. 어디서든 다섯 달 이상 살지 않았으며, 인구 천 명이 넘는 곳에서도 살아 본 적이 없다. 친구도 없다. 전화번호를 외울 필요도 없다. 전화를 가져 본 적도 없고, 전화를 걸 데도 없으니까.

일상의 사소한 사건은 사라피나의 손이 닿으면 놀이와 수업이 되었다. 일상의 세계가 전혀 다른 세계로 변하는 것이다. 학교에서 두 달 동안 배우는 것보다 사라피나와 한 시간을 함께할 때 배우는 것이 더 많았다. 사라피나는 뭐든 재미있게 만들었고, 뭐든 신기하게 만들었다.

떠나야 할 때면 (다 팽개치고 허둥지둥 야밤에 도주하지 않는 한) 우리는 지도 위에 동전을 던지거나 이름이 마음에 드는 마을을(와네루, 보롤룰라, 질크밍건 같은) 고르거나 페시편처럼 마을 이름이 아홉 글자로 된 곳을 고르거나(나는 숫자 9를 좋아한다) 아니면 마을 이름의 글자 수가 소수인 곳을 찾는다(워호프 같은 곳). 혹은 우리가 있는 곳에서 45도에 위치한 마을을 고른다. 그렇게 우리가 살 마을을 정했다.

한번은 직선으로 걸어간 적도 있다. 우리가 똑바로 가고 있는지 나침반과 별을 확인하며 걸었다. 덤불 속, 범람하는 개천, 깎아지른 협곡을 건너, 결국 우리는 한 마을에 도착했다. 이전 마을과 직선상에 마을이 있다는 것은 재미있는 일이었다. 아주 작은 마을이라 지도에도 없었다. 그곳에서 우리는 넉 달을 살았지만 평생이라도 산 것 같았다!

사라피나는 읽는 법과 달리는 법, 숨는 법, 숫자들의 음악, 하늘의 별들과 패턴, 꽃의 나선들, 흰개미 둔덕, 과일, 관목,

풀, 나무에 대해 가르쳐 주었다.

우리는 부싯돌로 불을 피우는 법을 익혔다. 하지만 돋보기를 이용하는 것이 더 낫다. 하루 종일 걷는 데 물이 얼마나 필요한지(우리 둘이 최대한 지고 갈 수 있는 만큼보다 조금 더 필요하다), 언제 차를 타야 하는지, 얼마나 아파야 병원에 갈 만큼 아픈 것인지(뼈가 부러지거나 고열이 있거나 멈추지 않는 구토가 있을 때이다), 식당에서의 시비가 주먹다짐으로 이어질지 아닐지, 몸싸움으로 이어진다면 언제 식당을 떠나야 하는지, 언제 걷고 언제 차를 얻어 타야 하는지, 언제 수련 뿌리를 수확하는지, 언제 위체티 벌레를 먹을 수 있는지, 언제 꿀을 딸 수 있는지 우리는 알게 되었다.

그것이 우리가 함께한 삶이었다. 내가 열여덟이 되어 에스메랄다의 양육권에서 벗어나기만 한다면, 우리는 더 멀리 여행할 수 있을 것이다. (우리는 온 세상을 돌아다니려고 했다.) 북쪽으로 방향을 잡아 마주치는 세계를 탐험하며 계속 진행할 수 있었을 것이다. 남은 평생을, 오스트레일리아에서 그랬던 것처럼 말이다.

마녀의 집에서 인생을 좀 치다니, 어디 말이나 되는 소리인가! 사라피나와 헤어지고 도시에서 말이다. 하지만 일이 뜻

대로 되지 않았다. 나는 지금 난생처음 비행기를 타고, 그
여자에게로 가고 있다.

2

그 여자, 마녀

여자는 까만 뾰족구두를 신고 있었다. 구두코가 창끝처럼
뾰족하다. 좌석 밑이 어두웠음에도 구두가 너무 반짝거려
똑똑히 볼 수 있었다. 마치 유리로 만든 구두 같다 할까.

"여행은 어땠니?"

에스메랄다가 다시 물었다.

"승무원들은 친절하던?"

나는 그 여자를 보지 않으려고 작정하고 문에 바짝 붙어 앉
아, 볕이 드는 유리창으로 고개를 돌리고 있었다.

"배고프니? 짧은 비행이라 음식이 변변치 않았을 거야."

굶어 죽기 일보 직전, 하지만 이 여자에게는 절대 말하지 않을 것이다. 한마디도 하지 않을 것이다. 마녀가 구두로 내 엉덩이를 걷어찬다 해도.

주머니에 손을 넣어 암모나이트를 손에 쥐었다. 사라피나가 준 것이다. 엄지로 나선을 더듬었다. 암모나이트를 쥐고 있으면 언제나 용기가 솟는다. 행운의 암모나이트.

"케이크 좋아하니? 아이스크림은? 집에 많이 있단다. 오후에 차나 같이 할까? 너도 좋아할 것 같은데."

이 여자의 손이 닿은 음식은 어떤 것도 먹지 않겠다고 속으로 다짐하고 있었다. 초콜릿이라 해도. 다리 사이에 내려놓은 배낭 속에 얼마간의 식량이 들어 있다. 이 여자가 없는 데서 먹을 것이다.

이렇게 가까이 앉아 있는 것이 무서울 지경이다. 공항에서 마녀가 갑자기 나를 껴안았다. 피할 틈도 없었다. 화장품 냄새와 향수 냄새가 코를 쥐어뜯었다. 냄새 고약한 여자다. 택시 안은 땀내와 기름 냄새 그리고 찌든 담배 냄새만 난다. (운전사가 담배를 피워도 되겠느냐고 묻자 에스메랄다가 안 된다고 했다.)

여자가 뚫어지게 바라보고 있는 것을 느낄 수 있다. 내가 고개를 돌려 자기를 쳐다보게 하려는 것이다. 성공할 리 없지. 나는 이 여자에 대해 너무 많이 알고 있다. 걱정 가득한 목소리로 여러 가지를 묻고 있지만 절대 속지 않는다.

"뭐 다른 것이 필요하면 가는 길에 차를 세워도 돼. 원하는 건 뭐든지 해줄게, 리즌."

나는 속으로 말했다.

'사라피나가 예전의 엄마로 돌아갔으면 좋겠어. 당신이랑 이 택시 안에 있기도 싫어. 그래도 함께 있어야 한다면, 제발 입 좀 닥치고 있었으면 좋겠어.'

화가 치밀었다. 하지만 자제력을 잃으면 안 된다. 태양이 빛나고 있고, 하늘은(건물 사이로 드러난 작은 조각이지만) 푸르디푸른 색을 띠고 있었어도 창밖의 풍경은 험상궂었다.

공항에서부터 여기까지 나무 한 그루 보지 못했다. 푸른 생명들 대신, 이곳은 유리와 시멘트로 덮여 있다. 커다란 광고판들은 한 번도 보지 못한 수많은 물건들을 자랑했다. 베란다도 없는 우중충한 회색, 지저분한 갈색 고층건물에는 사람이 살고 있다는 기척조차 없었다. 나는 시드니가 얼마나 흉측한지 잊고 있었다.

승용차와 트럭들이 길을 가득 메우고 멈춰 서 있었다. 밝

은 초록색과 노란색이 섞인 딱 붙는 반바지를 입은 사람
이 자전거를 타고 우리에게로 달려들었다 순식간에 멀어
졌다. 10분 전에 공항을 출발했지만 그다지 멀리 오지 못
한 것 같다.

이렇게 많은 차들이 있다니! 열 살 때 처음 이 여자에게 잡
혔을 때, 그때도 이렇게 많은 차들이 있었을까, 기억이 나지
않는다. 게다가 오늘은 일요일이지 않은가, 출근이라도 하
듯 모두 어디로 몰려가고 있는 것일까?

"필요한 것이 없다면 쇼핑이나 갈까? 더보보다 훨씬 좋은
상점들이 많단다. 함께 가자꾸나."

나는 뒷이야기는 듣지 않았다. 걱정하는 척, 여자의 쉰 목소
리를 듣는 것도, 같은 질문을 반복해 듣는 것도 괴로웠다.
사라피나 목소리와 비슷하기는 했지만 여자가 떠드는 소리
를 계속 듣고 있다가는 비명이라도 지를 것만 같았다.

눈을 감았다. 그리고 조용히 피보나치수열로 달려들었다.
소수 찾기와 인수분해 정도로는 진정할 수 없다. 암모나이
트를 만지작거렸다. 암모나이트는 수백만 년 전에 살았던
조개의 화석이다.

나는 피보나치수열을 가장 좋아한다. 피보나치수열은 끝없

는 여행을 보여 주는 것 같다. 그것은 실제로 무한히 계속되는 특별한 숫자들의 집합으로 우리가 원하는 만큼, 할 수 있는 만큼 키워 나갈 수 있다. 피보나치수열은 거짓말이 거짓말을 부르고, 나중에는 감당할 수 없이 커지는 것처럼 점점 커진다. 우리가 지쳐 떨어질 때까지.

피보나치수열의 규칙은 단순하다. 마지막 두 숫자의 합이 다음 수가 된다. 시작은 0과 1. 두 숫자를 더하면 1이다. 다음 마지막 두 숫자, 1과 1을 더해 2. 이렇게 계속되는 것이다. 수열의 모든 숫자는 앞, 두 수의 합과 같다. 피보나치수열을 나열해 보면 0, 1, 1, 2, 3, 5, 8, 13, 21, 34, 55, 89, 144……

사라피나와 나는 얼마나 떨어져 있는 것일까? 사라피나는 어젯밤에 시드니의 '특수' 병원에 입원했다. (정신병원이라고 해야 할까.) 캐들러 파크라는 곳이다. 의사 말로는, 자기들이 사라피나를 더 잘 보살필 수 있다고 한다. 무슨 뜻일까? 약을 못하게 해서 지쳐 떨어지게 한다는 뜻일까? 아니면 더 많은 약을 쓴다는 뜻일까?

차들이 천천히 움직이기 시작했다. 드문드문 풀들이 보인다. 공원에는 나무보다 풀이 더 많고, 벽돌로 쌓은 커다란 굴뚝 위에 비둘기가 가득 앉아 있다. 날아다니는 쥐 떼, 사라피나는 비둘기를 그렇게 불렀다. 사라피나가 말하기를, 도시에는 비둘기가 많은데 우리가 사는 곳의 비둘기보다 훨씬 허약하다고 했다. 지금까지 여기에서 내가 본 유일한 새다. 당연하다.

"집에 거의 다 왔단다."

다리를 바꿔 꼬며 마녀가 말했다.

"여기가 뉴타운이야."

소름이 돋았다. 사라피나는 마녀의 집에서 무슨 일이 일어나는지 자세히 이야기해 주었다. 자살을 시도하기 몇 주 전부터 유난히 마녀 이야기를 많이 했다. 마녀의 집이 어떻게 생겼는지, 차근차근 다시 새겨 주었다. 그 여자는 마녀였고, 지금도 여전히 마녀라는 사실을 강조했다. 나는 에스메랄다 발치께를 바라보았다.

사라피나가 모든 일을 예측할 수 없다는 것을 염두에 두어야 했고, 사라피나가 자살을 시도하기 전에 도움을 받아야 했다. 나는 에스메랄다가 우리를 찾아낼까 봐 두려웠다. 여자의 뾰족한 발끝을 흘긋 보았다. 이제는 너무 늦었다.

사라피나가 있는 병원, 캐들러 파크가 그 이름에 걸맞은 곳이었으면 좋겠다. 나무도 풀도 하늘도 없이 콘크리트 벽 속에 가두어 둔다면 사라피나는 견디지 못할 것이다. 사라피나는 병원을 싫어했다. 게다기 이번 경우는 훨씬 좋지 않다. 정신병원이라니!

어제저녁 구급대원들이 내 앞을 가로막고 사라피나를 만나지 못하게 했다. 그리고 오늘 아침 사라피나를 이곳 시드니로 옮겼다. 다만 인사라도 하고, 비행기가 그렇게 나쁘지는 않을 것이라고 말해 주고 싶었을 뿐인데.

우리 둘 다 비행기를 타 본 적이 없었다. 사라피나가 비행기를 싫어할까 봐 걱정이 많이 되었다. 어떤 간호사가 말했다. 통계적으로 비행기 사고로 죽는 것보다 자동차 사고로 죽을 확률이 훨씬 높다고. 그것은 사람들이 비행기보다 자동차를 더 많이 타기 때문이라고 대꾸해 주었다. 간호사가 지지 않고 다시 말했다.

"그렇더라도 비행기가 더 안전해. 비행을 끝내고 돌아올 때마다 점검하거든. 그리고 자동차보다 훨씬 많이 실을 수 있어."

나는 사라피나와 이야기하고 싶다.

"네 엄마가 있는 병원은 우리 집에서 아주 가까운 데에 있어. 원한다면 언제든지 가볼 수 있을 거야."

바보 같은 소리! 내가 병원에서 살지 않는 한 원하는 만큼 사라피나를 볼 수 없을 것이다. 우리는 좁고 복잡한 거리로 들어섰다. 칙칙한 회색 보도에는 사람들이 복작대고, 차도에는 차들이 빽빽이 들어서 있었다. 집은 없고 상점들만 빼곡히 들어앉아 있었다. 티셔츠, 골동품, 책, 단추, 타일, 옷, 컴퓨터, 모자, 가방을 팔고 있었다.

신호등도 많았는데, 우리는 매번 빨간불에 걸렸다. 더보에는 신호등이 이렇게 많지 않았다. 의식을 잃은 사라피나와 함께 구급차를 타고 네버타이어에서 더보까지 달렸다. 나는 뒷자리에 사라피나와 같이 있으려고 했지만 구급대원들이 허락하지 않았다. 구급차는 신호등을 무시하고 달렸다. 그것이 금요일, 이틀 전이었다. 그때까지 아무에게도 우리 진짜 이름을 알리지 않았는데, 에스메랄다는 우리를 찾아냈다. 그리고 나를 시드니로 배달시켰다. 나는 울지 않으려고 눈을 가늘게 떴다. 다시 피보나치수열을 이어 갔다. 하지만 오늘따라 잘 진행되지 않았다.

3

마녀의 집

상상도 못할 만큼 으리으리 큰 집이었다. 앞마당 너머로 작은 거리가 어렴풋이 보이고, 주변 다른 집들은 오두막처럼 초라했다. 나는 배낭을 가슴에 꼭 안고 발코니 철제 난간을 바라보았다. 문 앞에 서서 발걸음을 옮기지 못했다. 마녀의 집은 사라피나가 말했던 것보다 훨씬 컸다. 나는 지하실만큼은 생각하지 않으려고 애썼다.

'피보나치…… 다음이 뭐였지?'

Fib(47)은 2,971,215,073(소수다). Fib(46)과 더하면 Fib(48)은 4,807,526,976.

햇빛에 번뜩이는 에스메랄다의 구두를 따라 안으로 들어갔다. 철문을 지나자 타일이 깔린 짧은 통로가 나왔다. 한쪽에는 장미 넝쿨이 웅크리고 있고, 다른 한쪽에는 야생 제비꽃이 엉켜 있다. 현관 앞에는 밤색, 검은색, 흰색 타일이 팔각형과 일곱 꼭지의 별을 그리고 있고, 발판에는 '어서 오십시오!' 라고 적혀 있었다. 육중한 나무 문이 열리며 괴물이 울부짖는 소리가 났다. 놀라 뒤로 자빠질 뻔했다.

"조만간 기름칠을 할 거야."

에스메랄다가 말했다.

곁눈질로 주변을 샅샅이 살폈다. 집 안은 대낮같이 환했다. 지금까지 어둡고 습하고, 피 냄새, 뼈 냄새가 나는 집을 상상했는데. 하지만 집 안은 신선한 꽃 향기와 책 냄새, 나무 냄새가 났다.

나는 넓고도 긴 복도에 서 있었다. 붉은빛 도는 갈색 목재가 바닥에 깔려 있다. 에스메랄다의 구두만큼 반짝인다. 바닥을 내려다보니 내 모습이 흐릿하게 비쳤다. 천장은 기괴하게 높았다. 이 여자가 어떻게 전구를 바꿔 끼우는지 궁금했다. 복도 끝에 있는 것이 주방인 모양이다. 바닥이 밝게 빛나고 있었다. 하나같이 밝고 깨끗했다. 에스메랄다가 돌아

섰다. 나는 얼른 눈을 내리깔았다.

"뭣 좀 먹으련? 아니면 네 방을 보러 갈까? 가구를 한 벌로 맞추었는데……."

'Fib(49) 7,778,742,049.'

"그러니까 네 침실 말이다."

에스메랄다의 목소리는 한숨처럼 들렸다.

에스메랄다가 방을 나가자마자, 나는 문고리 밑에 의자를 받쳐 놓았다. 몰려오는 피로에 쓰러질 것 같았지만 혼자 남게 된 것이 기뻤다. 시련이다. 지금까지는 그 여자와 한마디도 하지 않았다. 나는 침대에 걸터앉았다. 믿기 어려웠다. 나는 에스메랄다의 집에 있고, 사라피나는 정신병원에 있다니. 사라피나가 열두 살 때 도망친 집에 내가 있다.

나는 평생 동안 이 집 이야기를 듣고 자랐다. 하지만 내가 기대했던 그 집이 아니었다. 깨끗하고 상쾌한 마녀의 집이라? 게다가 바람 잘 드는 침실까지……. 나는 주의 깊게 주변을 둘러보았다. 이것이 내 방이라고 했다.

장식 하나 없이 깔끔했다. 벽에 그림도 없고, 바닥에 양탄자도 없고. 창문에는 새하얀 차양이 너울거렸다. 방바닥은 아래층만큼이나 반짝거렸다. 침대 옆에 작은 탁자도 있다. 책상뿐 아니라 책이 가득 꽂힌 서가도 있다. 안락의자와 텔레비전이 놓여 있는 장식장도 있다.

텔레비전을 켜고 싶은 충동이 일었다. 내가 언제 텔레비전을 보았더라. 사라피나와 식당에 들렀을 때 잠깐씩 경마나 크리켓 게임, 축구를 보았을 뿐, 5분 이상 텔레비전 앞에 서 있던 적이 없었다. 사라피나는 텔레비전 따위 쓸데없는 것이라고 했다.

방은 넓었다. 커다란 유리문 두 개가 발코니로 열려 있다. 넓은 발코니가 집 정면을 가로지르고 있다. 나는 현란한 문양의 철제 난간에 기대었다. 거리 이쪽저쪽을 살펴보았다. 마녀 집만큼 큰 집은 주변에 없었다. 작지만 집들마다 발코니가 있다. 여기에서 거리로 뛰어내리는 것은 상당히 수월해 보였다. 한 쌍의 남녀가 유모차를 끌고 지나가고 있다. 그중 하나가 나를 보고 손을 흔들었다. 나도 손을 흔들었다. '흠, 이곳은 사람들 시선을 너무 쉽게 끌겠군.'

다른 탈출로를 찾아야 한다.

발코니를 따라 걸었다. 유리문이 있었다. 흘긋 보니 내 방과 구조가 같다. 가구 몇 개 없는 것만 다를 뿐. 침대에는 침대

보 없이 매트리스만 놓여 있었다. 또 다른 손님 방일 것이다. 그때 문득 생각이 들었다. 혹시 나처럼 또 다른 수감자를 기다리는 것인가? 다른 누군가도 에스메랄다의 그물에 걸린 것인가?

침실로 돌아와 정찰을 계속했다. 문이 두 개 더 있다. 하나는 무지 큰 옷방으로 통한다. 안으로 들어가서 활개를 쫙 펴고 빙글 돌아보았다. 어디에도 걸리지 않았다. 지금까지 머문 어떤 방보다 이 옷방이 더 컸다. 어떻게 한 사람이 이렇게 넓은 공간을 차지하고 쓸 수 있을까? 두 번째 문을 열자, 하얀 타일에서 섬광이 일었다. 눈을 뜨고 있기 힘들었다.

"염병!"

세상에서 가장 큰 목욕탕이 아닐까. 욕조가, 거대한 욕조가 하나 있었는데, 물놀이라도 할 수 있겠다. 천창을 통해 들어온 햇빛에 하얀 타일이 눈부시게 빛나고 있었다. 창문은 없다. 막다른 길이다.

혼자서 발코니와 욕실을 쓰다니. 게다가 사악한 할머니 집에서 이 모든 것을 얻었다니. 하지만 10억 분의 1초 동안 사라피나와 함께 있을 수 있다면, 지금 내가 얻은 모든 것과 기꺼이 바꾸겠다.

옷 방 탁자 위 그리고 욕실에 신선한 라벤더가 꽂혀 있다. 향기에 긴장이 풀린다. 긴장이 너무 풀린다. 사라피나는 내게 화학도 가르쳐 주었다. 당연히 풀과 꽃의 효능에 대해서도 가르쳐 주었다. 라벤더는 신경을 안정시키고, 망각을 유도한다. 줄기, 꽃, 이파리를 갈가리 찢어서 변기에 넣고 물을 내렸다. 그리고 손을 씻었다.

푸른색과 흰색의 면 잠옷이 침대 위에 깔끔하게 개켜 있다. 가운과 실내화와 잘 어울렸다. 우아하고 세련된 것이 마음에 들었다.

잠옷과 가운 구석구석 냄새를 맡아 보았다. 무슨 향인지 정확히 알 수는 없었다. 제법 좋은 냄새가 났다. 눈이 아프지도 않았다. 나중에 후회하는 것보다 처음부터 조심하는 것이 좋다. 그래서 잠옷과 가운을 욕조에 집어넣고 뜨거운 물을 틀었다. 펄펄 끓는 물이 콸콸 쏟아졌다. 아주 좋다. 기름이나 향은 열을 가하면 쉽게 지울 수 있다. 한여름이니까 충분히 말릴 수 있다.

그다음 매트리스에서 침대보를 벗겨 벽에 기대어 세워 놓았다. 나는 땀을 뻘뻘 흘렸다. 완전히 지쳐 버렸다. 이상한 물건은 하나도 발견할 수 없었다. 뼈도 이빨도 부적이나 작은 인형도 없다.

물론 그런 물건들이 진짜 마력을 가지고 있다고 생각하는 것은 아니다. 하지만 에스메랄다는 믿고 있으니까, 만약 자신이 몰래 넣어 둔 부작(부적은 종이에 그린 십자가처럼 기호가 가진 주술을 불러오는 것이고, 부작은 호랑이 이빨, 조각상 등 기호가 아닌 사물로 주술을 불러오는 것이다. :역주)이 사라진 것을 보면 당황할 것이다. 사라피나에게서 어떻게 기선을 제압하는지도 배웠다. 더구나 그런 물건들은 괜히 오싹한 데가 있으니까. 매트리스를 다시 침대 위에 올려놓고 침대를 정리했다.

이 방에는 정말이지 엄청나게 많은 책들이 있었다. 지금까지 가보았던 지방 도서관보다 훨씬 많았다. 저 많은 책들을 한 장 한 장 넘겨 보며 마른 풀이나 꽃이 들어 있는지 살필 생각을 하니, 갑자기 피로가 몰려왔다. 밤잠을 편안하게 잔 지도 오래되었다.

침대에 걸터앉아 서가를 바라보았다. 오래전부터 읽고 싶었던 책들이 모두 있었다. 《마법과자》, 《오즈의 마법사》, 《어스시의 마법사》, 《나르군과 별들》, 《호빗》……. 밝은 색 표지의 요정 이야기책들도 있었고, 마법과 관련된 거의 모든 책이 있었다.

사라피나는 아마 이 서가를 싫어할 것이다. 사라피나는 다른 엄마들과 다르다. 사라피나가 미쳐 자살을 시도했기 때문이 아니다. 사라피나는 쓸데없는 책은 보지도 못하게 했다. 그리고 다른 엄마들은 사라피나와 달리 웃기지도 않고, 재미있지도 않다. 다른 엄마들은 비밀의 숫자를 가르쳐 주지도 않을 뿐더러 함께 산책을 하지도 않는다. 사라피나가 보고 싶다.

나는 다시 침대에 누워 하얀 천장을 바라보았다. 내가 이 집에 있다는 것이 믿어지지 않았다. 사라피나가 예전에 이 집과 에스메랄다에 관해 했던 이야기들이 하나하나 되살아난다.

에스메랄다는 마법을 믿는다. 에스메랄다는 스스로 마녀라 생각하고, 지하실에서 무서운 일들을 저지른다. 사라피나는 에스메랄다와 함께 살며 마법을 혐오하게 되었고, 요정 이야기, 버닙, 호빗, 해리 포터, 이 모든 것을 혐오하게 되었다. 무엇보다 사라피나는 에스메랄다를 증오했다.

에스메랄다는 몇 년 동안 사라피나를 침실에 가두어 두었다. 마법이 실제로 있다는 것을 믿기 전에는 문을 열어 주지 않겠다고 했다. 사라피나는 마법을 믿게 되었다고 거짓말을 하고 침실을 나와 곧장 도망쳤다.

에스메랄다의 집에서는 시계 반대 방향으로 움직여야 한다. 오른쪽으로 회전하는 마법의 힘을 붙들기 위해서이다. 마법의 힘에 간섭을 일으키기 때문에 그 집에는 전기도 들어오지 않는다고 했다. 여름에 냉방을 하지도 않고, 겨울에 난방을 하지도 않는다. 전화, 텔레비전, 라디오도 없다.

에스메랄다는 모든 남자들과 잠자리를 했다. 남자들의 생명력을 훔쳐 내기 위해서란다. 그중 몇몇은 죽었다고 한다. 그 여자는 쥐, 기니피그, 고양이, 개, 염소를 죽여 의식을 치른다고 했다. 가난한 집에서 아기들을 사다 요리해 먹는다고 했다. 여기까지 생각하자 갑자기 몸이 아팠다.

울지 않으려고 눈을 감았다. 사라피나가 보고 싶다. 사라피나가 곁에 없는 것이 나를 가장 힘들게 한다. 서가에 꽂힌 책을 읽고 싶어 하는 것마저도 사라피나를 배반하는 느낌이었다. 이 집에는 전기가 들어오고 있다. 분명히 사라피나가 도망가고 나서 공사를 했을 것이다. 전등을 끄고 켤 때마다 나는 죄책감이 들었다.

책, 예쁜 방, 발코니, 욕실, 텔레비전, 예쁜 잠옷과 실내화,

전기……. 물론 여기에 많은 뇌물과 속임수가 있다는 것을 알고 있다. 에스메랄다는 내가 사라피나에게 등을 돌리고 마법을 믿게 하려는 것이다. 문 두드리는 소리가 났다.

"리즌?"

순간 나는 사라피나가 문 밖에 서 있다고 생각했다. 에스메랄다 목소리가 들릴 때마다 매번 놀란다. 사라피나 목소리와 얼마나 비슷한지.

"지금 대형 매장에 가려고 해. 혹시 필요한 것은 없니? 뭘 좀 먹어야 하지 않겠어?"

나는 아무 말도 하지 않았다. 마녀의 음식에 손댈 수는 없다. 첫째, 구역질나는 재료로 만들었을 것이다. 에스메랄다는 달팽이, 개구리, 간, 뇌, 뭐 그런 것들을 먹을 테니까. 둘째, 옛날에도 에스메랄다는 사라피나의 음식에 진정제를 탔다.

나는 잔뜩 긴장해 우두커니 서 있었다.

더보 병원의 매점에서 바이올렛 크럼블, 마르스 바, 소시지 롤 네 개를 샀다. 다 식어 빠졌겠지만 나는 소시지 롤을 제일 좋아한다. 적어도 이틀 동안은 내 식량으로 버틸 수 있을 것이다. 그 이상 이 집에 머무를 생각도 없으니까, 이집에서 아무것도 먹지 않을 수 있다.

나무 계단을 내려가는 소리가 들리고, 괴물이 울부짖는 것 같은 현관문 열리는 소리가 들렸다. 사람의 비명 소리 같기도 하다. 나는 살금살금 기어서 발코니로 나갔다. 철제 난간 뒤에 숨어서 에스메랄다가 거리를 걸어 내려가는 것을 보았다. 그녀의 모습이 시야에서 완전히 사라질 때까지 기다렸다.

시계를 보았다. 4시 35분. 20분 동안 최대한 조용하게, 최대한 꼼꼼하게 집 안을 살펴봐야겠다. 지금부터 탈출 훈련이 시작되는 것이다.

마녀의 방

나는 지금 계단 꼭대기에 발끝으로 서 있다. 지금부터 탈출
로를 확인한다. 이 집의 도면은 옛날부터 머릿속에 새겨져
있었다. 밖으로 나갈 수 있는 길은 두 개. 하나, 에스메랄다
침실의 발코니. 둘, 부엌. 이제 그곳을 점검하려고 한다. 발
코니에서 무화과나무를 타고 마당까지 내려설 수 있는지,
거기에서 눈에 띄지 않게 도망칠 수 있는지를 확인한다. 열
여덟 해 전에 사라피나가 그랬듯이.

나만한 탈주 전문가도 드물다. 사실, 굳이 탈출로 따위를 확
인할 필요도 없다. 솔직히 말하면 이 집을 샅샅이 뒤지고 싶

은 것이다. 이 집의 모든 비밀을 알아내고 싶다. 사라피나는 항상 이렇게 말했다.

"호기심을 갖고 질문하고 탐험하라!"

또한 머릿속의 도면과 집을 비교하고, 사라피나가 무서운 일이 벌어졌다고 했던 그곳에 가보고 싶다. 에스메랄다의 방과 그 여자가 무슨 옷을 입는지, 침대 옆에 무엇을 놓아두는지, 옷방 서랍 속에 어떤 비밀이 있는지 알고 싶다.

뭐 사실, 에스메랄다를 골탕 먹이고 싶은 마음이 없는 것도 아니다. 그 여자는 부작이나 뼛조각을 진심으로 믿고 있으니까. 마법을 믿는 것의 불리함이라고 할까? 맞불을 놓을 작정이다. 나야 물론 그런 헛소리를 믿는 것도 아니고, 마법에 사용하는 물건들은 그저 그럴듯한 장난감이라고 생각하지만 에스메랄다는 교황이 신을 믿듯 마법을 믿고 있으니까, 에스메랄다의 정신을 쏙 빼놓을 수 있다. 사라피나는 정말 훌륭하게 나를 교육했다. 나는 어떤 상황에서도 적절하게 대처할 수 있으니까.

다른 어떤 것보다—생각만 해도 등골이 오싹하지만—무시무시한 이야기가 얽혀 있는 지하실은 꼭 가볼 생각이다. 쥐 새끼 한 마리라도 죽일 수 있는 것은 마법이 아니라 칼이다.

사라피나는 또 다른 것도 가르쳐 주었다. 불타는 호기심이라도 참아야 할 때가 있다는 것을. 무절제한 호기심은 우리를 궁지에 빠뜨릴 수 있으니까. 지하실이 딱 그런 경우라 할 수 있겠다. 하지만 어떻게 저항할 수 있단 말인가? 무시무시한 지하실 이야기를 평생 동안 들었는데 말이다.

또 나는 이 집을 잘 아는 것도 아니다. 도면이 아무리 정확하다 할지라도—사라피나의 가르침은 언제나 정확하다는 것을 의심할 수 없지만—진짜 집과 비교할 수는 없다. 긴 복도, 방, 계단, 모든 것이 머릿속에 있는 것과 똑같았다. 마음이 한결 편해졌다.

하지만 이 집은 생각했던 것보다 훨씬 크다. 아무래도 사라피나가 집의 규모에 대해서는 실감나게 설명하지 못했나 보다. 아니면 내가 이렇게 넓은 집이 있으리라곤 상상할 수 없었거나. 내가 아는 가장 큰 집은 식당이 딸린 여관이다. 위층에 좁은 방이 들어차 있고—단 한 번도 깨끗하게 정리된 것을 못 보았다. 아래층에 있는 넓은 선술집에는 담배 연기가 자욱하고 김빠진 맥주 냄새가 고약했다. 나는 언제나 카라반 주차장에 있는 것을 더 좋아했다. 가끔은 선술집에서 멋진 사람들을 만날 수 있었다.

마룻장이 삐걱거리지 않도록 살금살금 걸어 복도를 지났다. 그리고 에스메랄다 침실의 문을 열었다. 그 여자가 나에게 준 방보다 두 배는 넓었다. 그리고 엄청나게 어수선했다. 방 안에 발을 들여놓자 숨이 턱 막히었다. 머리 위로 뭔가가 떨어질 것만 같았다. 벽에는 1밀리미터의 빈틈도 없이 그림과 사진이 빼곡하게 들어차 있었다. 한 발만 쿵 하고 내디뎌도 우수수 떨어질 것이다.

삼백예순다섯 장이다. 언제나 그렇듯이 머릿속에서 숫자가 솟아오른다. 수를 세는 것은 내게 숨 쉬는 것과 같다. 엄밀히 말하면 나는 수를 세는 것이 아니다. 숫자 먼저 그리고 사물을 인식한다. 12라는 숫자가 머릿속에 먼저 울리고, 그 다음 나는 바구니 속의 바나나, 벽에 붙은 달팽이, 다리를 기어오르는 개미가 눈에 들어온다.

바닥은 벽만큼이나 난장판이었다. 구두와 신문, 잡지, 책, 일회용 커피 잔이 흩어져 있고, 뭔지 알 수 없는 물건들이 잔뜩 널려 있다. 제겨디디지 않고는 한발 내디딜 수도 없었다. 바닥의 물건들은 층층이 쌓여 있어 정확히 숫자를 셀 수도 없었다. 유리 항아리에 사탕이 담긴 것처럼 일정한 입방체 안에 있지 않는 한, 나는 눈에 보이는 것을 하나하나 세야 한다.

벽에 붙어 있는 사진과 그림들을 찬찬히 살펴 나갔다. 사라피나가 갓난아기 적에 찍은 듯한 사진을 발견했다. 검은 곱슬머리, 커다란 갈색 눈동자, 투명한 피부…… 딸랑이를 들고 엄지를 빨고 있었다.

벽에서 액자를 떼어내 뒤판을 열어 보았다. 사진 뒤에 노란 꽃이 붙어 있다. 내가 알지 못하는 꽃이다. 엄지손톱보다 작았고, 꽃잎은 다섯 장이었다.

엄지와 검지로 조심스럽게 집어 올렸지만 퇴색한 꽃잎은 손가락 사이에서 먼지로 변했다. 잠깐 동안 향긋한 냄새가 코끝에 돌았다. 재스민 비슷하다. 에스메랄다가 무슨 짓을 하려고 했는지는 모르지만, 어쨌든 내가 에스메랄다의 마법을 막은 것이다. 손가락을 반바지에 쓱쓱 문지르니 흔적도 남지 않았다.

사라피나의 얼굴을 알아볼 수 있는 사진은 단 한 장이었다. 예닐곱 살쯤 되어 보였고, 파란색 코르덴 멜빵바지를 입고, 정글짐을 기어오르고 있었다. 정글짐 위에는 또래 아이 여덟이 있었는데, 친구들인지는 잘 모르겠다. 사라피나에게 친구가 있었다는 이야기는 듣지 못했으니까. 사실, 사라피나 어릴 적 사진도 오늘 처음 본 것이다. 액자의 뒤판을 열었을 때, 예의 그 꽃이 들어 있었다. 누렇게 바랜 꽃잎을 조심스럽게 손끝으로 살짝 찍어 올렸지만 공기에 닿기가 무섭게 가루로 변했다. 향이 코끝에 머물다 사라졌다.

에스메랄다의 방만 봐도, 사라피나와 에스메랄다가 얼마나 다른지 알 수 있다. 목소리가 섬뜩하리만치 비슷해 무릎이 떨릴 지경이지만 에스메랄다의 방을 돌아보고 나니, 둘이 닮은 것은 목소리밖에 없다는 것을 확신할 수 있었다.

사라피나는 깔끔한 사람이다. 또한 정리의 달인이다. 에스메랄다는, 침실만 가지고 판단한다면, 구접스럽다. 침대 위에는 책이 스물일곱 권, 신문 서른네 개, 잡지 열여덟 권이 흩어져 있다. 에스메랄다는 어떻게 저 많은 것들을 한 번에 읽을 수 있을까? 아니, 읽는 것은 고사하고 어떻게 침대 속으로 기어 들어갈 수 있는 것일까?

침대 옆 작은 탁자에는 서랍이 세 개 있었다. 위쪽 두 칸에는 신문과 잡지에서 오려낸 기사 조각과 펜 열여덟 개, 날클립 삼백서른두 개, 지우개 아홉 개, 연필깎이 다섯 개(연필도 없으면서), 종이칼 그리고 열두 개 들이 잉크 카트리지 한 통이 있었다. 특별한 물건은 없다. 꽃도 없다.

세 번째 서랍은 잠겨 있다. 몇 번 당겨 보았지만 꿈쩍도 하지 않았다. 쇠지레로 열어 볼까? 낡은 자물통은 원래 쉽게 열린다. 나는 핀을 뽑아 곧게 펴 열쇠 구멍에 넣었다. 그리고 깊숙이 밀어 넣고 조심스럽게 움직였다.

딸깍!

서랍 속에는 내 손바닥만 한 골동품 열쇠가 들어 있다. 다른 것은 없다. 서랍 속에 커다란 열쇠 하나만 덩그러니 들어 있는 모양이 영 불길하다. '여기 지옥으로 가는 열쇠를 주마!' 하고 외치는 것 같지 않은가? 사라피나가 옆에 있었더라면 내게 뭐라고 말할까? 혼자 웃는다. 열쇠 이는 단순한 모양이었지만 다른 쪽 면은 묵직하게 굴곡져 몇 마리 뱀이 엉킨 듯 꼬여 있었다. 열쇠 문양을 손끝으로 더듬는 동안 정신이 멍해졌다. 시작도 없고 끝도 없이 돌아가고만 있었다.

지하실 열쇠라고 단정했다. 내가 봐서는 안 되는 무엇인가가 그곳에 있는 것이다. 열쇠를 꺼내 주머니에 넣었다. 육중한 무게에 열쇠는 주머니 깊숙이 허벅지까지 내려갔다. 서랍을 닫고 머리핀을 이용해 다시 잠가 놓았다. 침대 모서리마다 의자가 놓여 있고, 옷장 문은 반쯤 열려 있다. 발코니로 통하는 문에도 옷이 걸려 있었다. 옷장이 터질 것처럼 많은 옷이 들어 있다.

세상에, 도대체 어떤 사람에게 이렇게 많은 옷이 필요할까? 누가 이렇게 많은 옷을 갖고 싶을까? 무슨 일을 하는 사람이기에 이렇게 많은 옷을 사야 했을까? 이해할 수 없었다.

전부 똑같다. 서른 한 벌이나! 똑같이 생긴 검은 윗도리로 단추 개수 말고는 차이가 없었다. 찬찬히 안감을 더듬어 보았다.

그중 하나의 속주머니에 검은 깃털이 들어 있었다. 아래위를 뒤집어 그대로 넣어 놓았다. 사라피나가 가르쳐 준 대로. 깃털이 거꾸로 들어 있는 것을 보면 에스메랄다는 얼마나 당황스러울까? 어디에 쓰는 깃털인지 나야 알 수 없지만.

침실과 달리 이곳에는 질서라는 것이 있었다. 옷장은 빽빽했지만 잘 정리되어 있었다. 흰 윗도리, 검은 웃옷, 갈색 치마, 종류별로 한데 모여 있었다. 방바닥에 일회용 커피 잔을 잔뜩 던져 놓고 다니는 사람의 옷장 같지 않았다. 사실, 에스메랄다의 방이 어지럽기는 했지만 더럽지는 않았다. 먼지도 거의 없었다. 침대 위에 놓인 종이들도 깨끗해 보였다. 집 전체가 깨끗했다.

욕실에는 화장품과 뭔지 모를 끈적한 액체를 담은 병들이 가득했다. 신기하게도 병들은 사라피나가 쓰던 이름 없는 회사의 제품과 비슷해 보였다. 몇 개의 뚜껑을 열고 냄새를 맡아 보았다. 향이 제법 괜찮다.

옷걸이와 난간, 저울 두 개에 수건 일곱 개가 널려 있었다. 금속제 저울은 누구의 몸무게도 달 수 있을 만했다. 그런데 조그마한 전자저울은 어디에 쓰려는 것일까? 화장지 한 장을 뽑아 저울 위에 떨어뜨렸다. 1.1882그램. 굉장히 정밀한 저울이다. 마른 꽃잎 따위를 달아 보려는 것일까? 마법을 쓰는 데에 과학적 정확성까지 필요하다는 것은 생각지도 못한 일이다. 하지만 과학적 정확성이라는 것은 무엇이든 믿을 수 있게 만드니까.

거울 밑의 좁다란 선반에는 솔빗 다섯 개가 놓여 있었다. 혼자서 빗을 다섯 개나 써야 하는 이유가 도대체 뭘까? 가장 큰 놈을 집어 올렸다. 손잡이와 몸통이 미색으로 빛나고 있었다. 매끄럽기는 했지만 플라스틱은 아니었다. 상아일까? 가운데에 단추 같은 것이 있었다. 힘주어 누르자 몸통 뒤의 뚜껑이 톡 튀어 올랐다. 이빨이 가득 들어 있었다. 서른셋!

"염병!"

그중 다섯 개는 사람의 것이었다. 여덟 개는 선반으로 떨어져 흩어지며 손톱 부딪치는 소리를 냈다. 얼른 주워 담고, 뚜껑을 닫았다. 속이 울렁거렸다. 이빨은 손잡이 촉감과 똑같았다. 사람의 이나 상아나 이빨인 것은 마찬가지니까. 사악한 내 할머니 에스메랄다의 집이라는 것을 확인해 주려는 것 같았다. 갑자기 욕지기가 났다.

천천히 걸음을 옮겨 욕실을 빠져나와 발코니로 갔다. 차가운 철제 난간을 꼭 붙들고 신선한 공기를 들이마셨다. 몇 분 지나자 속이 훨씬 편해졌다.

뒷마당에는 엄청나게 큰 무화과나무가 있었다. 그렇게 큰 무화과나무를 본 적이 없었다. 사라피나는 굉장히 큰 무화과나무라고 말했지만 크다는 말은 무화과나무에 비하면 너무 작았다. 에스메랄다의 집보다 크다. 훨씬 더 크다.

굵직한 나뭇가지를 지붕처럼 펼쳐서 뒷마당을 다 덮고도 남아 이웃집 마당까지 덮고 있었다. 발코니의 난간 사이를 비집고 침실을 향해 뻗어 온 가지들은 이미 가지치기되었지만 그럼에도 여전히 위협적이었다.

나무가 자라는 대로 내버려 두면 어떤 일이 일어나는지 나는 잘 알고 있다. 시골에는 나무에 신경 쓰지 않다 폐가가 된 집들이 많다. 시간이 흐르면 녹슨 골조만 앙상하게 남게 된다. 나무가 집을 잡아먹은 것이다.

가지치기된 가지는 바로 코앞에 있었다. 신선한 나무 냄새가 올라오는 것을 보니 최근에 잘라낸 모양이다. 위를 쳐다보니 에스메랄다의 집을 부술 계획이라도 세운 것처럼 굵은 나뭇가지들이 지붕을 툭툭 건드리고 있었다.

본능적으로 나는 이 나무가 좋았다. 사라피나가 이 나무를 타고 도망쳤다는 사실 하나만으로도 충분했다. 한 번도 나무에 올라타 본 적이 없다 하더라도 (물론 나와 사라피나는 절대 아니다.) 이 발코니에서 나뭇가지를 타고 마당에 내려가는 것은 그리 어렵지 않을 것이다.

지금 당장 떠날 수 있었으면 좋겠다. 정말 그럴 수 있었으면 하고 바랐다. 하지만 아직 준비가 되어 있지 않았다. 보급품도 없고, 식량도 돈도 충분하지 않다. 사라피나가 여행 가방 안감 속에 넣어 둔 비상금 250달러를 챙겼다. 상당한 돈이다. 하지만 오늘 공항에서 여기까지 택시비를 보니까 250달러는 아무것도 아니었다. 수잔 알렉산더라는 이름으로 된 사라피나의 은행카드를 가지고 있다. 하지만 최근에 만든 것이기 때문에 비밀번호를 모른다. 자주 쓰던 카드로 현금을 인출하려 했지만 돈을 뽑을 수가 없었다. 사라피나를 만

나면 비밀번호를 물어봐야겠다.

나는 여기가 어디인지 알고 있고, 센트럴까지 가는 방법도 알고 있다. 거기에서 기차나 버스를 타고 시드니를 벗어날 수 있다. 그리고 사라피나가 머물고 있는 병원 이름도 알고 있다. 캐들러 파크. 하지만 정확히 어떻게 가는지는 모른다. 도망을 치더라도 우선 사라피나 얼굴은 봐야겠다. 지금까지 무슨 일이 있었는지 얘기해 주고, '사라피나, 나도 사라피나처럼 도망칠 거야.' 라고 말해 줘야 한다. 이제 나 혼자 세상을 헤쳐 나가려고 한다고, 그리고 열여덟 살, 성년이 되면 사라피나를 보러 꼭 돌아오겠노라고 말해 줘야 한다.

하지만 지금은 때가 아니다. 바보들이나 몰래 현관을 빠져나가고, 창문을 기어 나가면 그것으로 끝난 줄 안다. 도망치는 것은 단지 집을 빠져나가는 것이 아니다. 숨바꼭질도 아니다. 다시 시간을 확인했다. 에스메랄다가 나간 지 12분 지났다. 다른 서랍을 열어 볼 시간이 있을까? 아니면 지하실에 가볼 시간이 될까? 물어볼 것도 없지. 흉측한 이빨을 보고 나니, 지하실은 반드시 봐야겠다. 오, 그곳에서 무엇을 보게 될까?

지하실에서

지하실 문 자물쇠는 최신형으로 마녀의 방에서 가져온 골
동품 열쇠는 맞을 리가 없다. 또 너무 크다. 마음이 좀 편해
졌다. 대형 매장이 얼마나 떨어져 있는지 모른다. 언제든 에
스메랄다가 문을 열고 들이닥칠 수 있다. 지하실에서 붙들
리고 싶지는 않다.

마음속으로 가만히 물어본다.

'왜 지금, 꼭 지하실을 봐야 하는 거야? 뭘 바라는 거야? 사
라피나 이야기가 사실인지 확인하고 싶은 거야? 지하실 벽
에 커다랗게 피로 쓴 글씨가 있을 것 같아 그런 거야? '사라

피나' 라고?'

침실을 둘러본 것으로 충분했다. 사라피나가 말했던 대로 그 여자는 마녀다. 사람 이를 보았지 않은가. 뭐가 더 궁금해서…… 그런데 이 집이 사라피나가 도망쳐 나온 그 집인가? 돌아가지 않으려고 그렇게 오랫동안 도망자로 살았던 그 집이 맞는 걸까? 전기도 들어오고, 펄펄 끓는 뜨거운 물도 나오고, 더욱이 아름답기까지 하다. 하물며 정신 사나운 에스메랄다의 침실도 아름답다. 사라피나가 알려 준 구조와 정확하게 일치하는 것을 제외하면 내 머릿속에 있는 집과 하나도 닮지 않았다.

지하실 문은 계단 뒤 정확히 그 위치에 있었다. 손잡이를 잡았다. 저항 없이 부드럽게 돌아갔다. 딸깍! 심장 박동이 빨라졌다. 문은 잠겨 있지 않았다. 염병…….

앞으로 남은 시간이 얼마쯤 될까? 다시 시간을 확인했다. 18분 지났다.

뒷마당을 둘러보는 것이 어떨까? 탈주로를 확인하는 것이 더 나을 텐데. 에스메랄다가 돌아오는 기척이 들리면 나무를 타고 올라가 그 여자 방을 통해 내 방으로 돌아가면 될 것이다.

나는 다시 손잡이를 잡았다. 가늘게 떨고 있는 손이 보였다.

'그만둬!'

마음 한구석에서 소리가 들렸다.

'지하실에서 붙들리면 어떻게 될까?'

'많은 일들이 벌어질 거야. 그것도 아주 나쁜 일들이.'

'정말 그럴까? 내가 여기에 있다는 사실을 관공서에서도 알고 있는걸. 사회복지사가 이 주일에 한 번씩 방문하겠다고 했지. 내가 잘 '적응하고' 있는지 보러 온다고 했어. 그러니까 안전한 거야. 잡힐 때 잡히더라도…… 지하실 탐험을 계속하라고.'

나는 나를 설득하고 있었다. 하지만 나도 절반밖에 믿지 않았다.

배 안쪽부터 떨려 왔다. 서른세 개의 이빨을 머릿속에서 몰아내려 애썼다. 손끝에서 연기처럼 사라진 꽃잎도 잊으려고 했다. 사라피나에게 한 짓을 똑같이 내게도 하면 어쩌지? 아니, 그럴 수 없을 것이다. 나는 계속 웅얼거렸다. 사라피나는 조그만 여자애였을 뿐이다. 그때 사라피나는 열두 살, 지금 나는 열네 살이나 되었다. 그러니 에스메랄다는 그렇게 쉽게 내게 사악한 짓을 할 수 없을 것이다. 물론 나는 그

전에 도망칠 것이다.

모든 불안을 단박에 떨칠 만한 것은 없었지만 지하실 문을 열기에는 충분했다. 스위치를 찾으려고 벽을 더듬었다. 차가운 석조 벽에 스위치는 없었다. 복도 불빛이 계단 아래까지 닿을 수는 없고, 열 계단 정도만 보였다. 아래 지하실은 캄캄하고 차가워 보였다.

첫 번째 돌계단을 디뎠을 때, 맨발에 전기가 오르는 것 같았다. 그것은 이 집에 대한 내 느낌이기도 했다. 어둠, 뼈를 파고드는 추위…… 한여름에 말이다.

불빛이 끝나는 계단에 멈춰 섰다. 눈앞에 빛과 어둠이 확연히 갈라서 있다. 여기, 용이 사는지도 모르겠다. 왼발 끝을 세워 앞으로 내디딘다. 발가락으로 차가운 돌 위를 더듬는다. 한 발을 더 내디딘다면…… 만약 아무것도 없으면? 지하실 바닥까지 굴러 떨어질까? 아니면, 끝없이 떨어지는 벼랑…… 깊이를 알 수 없는 수직의 동굴, 그런 것?

"그만해!"

영화 같은 상상력으로 두려움을 부채질하고 있으면 언제나 사라피나에게 혼이 났다. 정말 두려워해야 할 것은 현실 속에 있다.

숨을 깊이 들이쉰다. 왼손으로 벽을 단단히 짚고 한 발, 발끝을 세워 내디딘다. 다시 차가운 돌 위를 더듬는다. 주머니에 손을 넣었다. 행운의 암모나이트. 사라피나가 처음 피보나치수열을 가르쳐 주던 날 내게 준 것이다. 나선의 호를 사분원이 되도록 분할해서 사각형을 그리면, 각각의 사각형이 앞의 두 사각형 면적의 합과 같다. 무한이 조개에 새겨져 있다. 황금 나선은 아름답다.

나는 암모나이트를 늘 몸에 지니고 다닌다. 그것을 더듬는 것만으로도 금방 안정을 찾을 수 있다. 하지만 이번에는 전혀 도움이 되지 않는다.

한 번에 한 계단씩, 계속해서 계단을 내려갔다. 한참을 내려가도 끝이 나지 않았다. 한없이 계속되는 것은 아닐까, 생각이 들었다. 내 발이 지하실 바닥에 닿았을 때, 나는 이렇게 짖었다.

"끔찍한 지옥이여!"

잠깐 동안 꼼짝도 못했다. 나는 지금 지하실에 있다. 사라피나가 들려주었던 이야기가 눈앞으로 몰려오고 있다. 사라피나가 보았던 모든 것, 이곳에서 일어난 모든 일. 에스메랄다는 여기에서 사라피나를 의자에 묶어 놓고 사라피나의 갈색 고양이 르루아의 목을 땄다. 나는 지금 바로 그 지하실에 있다.

바닥은 피에 젖어 철벅거리고, 짐승 내장이 아무렇게나 구르고 있어 발에 밟히지나 않을까? 다시 한 번 스위치를 찾아 벽을 더듬었다. 기대는 없었다. 내가 정말 이곳에 오고 싶어 했던가? 당연하다. 나는 이곳에 올 수밖에 없었다.

눈앞에 무엇이 있는지도 모른 채 어둠 속에 서 있는 것보다 더 기분 나쁜 것은 없다. 시간이 흐를수록 눈이 어둠에 적응한다. 컴컴한 그림자가 지하실을 가득 채우고 있다.

위층에서 날카롭게 울부짖는 소리가 났다. 현관문이 열리는 소리. 온몸이 얼어붙는 것 같다.

"에스메랄다! 염병……."

지하실 문을 꼭 닫지 않고 내려왔는데, 만약 문이 열린 것을 보고 이리로 내려온다면? 일단 숨어야 한다. 하지만 이 검은 그림자들…… 사나운 짐승이라면?

저 그림자들은 도대체 무엇일까? 살아 있는 것은 아니다. (순간, 사람의 시체나 짐승의 사체가 머리에 떠올랐다) 뭐든 간에 꼼짝도 하지 않는다. 숨 쉬는 소리도 들리지 않는다. 숨 쉬는 것이라곤 나밖에 없다. '시체는 사람을 해칠 수 없어.'

속으로 되뇌고만 있었다.

발소리가 요란하게 복도를 울렸다. 재빨리 그림자 사이를 헤집고 들어갔다. 돌부리에 발이 걸려 중심을 잃었다. 뭔가 끔찍한 물건에 얼굴을 부딪힐 것 같아 등골이 오싹했다. 넘어지면서 뭔가 붙들었다. 매끈하고 둥근 병 같은 것이었다. 손끝에서도 심장 박동이 느껴질 지경이다. 콘크리트에 무릎이 쓸렸다. 끼익 하고 문 열리는 소리에 소름이 돋는다. 얼른 몸을 낮췄지만 제대로 숨었는지도 알 수 없다.

딸깍 하는 소리와 함께 지하실이 환하게 밝아졌다. 눈이 부셨지만 눈을 똑바로 뜨려 애썼다. 사방이 포도주 장이다. 수백 병, 수천 병도 넘는 포도주 병이 있었다. 몸을 숨기기에 충분했다. 마녀가 나를 찾아 나서지 않는다면 말이다.

계단을 내려오는 발걸음 소리가 들렸다. 나는 납작 엎드렸다. 숨을 참고, 에스메랄다가 나를 발견하지 않기를 기도했다. 포도주 병이 벽에 긁히는 소리를 들었다. 잠깐 뒤 걸음 소리가 멀어졌다. 다시 어둠. 그리고 문이 닫혔다. 그제야 나는 숨을 몰아쉬었다.

한 치 앞도 볼 수 없었으나 지하실 구조를 알고 있기 때문에 걸음을 옮기기는 훨씬 수월했다. 이제 들키지 않고 내 방까지 돌아가기만 하면 된다. 그 정도는 문제없다. 물 한 모금 들어 있는 물병과 벌거벗은 몸으로 눌라보르 평원을 횡단하는 것보다 쉬운 일이다.

서두르다 재수 없게도 첫 번째 계단에 정강이를 찧었다. 멍청하긴! 부딪힌 자리에 열이 확 올라왔다. 재빨리 계단을 올랐다. 계단 꼭대기에 희미하게 빛나는 스위치가 보였다. 처음 문을 열었을 때 왜 발견하지 못했던 것일까? 사라피나의 말이 떠올랐다.

'겁에 질리면 아주 멍청한 실수를 하게 된다.'

문에 귀를 대고 기척을 살폈다. 부엌에서 소리가 들린다. 지금이 아니면 기회는 없다. 문고리를 잡았다. 그 여자가 문을 잠갔다면? 다행이다. 문고리가 돌아간다.

지하실 문을 미끄러지듯 빠져나와 홀을 가로질러 계단을 타고 내 방으로 돌아왔다. 문을 잠그고 의자를 가져다 문고리 밑에 받쳐 놓았다. 그리고 침대에 몸을 뉘었다. 가쁜 숨, 식은땀, 화끈거리는 오른쪽 정강이. 하지만 다행히 마녀에게 잡히지 않았다.

엉덩이에 괴는 것이 있다. 주머니에 손을 넣었다. 열쇠를 꺼냈다. 어디에 쓰는 열쇠일까? 배낭에 넣었다. 정확하게는 몰라도 분명 굉장히 중요한 열쇠임에 분명했다. 그게 아니라면 왜 서랍 속에 넣고 잠가 두었겠는가?

머릿속이 복잡하다. 전설의 지하실은 멋진 포도주 창고가 되어 있었다. 포도주 장이 빽빽이 들어서 있다. 그처럼 비좁은 곳에서 동물을 죽이고 의식을 벌이기란 상당히 어려울 것이다. 몸을 움직이기도 곤란할 만큼 비좁았다. 피 냄새도 나지 않았다. 피 냄새를 없애려고 살충제를 뿌렸을 수도 있겠지만 살충제 냄새도 없었다. 오로지 먼지 냄새뿐.

사라피나가 거짓말을 했다고는 생각할 수 없다. 사라피나는 절대 거짓말을 하지 않으니까. 사라피나는 거짓말을 하지 않는다. 하지만 가끔 그랬던 것도 같다. 혼란스럽다.

하지만 이빨과 마른 꽃, 큼직한 열쇠가 나왔다. 에스메랄다는 사소한 몇 가지만 조심스럽게 감춰 두고, 이상한 물건들을 비밀 장소로 옮겼을 수도 있다. 내가 여기에 오기 전에 사회복지 공무원들이 먼저 이 집을 둘러보았을 테니까. 에스메랄다는 자신의 정체를 감춰야 했다. 마법에 쓰는 물건들을 다 치우고, 구석구석 쓸고 닦아 전례 없이 깨끗한 집을 만들어 놓은 것이다.

나는 '내 방'을 둘러보았다. 호사스럽다. 마녀의 집에 있다

니 수치스럽다. 이런 곳에서 사라피나와 함께 살 수 없다는
것이 수치스럽다. 이런 곳에서 자유롭게 살 수 없다는 것도
수치스럽다.

창문으로

침대가 흔들렸다. 집채만 한 거인이 침대를 들고 흔들기라도 하나 보다. 자리에서 일어났다. 밤새 잠을 설쳤기 때문에 몸이 무거웠다. 쇠사슬 부딪치는 소리. 얼마나 큰 사슬일까? 아니다, 문과 창문이 떨리는 소리다. 염병……. 에스메랄다가 올라오고 있다. 나는 침대에 몸을 꼿꼿이 세우고 눈을 똑바로 뜨고 앉았다.

소리가 멎었다. 에스메랄다가 아닌가 보다. 어쨌든 괴물로 변장한 에스메랄다가 도끼를 흔들며 방문을 부수고 들이닥치지는 않았다.

나는 자리를 박차고 일어나서 발코니로 달려 나갔다. 컨테이너 트럭이 지나간 것일까? 길에는 차 한 대 없다. 컨테이너 트럭이 속도를 내서 달릴 만큼 길이 넓지도 않아 보였다. 약진이었을까?

오전 7시, 더 이상 아드레날린이 분비되지 않는다. 나는 웃었다. 한숨도 자지 못했지만 괜찮다. 사악한 마녀의 집에서 첫날밤을 무사히 보냈지 않은가? (그리고 지진에서도 살아남았지 않은가?)

그렇다, 살아남았다. 하지만 허기지고 외롭다. 일단 허기는 면할 수 있다. 배낭에서 하나 남은 소시지 롤과 바이올렛 크럼블 반 조각을 꺼냈다. 어젯밤 끼니를 때우고 남은 것이다. 식량은 충분히 준비했다. 허겁지겁 먹어 치웠지만 그래도 배가 고프다.

에스메랄다는 아직 자고 있을까? 집이 흔들릴 지경이었는데 그것도 모르고 곤히 잘 수 있단 말인가? 문짝에 귀를 바짝 가져다 대었다. 계단을 올라오는 걸음 소리가 들렸다. 깜짝 놀라 펄쩍 뛰어 뒤로 물러났다.

에스메랄다는 정확히 이 순간을 기다리고 있었던 것일까? 마녀가 방문 앞에 섰다. 나는 긴장 속에 숨을 죽였다. 문 아래에서 바스락거리는 소리가 났다. 그리고 문틈으로 하얀 봉투가 들어왔다.

다시 계단을 내려가는 발걸음 소리가 들렸다. 그제야 나는 숨을 쉴 수 있었다. 봉투를 집어 들었다. 두툼했다. 겉봉에 내 이름이 비스듬하게 써 있었다. 뜯지도 않고 그대로 책상 위에 올려놓았다. 그리고 손을 씻었다.

그 여자가 멀리 간 것이 확실해졌을 때 살금살금 계단으로 기어가서 부엌 쪽을 바라보았다. 뒷문이 열렸다 닫히며 굉음이 일었고, 이어 집 전체가 흔들렸다. 세상에!

나는 에스메랄다의 방을 가로질러 발코니로 나갔다. 난간 사이로 아래쪽을 엿보았다. 에스메랄다는 없었다. 무화과나무가 시야 전체를 가리다시피 했지만 부엌에서 차고로 가는 길은 보였다. 하지만 에스메랄다는 없었다. 그렇게 빨리 움직일 수는 없을 것이다. 게다가 차고 문은 미닫이라서 만약 문을 열었다면 내가 들었을 것이다. 하지만 아무 소리도 듣지 못했다.

부엌으로 다시 갔나? 다시 기어 계단까지 갔다. 열심히 귀를 기울였다. 아무것도 없다. 집은 조용하다. 집안 구석구석을 다 살폈다. 서재, 거실, 식당, 하물며 세탁실까지 뒤졌다. 그리고 아래층 욕실까지. 아주 작은 소리에도 귀를 기울이며 조심스럽게 움직였다. 지하실까지 가보았으나 비어 있었다. 에스메랄다는 어디에도 없다.

'비밀 통로가 있나? 지금 나를 감시하고 있을까?'

사라피나가 이 집은 이상한 구조로 되어 있다고 경고했다. 에스메랄다는 마치 마법을 쓰는 것처럼 아무 데서나 튀어나올 것이라고 했다.

에스메랄다는 마법이 존재한다고 믿게 할 만큼 기발한 방법을 많이 알고 있다고 했다. 하지만 전부 속임수라는 것을 절대 잊지 말라고 했다. 거울이나 조명을 이용한 것이지 절대 초자연적인 현상이 아니라고 말이다.

에스메랄다는 과학이 설명할 수 없는 모든 것을, 단순이 마법이라고 부르는 것은 아닐까. 과학으로 설명할 수 없는 것이 얼마간 있는 것은 사실이다. 사라피나가 가르쳐 주었던 많은 것들이 명쾌하게 이해되는 것은 아니었다. 그런 것들을 사라피나는 패턴이나 수로 설명했다. 수학에 무지한 어떤 이들은 그것을 마법으로 생각할 수도 있다.

하지만 그것은 마법이 아니다. 많은 꽃들이, 미나리아재비에서 난이나 시계풀까지 꽃잎의 숫자는 피보나치수열을 따르고 있다. 과학이다.

집에 아무도 없다는 것을 확인하고 사라피나가 가르쳐 준 비법 중 하나를 시도한다. 이것은 내가 완전하게 이해할 수 없는 것들 중 하나이다.

나는 똑바로 서서 눈을 감는다. (정확하게 사라피나가 가르쳐 준 대로 하는 것이다.) 주머니 속의 암모나이트를 꼭 쥐고 밤하늘의 별을 생각한다.

무수히 많은 별들, 수천수만의 별들, 내가 볼 수 있는 최대한 많은 별들을 생각한다. 너무 많아 한눈에는 모두 셀 수 없을 만큼 많은 별들을 생각한다. 그러면 두려움과 불안이 사라진다. 머릿속은 피보나치수열로 가득 찬다. 나선이 내 안에서 자라나서 밖으로 퍼져 나간다. 중심에 내가 있고, 나선은 집 안으로 퍼진다. 이 집에 도마뱀보다 큰 생명체는 없다. 눈을 떴다. 확실히 이 집에 나 외에는 아무도 없다.

사라피나는 이것을 명상이라고 불렀다. 명상을 하면 뇌의 화학 구조가 바뀐다. 그러면 사람이나 동물의 패턴에 훨씬 민감하게 된다. 다른 뇌를 느끼는 것뿐만 아니라, 그들이 발산하는 생명 에너지를 느낄 수도 있다. 명상 상태에서는 엔트로피, 생명체의 쇠락 과정, 주변에 살아 있는 것은 무엇이

든 느낄 수 있다. 바위, 벽돌, 나무는 뇌가 없기 때문에 그들이 발산하는 에너지의 리듬이 훨씬 느리다. 동물보다 훨씬 정적인 패턴. 이것은 마법이 아니라 과학이다. 지금까지 한 번도 실패한 적이 없다.

이 집에 사람은 없다. 가전제품에 흐르는 전류, 식물, 바퀴벌레, 거미, 개미, 도마뱀, 도롱뇽 정도가 느껴진다. 나 외에 인간은 없다. 에스메랄다가 없으니 아래층의 탈출로를 확인해 볼 수 있다. 뒷마당을 점검해야겠다. 나는 부엌으로 걸어 들어갔다. 실제의 집과 도면에는 많은 차이가 있다. 마녀의 집 부엌은 이 세상 어떤 부엌보다 클 것이다. 사방이 도주로가 될 수 있겠다. 뒷문과 활짝 열린 커다란 창문이 여럿 있다. 에스메랄다의 메모가 냉장고에 붙어 있다.

할머니는 이제 일하러 간단다. 오후에 차를 마시러 돌아올 수도 있겠구나. 보통은 늦게까지 돌아오지 못한단다. 11시 즈음 리타가 청소하러 올 거다. 친절하고 사랑스런 여자야. 궁금한 것이 있으면 물어보렴, 이 집을 잘 알고 있어. 리타가 점심과 저녁을 준비해 줄 거야. 하지만 그전에 배가 고프거든 부엌에서 뭐든 좀 먹으렴.

'사랑하는' 어쩌고 하는 서명이 있다. 나는 헤벌어진 입을 다물 수가 없었다. 리타라는 여자도 자기가 마녀라고 믿고 사람과 동물을 죽여 이상한 의식을 치루는 정신병자일까? 조리대 위에 우드블록 칼받침 두 개가 있고, 칼이 가득 꽂혀 있었다.

뒷마당으로 나가는 문고리를 돌려 보았다. 꼼짝도 하지 않았다. 문을 흔들어 보았지만 역시 미동도 없다. 반대 방향으로 돌렸다. 소용없다. 하지만 나는 에스메랄다가 문을 여는 소리를 분명히 들었다. 뭔가 걸린 것이 아니라 잠긴 것이다.

문 옆에 걸려 있는 레인코트를 내렸다. 열쇠가 걸려 있지 않았다. 레인코트는 무겁고 축축했다. 이상한 일이다. 비도 오지 않았는데…….

옷 안쪽을 더듬었다. 모피라니, 이상하다. 지금은 1월, 한여름이다. 왜 겨울옷이 걸려 있어야 할까? 오전 7시 30분이지만 벌써 찜통 속에 들어앉은 것 같다. 주머니를 뒤졌다. 열쇠는 없고 대신 동전이 가득했다. 2달러 동전이기를 기대하며 한 줌 꺼냈다. 이상하다. 너무 얇고 너무 가볍다. 여왕의 얼굴도 없다. 미합중국이라고 써 있다. 쓸모없는 것이다.

과일 바구니를 뒤져 보았지만 역시 열쇠는 없었다. 과일뿐이다. 설탕 바나나, 커다란 망고 그리고 이상하게 생긴 과일, 전혀 본 적 없는 것이었다. 수염이 많이 난 붉은색 열매가 세 개 있었다.

나는 망고를 좋아한다. 애절한 눈빛으로 한참을 바라보고 있었다. 에스메랄다 역시 망고에 사족을 못쓰나? 에스메랄다 음식에는 절대 손대지 말라고 사라피나가 늘 말했다. 모르는 것은 피하는 것이 좋다.

도대체 누가 창문을 활짝 열어놓은 채 출입문을 잠그고 외출한단 말인가? 시드니의 도둑들은 문으로만 들어오나?

조리대 위로 올라섰다. 창문 빗장을 벗겨 활짝 열고 마당을 살폈다. 골동품 열쇠가 생각났다. 어쩌면 뒷문 열쇠일지도 모르겠다. 열쇠 구멍 크기도 비슷하다. 상관없다. 이리로 해서 마당으로 내려서는 것이 더 재미있을 테니. 훨씬 조용하기도 하다.

울타리에 나무와 관목이 두텁다. 이웃집에 사람이 있더라도 집을 빠져나가는 나를 볼 수 없을 것이다. 완벽하다!

7

무화과나무

톰은 나무 위에서 가만히 보고 있었다. 여자아이 하나가 메르의 부엌에서 나왔다. 창에서 사뿐하게 뛰어내리더니 주변을 둘러본다. 도둑일까? 빈손이다. 뭔가 훔쳤더라도 주머니에 들어갈 만한 작은 물건일 것이다. 여자애가 입은 옷에는 주머니도 별로 없다. 티셔츠 한 장에 반바지, 게다가 맨발이다.

뒷마당을 살피며 어슬렁거린다. 도둑치고 이상한 행동이다. 울타리의 틈을 살피는 것 같다. 누가 뒷마당에 보물이라도 감췄단 말인가?

'도둑이라면 서두를 텐데.'

톰은 가만히 지켜보고 있었다. 무화과나무 필로메나는 무성해서 꼭대기에 올라앉으면 마당이 잘 보이지 않는다. 나뭇가지와 잎사귀 사이로 여자애 모습이 언뜻언뜻 비친다. 주의를 끌지 않기 위해 조심스럽게 움직였다. 도둑이라면 톰이 잡아야 한다.

여자애가 더 이상 보이지 않는다. 울타리를 타고 넘어간 것은 아니다. 아무 소리도 들리지 않았으니까. 차고 쪽도 아니다. 메르의 차고 문은 뉴타운에서 제일 시끄럽다.

톰은 눈을 감았다. 여자애가 어디에 있는지 찾아보았다. 눈꺼풀 너머로 주변을 둘러본다. 삼각형, 마름모, 원, 직사각형, 정사각형, 세상의 모든 도형이 눈에 그려진다. 여자애는 조용했다.

아! 입 밖으로 소리가 터져 나올 뻔했다. 여자애가 필로메나를 기어오르고 있다! 톰은 조심조심 아래로 내려갔다. 도마뱀처럼 조용하고 날렵하게 메르네 집과 톰네 집을 가르는 울타리에 내려섰다. 그리고 보틀브러쉬 가지 뒤에 몸을 감추었다. 여자애 눈에 띄지 않겠지만 톰은 그녀를 똑똑히 볼 수 있었다.

울타리 위의 가지는 톰의 무게를 견딜 만큼 충분히 굵지 않았다. 보틀브러쉬 가지도 몸을 기대기에 너무 약했다. 부석거리는 소리도 너무 크다. 톰은 두 손으로 울타리를 의지해서 중심을 잡았다. 하지만 이런 자세로 오래 버틸 수 없다. 톰은 다시 눈을 감았다. 여자애를 느껴 보았다. 나무둥치를 기어오르는 여자애의 우아한 곡선을 따라간다.

필로메나는 오르기 쉬운 나무가 아니다. 첫 번째 가지에 올라서기만 하면 눈 감고도 나무 꼭대기까지 오를 수 있겠지만 첫 번째 가지에 올라서는 것은 아무나 할 수 있는 일이 아니다. 한 아름이 넘는 나무줄기를 3, 4미터쯤 기어올라야 첫 번째 가지를 잡을 수 있다. 여자애는 그리 크지 않았다. 여자애는 영리했다. 공중에 매달린 뿌리를 이용하지 않았다. 매달린 뿌리는 밧줄처럼 땅으로 내려와 있는데, 그것을 잡고 나무를 기어오르면 뿌리가 찢어지며 나무껍질과 잔가지, 이파리, 무화과 열매, 죽은 벌레를 뒤집어쓰게 될 것이다. 정말로 재수가 없으면 박쥐 똥 세례를 받을 수 있다. 톰은 손가락과 발끝으로 두터운 나무껍질을 붙들고 베짱이처럼 가볍게 나무를 기어오르는 여자애를 느꼈다. 여자애도 눈을 감고 있다. 톰은 뒷머리가 쭈뼛했다. 눈을 감고 보는 법을 알고 있다는 것인가? 도둑은 아니다. 저 여자애도 톰과 같은 부류라는 뜻일까?

톰은 눈을 떴다. 여자애는 이제 아주 가까이에 있었다. 잔가지에 여자애 티셔츠가 쓸리는 소리를 들었다. 톰의 눈에 제일 먼저 들어온 것은 여자애의 손이었다. 그리고 머리와 어깨가 눈에 들어왔다.

예쁘다! 톰의 머릿속에서 첫 번째 신호가 울렸다. 메르랑 똑 닮았어! 두 번째 신호가 울렸다. 백인이 아니야. 세 번째 신호가 울렸다.

메르랑 닮았고, 저렇게 가뿐하게 나무를 오를 수 있다면 저 애는 메르와 같은 사람일 것이다. 물론 다른 방식이겠지만, 다시 말하면 저 여자애는 톰과 같은 부류라는 뜻이다. '왜 메르는 친척이 있다는 말을 하지 않았을까?' 톰은 메르의 모든 비밀을 알고 있다 생각했다.

여자애가 맞은편 나무줄기에 등을 기대고 앉았다. 반바지에 손을 문지르고, 반팔 소매를 끌어 얼굴을 닦는다. 땀을 뻘뻘 흘리며 기뻐 죽겠다는 듯 활짝 웃었다. 톰은 자신도 모르게 여자애를 따라 웃었다. 여자애는 조심스럽게 일어서서 머리 위 가지를 피해 나뭇가지 사이를 건너간다. 뒷길 위로 뻗은 굵은 가지까지 가서는 뒷담 너머를 유심히 살핀다.

"안녕!"

여자애가 나뭇가지에서 뛰어내려 도망이라도 칠까 봐 톰은
친근한 목소리로 인사를 건넸다.

"염병!"

여자애는 발을 헛디뎌 나무 아래로 떨어질 뻔했다. 머리 위
나뭇가지를 붙들어 중심을 잡고는 골목을 찬찬히 살핀다.

"안녕!"

톰은 좀 더 큰 목소리로 여자애를 불렀다.

"이쪽이야."

여자애가 몸을 돌렸다. 여자애 표정에는 놀람과 불쾌감이
섞여 있었다. 도망치지도 않았는데 붙들렸다는 표정이다.

"안녕!"

톰은 보틀브러쉬 가지를 한쪽으로 밀고 얼굴을 내밀었다.

"어…… 안녕."

여자애가 톰이 있는 쪽으로 다가왔다.

"메르네 창문으로 나오는 것을 봤어. 네가 뭘 하고 있는지
궁금했어."

"염병, 어떻게…… 어떻게 날 봤지?"

“이 위에 있었거든. 나무 꼭대기에 말이야.”

톰의 얼굴이 붉어졌다. 톰은 스스로도 그 이유를 알지 못했다. 하지만 이 여자애 앞이라면 누구든 얼굴을 붉힐 것이다.

“나무를 타고 놀아도 좋다고 메르가 허락했어.”

잠깐 사이를 두고 여자애가 말했다.

“에스메랄다를 말하는 거야?”

“그래, 맞아, 난 항상 메르의 진짜 이름을 까먹는단 말이야. 게다가 아무도 그렇게 부르지 않거든. 모두 ‘메르’라고 불러. 둘이 친척이야? 넌 정말 메르랑 똑같이 생겼거든. 그러니까 내 말은, 네 피부가 검은 것 빼고는 말이야.”

톰의 얼굴이 다시 붉어졌다.

“그게 나쁘다는 것이 아니고, 뭐 그렇다고 아무것도 아니라는 뜻도 아닌데…….”

‘입 다물어, 톰!’

톰은 속으로 외쳤다.

“에스메랄다는 우리 할머니야.”

“말도 안 돼!”

믿을 수 없다는 듯 톰이 외쳤다. 물론 이 여자애는 메르의 친척일 수는 있다. 메르의 족보까지 톰이 알고 있어야 하는 것은 아니니까. 하지만 자식이 있다거나 더욱이 손녀가 있다는 것까지 감출 필요는 없지 않은가.

"말도 안 돼. 그럴 리가 없어. 불가능해."

여자애는 아무 말도 하지 않았다. 그녀는 톰이 별나라에서 왔다는 듯 이상한 눈으로 쳐다보았다.

"네 할머니라고?"

"으흠."

"와우……."

그제야 톰은 자신이 메르가 몇 살인지 모르고 있다는 것을 알았다. 톰은 충격을 받았다. 메르에 대해 모르는 것이 또 뭐가 있을까? 메르가 할머니라면, 톰이 생각했던 것보다 훨씬 나이가 많을 것이다. 어떻게 그런 일이 가능할까?

"너는 할머니 없어?"

"어? 응, 당연히 있지. 친할머니, 외할머니 두 분이나 있어. 하지만 그분들은 굉장히 늙었어. 멋지게 옷을 입지도 않고, 아름답지도 않아."

"에스메랄다도 늙었어. 마흔다섯인걸."

톰은 여자애의 말을 믿을 수 없었다. 많이 잡아도 서른 정도라고 생각하고 있었다. 특종이다. 메르의 나이가 정말 그렇다면. 톰은 머리를 세차게 흔들었다. 메르에게 남은 생이 얼마나 되는지 생각하고 싶지 않았다. 아마도 그것 때문에 메르는 톰에게 사실을 말하지 않았을 것이다.

여자애는 그 정도 나이면 할머니가 되는 것이 당연하다는 듯 어깨를 으쓱했다. 메르는 왜 손녀 이야기를 하지 않았을까? 왜 자식이 있다는 이야기도 하지 않았을까? 혹시 자식이 더 있을까? 손주도 더 있을까? 이 아이도 메르와 함께 공부하러 온 것일까?

"너와 함께 여기 머물러도 될까?"

여자애 허락을 구할 필요는 없었다. 언제든지 필로메나에 올라가도 좋다는 허락은 이미 받았으니까.

"물론."

여자애는 그렇게 대답했지만 얼굴에 난감한 빛이 역력했다. 탐탁지 않은 모양이다. 톰은 이미 여자애가 서 있는 나뭇가지로 옮겨 왔다. 톰이 흰 이를 드러내고 환하게 웃었다. 여자애도 따라 웃었다.

가까이서 보니까 더 예뻤다. 짧은 연갈색 고수머리, 짙은 갈색 눈동자에는 금빛 띤 붉은 점들이 있었다. 그녀의 새까만 눈썹은 정말 길었다. 톰은 할 말을 찾고 있었지만 이 여자애가 스키아파렐리의 에메랄드 색 드레스를 입고 있다면 어떤 모습일까 상상하느라 아무 말도 못했다. 너무 뚫어지게 쳐다보면 안 되겠다고 생각했다. 여자애 역시 똑같이 뚫어지도록 쳐다볼 테니.

"난 톰이야."

톰이 손을 내밀며 말했다.

"리즌."

여자애가 대답했다.

두 사람은 맞잡은 손을 흔들었다. 가지가 흔들리자 두 사람의 몸이 휘청했다. 소년과 소녀는 마주 보며 웃었다. 둘은 엉덩이를 퉁겨 줄기 쪽으로 바짝 붙어 앉았다.

"이름이 리즌이라고?"

톰은 물었다. 정확하게 들은 것인지 확인하고 싶었다.

"이름이 좀 특이하다."

"맞아, 우리 엄마는 미쳤거든."

"그래? 우리 엄마도."

"아니, 그게 아니라, 정말로 미쳤다고."

"그래, 우리 엄마도 미쳤어. 여러 번 자살을 시도했어. 내가 어렸을 때에는 나랑 캐스를 죽이려고도 했지. 그래서 지금 캐들러 파크에 있어."

"우와, 우리 엄마도 캐들러 파크에 있어! 사라피나도 자살을 시도했어!"

여자애는 우연의 일치에 놀라는 눈치였다. 톰은 다시 머리통을 얻어맞은 것 같았다. 이 여자애가 메르의 손녀라면 그것이 우연이 아니라는 사실을 알 텐데.

"우리 엄마는 절대 약 안 먹어. 약을 먹으면 몸속에 악마가 들어온다고 생각하거든."

여자애는 고개를 끄덕였다. 그리고 작은 소리로 말했다.

"사라피나가 보고 싶어."

"응, 나도 그래."

두 사람은 잠시 아무 말 없이 앉아 있었다. 침묵이 불편해졌을 때쯤 톰이 먼저 입을 열었다.

"어떻게 엄마 이름을 마구 부를 수 있어?"

"뭐라고?"

"'엄마' 라고 부르지 않고 '사라피나' 라고 했잖아."

"엄마라고 부르는 것을 좋아하지 않았어. 언제나 사라피나라고 불렀는걸."

리즌은 어깨를 으쓱하며 대답했다.

"이상해."

리즌은 어깨를 으쓱해 보일 뿐이었다. 리즌은 그다지 이상하다고 생각하지 않았다.

"이제 메르와 함께 사는 거야?"

리즌은 머뭇거리다 대답했다.

"응."

"멋지겠다. 끝내주는 집이지?"

"맞아, 엄청나게 크더라."

"뉴타운에서 제일 클걸. 우리 집 뒷마당을 좀 봐."

둘은 가지 끝으로 움직였다. 가지가 활처럼 휘어졌다. 톰네 뒷마당은 메르네 집의 4분의 1도 되지 않았다. '사실 우리 집도 메르 소유라는 것을 알고 있을까? 반대편에 있는 집도 메르 소유라는 것을 알고 있을까?' 하고 톰은 생각했다.

"지금까지 시드니에 살았니?"

톰은 아닌 줄 알면서도 물었다. 리즌의 말투에는 오스트레일리아 황야 냄새가 났다.

"아니, 내가 어디서 왔느냐면…… 글쎄…… 우리는 계속 돌아다녔어. 한곳에 오래 머물지를 않았어. 쿠나바라브란에서 5개월을 살았는데, 그게 한곳에서 가장 오래 산 거야."

"황야에서 말이지, 아하, 전에 도시에 가본 적은 있어?"

"더보에 있었지. 그리고 이전에 여기에 온 적도 있어. 양육권 문제 때문이었어. 하지만 오래 머물지는 않았어."

"시드니 좋아해?"

톰은 시드니를 싫어하는 사람은 세상에 있을 수 없다고 믿고 있었다. 특히, 더보와 비교하면 말이다.

"글쎄, 정말 크구나. 사람도 너무 많아. 집들도 너무 촘촘하고, 길도 너무 좁아."

"오페라 하우스와 하버 다리는 어때? 태니 가든스는?"

"무슨 가든이라고?"

"식물원이야."

"본 적도 없는걸."

"농담이겠지? 더 높이 올라가 보자."

톰은 줄기 쪽으로 다가가며 말했다.

"꼭대기에서 다리가 보일 거야."

톰은 나무를 타고 오르기 시작했다.

"앗."

톰이 손을 털고 반바지에 손을 문질렀다.

"박쥐 똥이야. 조심해."

76

"나는 여우!"

리즌이 흥분을 감추지 못하고 말했다.

"냄새로 알 수 있어!"

필로메나 꼭대기에서 보는 세상은 장관이었다. 둘은 높이 올라갔다. 메르네 집 지붕보다 더 높이 올라갔다. 바람에 나무가 흔들려서 둘은 꼭 달라붙어 앉았다. 안전하다며 톰은 리즌을 안심시켰다. 톰은 자기 팔이 몇 번이나 리즌의 팔에 닿는 것을 느꼈다. 리즌의 머리칼이 톰의 얼굴로 날아왔다. '나는 여우' 냄새가 고약하지 않기를 바랐다. 리즌의 머릿결에서 알지 못하는 향내가 났다.

톰은 도시의 수평선을 가리켰다. 하버 다리와 앤잭 다리를 보여 주었다. 멋진 날이다. 항구와 고층 빌딩이 햇빛에 반짝였다. 멋진 광경이다. 톰은 리즌이 감동했다고 확신할 수 있었다. 사방으로 열린 풍경에 감탄하며 둘은 천천히 몸을 돌렸다.

"하~"

리즌이 입을 열었다.

"지금까지 도시는 콘크리트와 유리로만 되어 있는 줄 알았어. 공원이나 나는 여우는 없는 줄 알았어."

"밤에 박쥐를 본 적이 없니? 아니면 박쥐가 찍찍대는 소리
라도 들은 적 없어?"

"여기 온 지 얼마 되지 않았거든."

"언제 왔는데?"

"어제저녁. 정확하게 어제 오후에."

"갑자기 오게 된 것이구나. 메르도 네가 오는 것을 알고 있
었어? 나에게 말하지 않았다니 믿을 수가 없네. 너랑 같이
지낸다면 참 멋질 텐데."

숨을 몰아쉬며 다시 톰이 말했다.

"이 동네엔 꼬맹이들 아니면 대학생들만 살아. 내 또래가
없어."

리즌은 웃었다. 톰은 리즌이 나무꼭대기에 자기와 함께 있
는 것이 마음에 들어서 웃은 것이라고 믿고 싶었다.

"거기 가본 적이 있어?"

리즌이 물었다.

"거기? 어디?"

"너희 엄마 있는 곳, 캐들러 파크."

"응."

풀죽은 목소리로 톰이 대답했다.

“하지만 자주 가보지는 못했어. 별로 좋아하지 않아. 엄마
는…… 알잖아.”

리즌이 고개를 끄덕였다. 톰이 무슨 말을 하려는지 알고 있
는 것이다.

“그렇게 멀지는 않아. 메르가 차로 데려간다면 훨씬 쉽겠
지. 아니면 버스를 탄다거나.”

“지도 가지고 있니? 내가 좀 볼 수 있을까?”

“물론. 원한다면 지금 우리 집에 같이 가볼까? 같이 이야기
할 사람이 생겼다는 것은 좋은 일이야. 아빠는 그 얘기를 싫
어해. 엄마 얘기만 꺼내면 아빠는 벙어리가 되지.”

톰은 고개를 가로저었다.

“그런데 너희 아빠는 어디에 있어?”

“없어.”

“도망친 거야?”

“아니야. 사라피나가 임신했을 때, 그 남자는 사라지고 없
었어. 그래서 나는 원래 아빠가 없어. 사라피나가 그러는데,
둘이 하룻밤을 함께한 것뿐이래. 사라피나는 그 남자가 누
구인지 알고 싶지도 않았던 것 같아. 왜 그런 일로 남자를
따라나서야 해? 사라피나는 그런 일은 생각도 할 수 없었던

거야."

"그렇겠구나."

톰이 대답했다. 하지만 톰은 전혀 이해할 수 없었다.

"원주민이었나 봐."

리즌이 웃음을 터뜨렸다.

"무슨 생각을 하는 거야?"

톰은 다시 얼굴이 붉어졌다. 오늘따라 왜 그렇게 바보 같은 소리만 할까?

"지금 지도를 찾으러 갈까? 아빠한테 작은 지도책이 있어."

톰은 자기만의 길이 있었다. 무화과나무에서 방까지 나뭇가지와 울타리로 이루어진 공중 길이었다.

손가락 끝으로 길을 훑었다. 리즌은 표정의 변화 없이 고개를 끄덕였다. 리즌이 이상하게 생각하지 않을까 걱정했다. 무화과나무에서 두 사람은 울타리를 따라 가지를 기어갔다. 관목과 나무를 타고 간다. 리즌이 낄낄대며 웃는다. 톰은 마음이 한결 가벼워졌다.

"나무, 울타리, 지붕만 타고, 땅에 한 발 디디지 않고 이 마을을 돌아다닐 수 있어. 언제 한번 보여 줄까?"

"멋지겠는걸."

리즌의 목소리에는 기대가 가득했다. 둘은 울타리 위에서 톰의 발코니로 뛰어내렸다. 집이 너무 작아 메르의 집과 비교될까 봐 톰은 걱정이 되었다. 리즌은 분명히 톰의 방이 너무 좁다고 생각할 것이다. 톰은 리즌을 바라보았다. 리즌은 방 안에 널린 물건들을 유심히 살피고 있다. 옷감 견본, 의상 재료, 의상 도안들이 난잡하게 널려 있었다. 침실이라기보다 작업실이었다. 작업에 집중력이 높아지면 잡다하게 늘어놓은 것처럼 보이는 방 안에서도 톰은 무엇이 어디에 있는지 단번에 찾아낼 수 있었다. 눈을 감고 정신을 집중하면 무엇이든 찾아낼 수 있다.

"재봉틀도 가지고 있어?"

"그럼."

톰이 웃으며 대답했다.

"네가 아는 모든 것을 만들 수 있어."

톰은 메모판에 꽂혀 있는 그림 하나를 가리켰다.

"저거 보여?"

톰은 자랑스러운 눈빛으로 한참 동안 스케치를 들여다보았다. 옷감을 들여다보는 것에서 시작해, 완전한 도안에 이르게 된 과정을 자랑스럽게 더듬고 있었다.

소매의 복잡한 레이스는 전혀 톰의 취향이 아니었지만 고객의 마음을 끌 수 있을 것이다. 뒤쪽의 리본 문제는 어떻게 해서든 제시카와 다시 이야기해 봐야 한다. 톰은 혼자 웃었다. 제시카가 원하는 대로 하면 엉덩이가 뚱뚱해 보인다고 말해 줄 참이다. 리즌은 톰의 작품을 유심히 들여다보고 있었지만 별로 감탄하는 눈치는 아니었다.

"이걸 좀 봐."

톰은 옷장으로 가서 드레스 한 벌을 가지고 나왔다. 이 정도면 리즌을 놀라게 할 수 있을 것이다. 색만 다르지 스케치와 똑같이 만든 것이다. 제시카는 진홍색이 훨씬 잘 어울릴 것 같다며 갈색 비단을 골랐다. 톰은 매우 불쾌했다.

"내가 디자인하고, 내가 만들지."

"그리고 네가 입는 거야?"

리즌이 웃음을 터뜨리며 말했다.

"아니야. 제시카 창이 사슴을 대거든, 수백 마리를. 필요한 재료와 연장 전부 다. 오늘이 마지막 맞춰 보는 날이야."

"사슴 수백 마리를?"

리즌은 영문을 모르겠다는 표정이다. 톰은 주춤했다. 수백 달러 정도는 리즌에게 아무것도 아니라는 것을 생각하지 못했던 것이다.

"고등학교를 마치면 의상 디자인을 배울 거야. 세계적인 의상 디자이너가 될 거야. 그래서 스타들의 옷을 만들 거야. 그렇게 되면 수백 달러 버는 것은 아무것도 아닐걸."

'이제 정말 속물 같은 소리만 하고 있네.'

톰은 속으로 생각했다.

"평범한 옷도 만들 수 있어?"

"예를 들면?"

"뭐, 청바지나 반바지, 티셔츠 같은 것 말이야. 흔한 재료를 써서."

"당연하지. 그런데 내가 왜 그런 옷을? 내가 뭘 만들어 줬음 싶은 거야?"

"주머니가 많이 달린 바지를 만들 수 있어? 진짜 큰 주머니가 양쪽으로 죽 내려오는, 그러니까 군복 바지처럼 말이야. 장식이 아니라 진짜 주머니를 말하는 거야."

"당연하지. 난 뭐든지 만들 수 있어."

거만해 보이겠지만 톰은 개의치 않았다. 사실이었으니까.

리즌의 배 속에서 천둥이 쳤다. 두 사람은 깔깔대고 웃었다.

"배고프니?"

톰은 리즌을 데리고 아래층으로 내려갔다. 톰은 한 발 뗄 때마다 메르의 집과 얼마나 비교될까, 걱정했다. 2층에는 방 두 개와 욕실 하나만 달랑 있다. 아래층에는 거실과 부엌, 작은 세탁실 그리고 화장실이 있다. 톰은 창피해하는 것도 바보 같다고 생각했다. 이 집도 메르의 집이니까.

톰은 오렌지 주스를 두 잔 가득 붓고, 치즈 토마토 샌드위치를 만들었다. 톰은 먹을 것을 챙겨 방으로 올라갔다. 겨드랑이에 지도책을 끼고. 널려 있는 천들을 한구석으로 치우고 바닥에 앉았다. 리즌은 불편한지 엉덩이를 들썩거렸다.

"뭐 깔고 앉은 거야? 조심해, 핀이 있을 수도 있거든. 미안해, 리즌."

"아니야, 괜찮아."

자리를 잡고 앉아 리즌은 샌드위치를 한 입 베어 물었다.

"정말 맛있네, 진짜 토마토 맛이야."

"아빠가 뒷마당에서 기른 거야."

"훌륭해."

둘은 샌드위치에 온 정신을 집중했다. 리즌은 톰만큼이나 빨리 먹어 치웠다. 잠깐 사이에 샌드위치는 흔적도 없이 사라졌다.

“어쩌다 그런 거야?”

리즌의 정강이에 있는 상처를 보고 톰이 물었다.

“지하실 내려가는 계단에서.”

“그렇구나. 꽤 위험한 계단이지. 메르와 함께 사는 것은 맘에 들어?”

톰은 오렌지 주스 한 모금으로 마지막 샌드위치 한 입을 씻어 내렸다. 리즌이 다시 자세를 바꾸었다.

“겨우 하룻밤뿐이었는걸.”

“그래, 하지만 평생 동안 알고 지냈을 거 아냐?”

“우린 별로 친하지 않아. 지금까지 단 한 번 만났을 뿐이야. 그때 나는 굉장히 어렸어. 별로 생각나는 것도 없어.”

“그럼 너는 할아버지도 만난 적이 없어?”

톰은 궁금해졌다. 에스메랄다가 아이 아빠로 선택한 남자는 어떤 사람일까? 결혼은 했던 것일까? 그림이 나오지 않았다. 톰은 에스메랄다가 남자랑 데이트하는 것도 본 적이 없었다. 리즌이 고개를 가로저었다.

“그런데 캐들러 파크가 어디야?”

“아, 참.”

톰이 작은 지도책을 펼치자 순식간에 커다란 지도가 되었다. 리즌의 눈이 휘둥그레졌다.

"정말 크지?"

리즌이 고개를 끄덕였다.

"자, 보자. 여기가 캐들러 파크야. 우리는 여기에 있어."

"그렇게 멀지 않구나."

"맞아. 걸어가면 한 시간 반쯤 걸리지 않을까……. 스쿠터가 있다면 훨씬 빠르겠지. 네가 말만 하면 메르가 당장 스쿠터를 사줄걸. 장담할 수 있어."

리즌은 기분 상한 목소리로 대답했다.

"난 걷는 게 좋아."

그때 초인종이 울렸다.

"제시카가 왔다! 너도 같이 있을래? 제시카는 관객이 있는 것을 좋아해. 제시카는 명랑하고…… 조금은 봉 같은 구석이 있지."

"봉이라고?"

"몰라, 봉? 옛날 코미디쇼에…… 정말 재밌었는데, 지금은 안 하지만. 정말 재미있었어. DVD 세트를 가지고 있어. 언제 같이 볼래? 그런데 같이 있겠니?"

"아니, 돌아가야겠어. 너희 아빠 방에도 발코니가 있어?"

톰이 활짝 웃으며 말했다.

"그럼."

둘은 발코니로 나가 아래를 내려다보았다.

제시카는 뒷굽이 무지하게 높은 뾰족구두에 속이 비칠 것 같은 아슬아슬한 견사 드레스를 입고 있었다. 톰은 리즌이 저런 옷을 입으면 어떨까 상상해 보았다. 끔찍했다. 리즌에게는 훨씬 우아한 옷이 어울릴 것이다. 어깨선이 비스듬하게 내려오는 에메랄드 빛 밝은 초록색 드레스가 잘 어울릴 것이다. 리본이나 장식 따위 전혀 없는 간결한 드레스여야 한다.

톰은 난간 밖으로 몸을 내밀고 제시카에게 말했다.

"잠깐만 기다려요!"

톰은 리즌을 돌아보았다.

"맞은편에 보이는 것이 네 방이야?"

"응."

"좋아. 쉽게 건너갈 수 있겠네."

다시 한 번 초인종이 울렸다.

"나가요!"

톰이 밖을 향해 외쳤다.

"리, 나 이제 정말 가봐야 할 것 같아. 나중에 또 나무에 올라갈까? 오늘 오후는 어때?"

리즌이 고개를 끄덕였다.

"좋아, 아주 좋은 생각이야."

톰이 나는 듯이 계단을 달려 내려갔다.

톰의 인생이 이제 백만 배는 나아질 것 같았다. 리즌이 예쁘다는 것 때문만은 아니다. 아직 확실하지는 않지만 리즌 역시 톰처럼 마법사일 수 있기 때문이다.

유혹하지 마!

발코니 난간 위로 올라서서 내 방 발코니로 건너뛰었다. 길을 가던 노신사가 나를 보고 조심하라고 한다. 나는 손을 흔들고 웃어 주었다. 이제 내 손에는 아몬드 한 봉지, 시드니 지도, 세 개의 탈주로가 들어왔다. 내가 원한다면, 톰네 집을 통해서도 도망칠 수 있다. 게다가 캐들러 파크까지 가는 길도 확실하게 알아냈다. 멋진 아침이다.

침대에 누우니 톰 생각에 웃음이 났다. 어느 누구에게도 내 진짜 이름을 말한 적이 없었다. 별명이 있다고 말한 적도 없는데, 톰은 나를 '리'라고 불렀다. 진짜 내 이름이라도 되는 듯이. 이상하지만 기분 좋은 일이었다.

나는 톰이 좋다. 톰은 시속 100킬로미터로 말할 수 있고, 끊임없이 얼굴을 붉힌다. 백인들은 쉽게 얼굴이 붉어진다. 톰의 피부는 너무 하얘서 투명하기까지 했다. 뚫어지게 쳐다보고 있으면 피부 아래 푸른 혈관까지도 보일 것이다. 톰은 거짓말할 재간이 없다. 할라 치면 얼굴이 금세 붉게 변할 것이다. 나는 톰을 믿는다.

톰은 예쁘게 웃고, 유머 감각도 있다. 하지만 나는 오래전부터 겉모습으로 좋은 사람인지 나쁜 사람인지 판단할 수 없다는 것을 알고 있었다.

톰은 정말 웃기게 생겼다. 옅은 금발머리는 톰의 피부보다 더 창백했고, 게다가 몹시 말랐다. 정말이지 비쩍 말랐다. 너무 마른 사람들은 주변 사람들을 걱정시킨다. 밥도 제대로 못 먹고 다니는 것처럼 보인다. 쭉쭉빵빵해지기 전에는 나도 그랬다.

사라피나가 어떤 여자들을 보고 쭉쭉빵빵하다고 그랬다. 나는 사춘기와 이차성징에 대해 잘 알고 있었다. 월경, 가슴이 커지는 것, 음모, 생식기관의 발달, 전부 다 알고 있다.

사라피나는 사실과 사건을, 정보와 자연과학적 사실들을

회피하지 않고 마주하기를 바랐기 때문에, 내 기억이 시작하는 곳에서부터 그런 것들이 내 머릿속을 채우고 있었다. 그랬어도 사라피나는 그런 여자들을 보면 쭉쭉빵빵이라고 했다. 남자를 유혹하는 그네들의 무기를 그렇게 일컫는 것이다. 내가 가끔 쭉쭉빵빵이라고 말하면 사라피나는 웃음을 터뜨렸다. 지금은 아니다.

톰 엄마도 역시 마찬가지란다. 우리 둘이 같은 배를 타고 있다는 느낌에 나는 묘하게 편안해졌다. 하지만 얼마나 이상한 일인가? 톰 엄마와 우리 엄마가 같은 정신병원에 있다. 그럼에도 톰은 전혀 놀라는 기색이 없었다. 아마도 시드니에서는 많은 엄마들이 미치는가 보다.

나는 평생 동안 도시에서 사는 것이 얼마나 위험한지 들었다. 사라피나만 그런 소리를 한 것이 아니었다. 오지에 사는 많은 사람들이 말하기를 도시 사람들은 약간씩 돌았기 때문에, 미치광이를 치료하는 의사를 찾아가지만 고칠 수 없다고 한다. 원래 미치광이는 고칠 수 있는 것이 아니다. 도시에는 도둑, 공해, 살인자와 강간범이 들끓는다. 그렇기 때문에 도시 사람들이 미치지 않을 수가 없다는 것이다. 그런 이론을 펴며 사라피나는 언제나 순환논법에 빠진다.

도시가 사라피나를 미치게 만든 것은 아니다. 열두 살 이후로 사라피나는 도시에서 살아 본 적이 없으니까. 사라피나가 어쩌다 미치게 되었는지 나는 아직도 모르겠다.

톰네 부엌에서 아몬드 봉지를 훔친 것이 못내 찜찜하다. 특히 톰의 방에서 샌드위치를 먹을 때, 엉덩이 사이로 아몬드가 파고들어 견디기 힘들었다. 먹을 걸 도둑질할 필요는 없었는지도 모른다. 하지만 내가 달라고 했다면 톰이 뭐라고 생각할지 알 수 없는 일이었다. 이상하게 보였을 것이다. 에스메랄다는 모든 것을 다 가지고 있으니까.

톰과 오래 같이 있지 못해서 마음이 아프다. 이 집에 머문다면 어떻게 될까? 톰과 나는 친구가 될 것이다. 나에게는 지금까지 친구가 없었다. 우리는 한곳에 오래 머물지 않은데다, 사라피나가 내게 친구를 만들어 주려고 난리 법석을 피운 것도 아니었으니까. 친구란 나에 대해 많은 것을 아는 사람을 뜻한다. 내가 도망치고 있다는 것도 알고, 내 진짜 이름은 사라도 아니고 벨마도 아니고 제시도 아니라는 것을 아는 사람이다. 친구를 사귀는 것은 위험한 짓이다.

톰은 내 진짜 이름을 안다. 톰을 보았을 때, 이전에 아무에게도 말하지 않았던 것을 말하고 싶은 충동을 느꼈다.

낯선 사람 앞에서 나는 사라피나를 단지 '엄마' 라고 부른다. 나에게 '엄마' 는 사라피나의 가명일 뿐이다. 꼭 톰에게 묻고 싶은 것이 있다. 왜 사람들은 모두 '엄마' 라는 똑같은 이름으로 부르는 것일까? 혹여 언젠가 내가 이곳에 다시 돌아올 날이 있다면, 그때 우리는 분명히 친구가 될 수 있을 것이다.

지도를 펴 센트럴까지 갈 계획을 짰다. 지나가는 차를 잡아 탈까? 대도시 사람들은 그런 것을 어떻게 생각할지 잘 모르겠다. 버스를 타는 것이 더 나을 수도 있다. 하지만 250달러로는 그다지 멀리 갈 수 없다. 옷을 만들어 사슴 수백 마리? 나도 그런 일을 할 줄 안다면 얼마나 좋을까?

사라피나와 나도 돈을 벌기 위해 많은 일을 했다. 계산대에서 일하거나 뭐 그런 종류의 산수와 관련된 일을 했다. 나는 보모 일도 해보았고, 수학 과외나 과학 과외도 해보았고, 청소도 해보았다. 사라피나가 바텐더 일을 하면 사라피나를 도와 바에서 일하기도 했다.

시골에서 일자리를 구하기란 쉽지 않았다. 우리는 오랫동안 라면 따위로 끼니를 때우거나 야생 열매로 연명했다. 그렇기 때문에 시골과 오지 사람들이 일자리를 찾아 결국 도시로 나가고 마는 것이다. 우리는 절대 포기하지 않았다. 하지만 이제 모든 것이 바뀌고 말았다. 사라피나가 없다면 돈을 벌기는 정말 어려울 것이다.

방문 아래 편지 봉투 하나가 삐죽이 나와 있다. 에스메랄다는 일하러 갔을 텐데? 봉투를 집어 그대로 책상 위에 올려놓았다.

창 두드리는 소리에 잠에서 깨어났다. 까마귀가 내 손을 쪼아 먹는 꿈을 꾸었다. 눈을 떴다. 까마귀도 없고, 나는 침대에 누워 있다. 아직도 환한 대낮이다. 휘청거리며 침대를 빠져나왔다. 내가 어디에 있는지 모르겠다. 발코니에서 유리창을 두드리고 있는 톰을 보고서야 제정신이 들었다.

"리!"

곁눈질로 바라보며 톰이 나를 불렀다.

"리즌!"

나는 문을 열었다. 톰은 난간에 몸을 기대었다. 햇살은 여전히 쨍쨍하다. 대기는 건조하고 뜨거웠다. 나는 눈을 끔뻑이며 손으로 파리를 쫓았다.

"안녕, 톰."

94

"제시카는 이제 갔어."

톰이 눈동자를 데굴데굴 굴린다. 윗도리에 붉은 실이 붙어 있다.

"잠들었던 거야? 내가 깨운 건가? 3시밖에 되지 않았어. 원래 낮잠을 자니?"

대답하기도 전에 톰의 말은 멀리 달아난다.

"또 나무에 올라갈까? 뉴타운 구경은 그만하면 많이 한 거지?"

나는 고개를 저었다. 정신을 차리고 톰의 질문 세례를 받아 줘야 한다. 나는 발코니로 나갔다. 그리고 문을 닫았다. 톰이 아몬드를 보면 곤란하다.

"수영하러 갈까?"

눈이 뻑뻑했다. 남은 잠을 훑고 손을 반바지에 닦았다.

"잠깐 잠들었어. 어젯밤에 잠을 설쳤거든. 낯선 곳이라……너도 알지?"

톰은 고개를 끄덕였다.

"낯선 잠자리에 익숙하지 않아? 여행을 많이 했다며?"

나는 어깨를 으쓱했다. 물론 나는 어디서건 내 집처럼 잘 수 있다. 하지만 사악한 마녀의 집은 예외다. 이런 집에서는 오래 머물 수도 없다. 고개를 들어 하늘을 쳐다보았다. 구름 한 점 없다. 비가 올 것 같지도 않다. 도시에도 오지처럼 가뭄이 든다는 것은 생각지도 못했다. 하지만 가뭄 같지도 않다. 가뭄이라기엔 나무들이 너무 푸르다.

"날이 이렇게 더우니까 네가 원한다면 수영하러 가는 것이 어떨까?"

"수영은 싫어."

나는 도시 탐험을 계속하고 싶었다.

"덴디 극장에 영화를 보러 갈까?"

귀가 솔깃했다. 영화관은커녕 텔레비전에서 영화를 본 적도 없었다. 항상 영화관이 어떻게 생겼는지 궁금했다. 영화가 어떤 것인지 궁금했다. 하지만 지금은 때가 아니다. 나는 고개를 가로저었다.

"햇빛 쨍쨍 내려쬐는 뉴타운을 구경하고 싶어?"

톰은 불안한 목소리로 다시 물었다. 내가 자신과 아무것도 하고 싶어 하지 않는다고 생각하는 것 같았다.

"그것참, 멋진 생각인데!"

나는 웃으면서 말했다. 정말 멋진 일이 되리라 생각했고, 더하여 톰의 안내라면 킹 스트리트까지 가는 길이 너무 쉽고

빠를 것이다. 내가 본 대로라면 이 근방의 거리는 좁고 복잡하고 혼란스럽다. 5년 전 시드니에 있을 때 몇 가지 기억이 있다.

법원 판결이 나올 때까지 내가 머물렀던 보육원의 냄새, 사향 냄새와 캐머마일 차 냄새를 아직 기억한다. 사라피나는 어떤 사람인지, 우리 둘의 생활은 어떤지 질문이 끝없이 이어졌다. 나는 그녀가 가르쳐 준 대로 대답했다.

우리 변호를 맡았던 아줌마를 기억한다. 참 좋은 사람이었다. 늘 청바지에 티셔츠를 입고 나를 만나러 왔는데, 법정에서 만났을 때는 단정히 화장을 하고, 정장을 입고 있었다. 처음에는 그녀를 알아보지 못했다. 그녀는 내게 마르스 바를 사주며 사라피나와 함께 살 수 있게 해주겠다고 약속했다. 그녀가 옳았다. 우리는 함께 살게 되었다. 하지만 법원 판결 때문은 아니었다.

나는 보육원과 법원을 오가는 동안 차창을 통해 시드니 시내를 보았을 뿐이다. 사라피나와 대륙 횡단 버스를 타고 떠날 때까지 그랬다. 고층 건물이 빽빽한 데서 멀지 않은 곳에 사암 홍예가 보이는 오래된 시가지가 있었다. 그곳에서 버스가 출발했다. 길을 가로질러 공원이 있었다. 그리고 엄청나게 많은 비둘기 떼가 있었다.

"지금? 지금 가고 싶어?"

톰이 물었다.

"당연하지."

내가 대답했다. 현재에 집중해야 한다. 이번 탈출에 집중해
야 한다.

"네가 말한 대로 땅에 발을 대지 않고 가볼까?"

약간 정신 나간 소리 같았지만 그래도 재미있다. 톰이 활짝
웃으며 말했다.

"자, 길을 떠나자고!"

방문 두드리는 소리가 크게 들렸다.

"리즌!"

"메르!"

뒤돌아서며 톰이 외쳤다.

"가자."

톰은 내가 붙들 겨를도 없이 나를 잡아끌며 방을 가로질러
가서 방문을 열었다. 싫다고 말할 사이도 없이.

"안녕하세요, 메르!"

톰이 마녀의 볼에 입을 맞춘다. 내 방에 무단 침입했으면서

거리끼지 않는다.

"잘 있었어요?"

나는 그 여자의 눈을 똑바로 쳐다보았다. 그 여자도 나를 똑바로 쳐다보고 있었다. 다행히 나는 돌로 변하지는 않았다. (정말 그렇게 되리라고 생각하지도 않았지만) 주머니 속에서 암모나이트를 만지작거렸다. 부드러운 표면을 쓰다듬었다. 그래도 마음이 편해지지 않는다.

에스메랄다는 5년 전과 다를 것이 별로 없다. 지금 보니 사라피나와 정말 많이 닮았다. 짧은 고수머리의 작은 사라피나였다. 옷장에서 보았던 검은 정장을 입고 있다. 내가 깃털을 거꾸로 넣어 놓은 옷이기를 바랐다.

"둘이 벌써 인사했구나."

에스메랄다가 톰을 보고 웃었다. 그 여자의 시선이 나를 향했을 때, 환한 웃음이 반쯤 시들었다. 그녀의 표정에서 어떤 악의를 찾아보았지만 없었다. 슬픔뿐이다. 나를 쓰다듬으려고 팔을 뻗었으나 중간에 떨구고 말았다. 입가에 미안하다는 듯 약간 슬픈 미소가 걸려 있다. 나는 하마터면 '죄송해요.' 라고 말할 뻔했다. 그리고 마주 웃어 줄 뻔했다.

'그 여자는 뭐든 믿게 만들 수 있어. 마치 사악한 여배우

같아.'

사라피나의 말이 떠올랐다.

"우리는 무화과나무에서 만났어요."

톰이 나를 보며 환하게 웃었다.

"우연히 우리 둘 다 나무에 올라갔던 거죠."

"필로메나는 잘 지내니?"

톰이 나를 흘긋 보고 고개를 끄덕였다. 톰의 얼굴이 분홍색
으로 물들었다.

"우리가 무화과나무에 붙인 이름이야."

톰이 조금 더 설명했다.

"좀 바보같이 들릴지 모르겠지만 어떤 때는 사람처럼 느껴
지거든. 그러니까 바람이 불 때나……."

톰은 말끝을 흐렸다. 이제 얼굴이 완전히 빨개졌다.

"리즌에게 오후에 차를 한잔 하겠느냐고 물어보러 왔단다."

에스메랄다가 시계를 보았다.

"30분 뒤에는 사무실로 돌아가야 해. 초코 머핀과 시나몬
롤, 레몬 타르트가 있어. 좀 먹으련?"

"신나네요!"

톰이 대답했다.

나도 고개를 끄덕였다. 아무것도 안 먹을 수는 없게 되었다. 아무 말도 하지 않고 얼마나 오래 버틸 수 있을지 나도 모르겠다. 그들을 따라 계단을 내려갔다. 다시 피보나치수열로 달려들었다. 어디까지 했냐 하면, fib(55): 139,583,862,445. 그리고 손가락 사이로 암모나이트를 굴렸다.

에스메랄다는 부드러운 목소리로 톰의 귀에 대고 말한다. 톰이 고개를 끄덕인다. 에스메랄다는 공부에 대해 묻는다. 에스메랄다가 톰을 가르치고 있는 것 같았다. 뭘 가르치는 걸까? 아니길 바랐다. 톰이 그 여자의 '마법'에 연루되지 않았으면 한다. 톰은 나도 같이 배우게 되는 것이냐고 에스메랄다에게 묻는다. 뭘 배운단 말인지. 아무래도 상관없다. 그때쯤 난 아주 멀리 가고 없을 테니까.

둘은 정말 친해 보였다. 톰이 에스메랄다에게 홀딱 빠져 있다. 톰의 얼굴이 점점 붉어진다. 그렇구나, 톰은 무슨 일이건 얼굴을 붉히는구나.

나는 톰 바로 옆자리에 앉았다. 에스메랄다가 내 옆에 오지 못하도록 하려는 것이다. 톰은 식탁에 늘어 놓은 케이크를 들여다보며 고심하고 있었다. 시나몬 롤은 내 머리통만큼이나 컸다. 버터 냄새가 났다. 위에 계피 가루가 뿌려져 있다. 전부 먹음직스럽게 보인다.

에스메랄다가 창문을 활짝 열었다. 시원한 바람이 불어왔다. 얼굴을 스치고 지나가는 바람이 상쾌하다.

"남쪽으로 창이 난 곳은 벌써 뜨거워졌어. 현관문을 좀 열어 주겠니, 톰? 집 안 공기를 바꿔야겠다."

"네."

톰은 자리를 박차고 일어났다.

"먹어 보렴, 리즌."

에스메랄다가 맞은편에 앉아 말하며 시나몬 롤을 집어 들었다. 손이 참 고왔다. 물 한 방울 안 묻힌 손이다. 긴 손톱에는 적갈색 매니큐어가 칠해져…… 제길, 핏빛이다. 톰이 돌아와 앉았다.

"초코 머핀 주세요."

톰은 제일 큰것을 집어 들더니 크게 한 입 베어 물었다.

"음~"

톰은 입 한가득 씹으며 말했다.

"밖에 바람이 많이 불어요. 구름도 몰려오고, 비바람이 치겠어요."

필로메나에 이는 바람소리가 점점 높아진다. 벽과 지붕을 훑는 나뭇가지 소리가 날카롭게 들렸다. 황야에서처럼 도시에서도 날씨가 변화무쌍하다는 것에 마음이 편해진다.

"일기예보에 그렇다고 하더구나. 하지만 좀 더 있어야 할 거야."

"뒷문 열어도 될까?"

나는 자리에서 일어나며 톰을 보고 물었다. 에스메랄다에게 직접 말하지 않는 기술 한 가지를 만든 것이다. 톰이 에스메랄다를 쳐다본다. 내가 읽을 수 없는 표정이 스쳤다. 문고리를 쥐었다.

"그럴 필요 없어."

에스메랄다가 말했다.

나는 문고리를 돌렸다. 꼼짝도 않는다. 아까와 똑같다.

"잠겼네."

혼잣말처럼 뇌까렸다.

"열쇠가 어디에 있을까?"

분명 내 배낭 속에 있는 그것이겠지.

"잠긴 것은 아닐 거야. 걸쇠가 고장이 났는데, 곧 고친다고 하면서 지금까지 못 고쳤네. 그동안은 앞문이나 옆문을 이용해서 나다녀야 해.”

오늘 아침 이 문으로 에스메랄다가 나가는 소리를 들었다. 왜 거짓말을 하는 것일까? 사라피나는 이 여자가 모든 것에 거짓말을 한다고 했다. 에스메랄다가 아는 만큼 사람들은 적게 알고, 그만큼 자기가 더 우월하다고 느낀다고 했다. 에스메랄다의 마법이라는 것이 다 이런 식이겠지. 열쇠가 어디 있는지 따위 사소한 문제에서도 그러니…….

나는 어깨를 으쓱하고 자리에 앉았다. 나중에 훔친 열쇠를 가지고 와서 시험해 봐야겠다.

“머핀 좀 먹어 봐! 진짜 맛있어!”

톰이 하나를 집어 들고 말했다.

나는 배 안 고프다고 말했지만 허기를 참기 어려웠다.

“너희 집에서 먹은 샌드위치가 아직 꽉 찼어.”

“그게 벌써 몇 시간 전인데 그래!”

에스메랄다가 눈가에 주름을 잡고 나를 쳐다본다.

“여기 도착하고 나서는 아무것도 먹지 않았잖니, 리즌. 뭣 좀 먹으려무나.”

“나중에요.”

에스메랄다를 쳐다보지 않고 말했다. 대답하지 않을 방법이 없었다.

"냉장고에 감자 샐러드와 베이컨 파이가 있어. 패스추리도 있고, 치즈와 스페인 소시지도 있어. 그 밖에도 먹을 것은 많이 있단다. 마음대로 먹으렴."

에스메랄다는 일어서서 의자를 식탁 밑으로 밀어 넣었다.

나는 사라피나가 말한 대로 개구리, 뇌, 간, 달팽이만 생각하고 있었다. 하지만 어쨌든 깨끗한 스테인리스 냉장고 안에 치즈, 케이크와 함께 나란히 들어 있다는 것은 상상하기 어려웠다. 에스메랄다는 내 어깨를 토닥이려는 듯 손을 뻗었으나 있지도 않은 치마의 먼지를 털어냈을 뿐이다.

"난 이제 일하러 가야 한다. 늦게까지 돌아오지 못할 거야."

에스메랄다는 잠깐 사이를 두었다. 그리고 간절한 눈으로 나를 바라보았다.

"네가 많은 일을 겪은 줄 안다. 얼마간 네게 시간이 필요하겠지. 그래서……."

그녀는 말끝을 흐렸다.

"나중에 이야기할 기회가 있겠죠."

나는 땅을 바라보며 중얼거렸다. 에스메랄다는 내 이마 쪽으로 몸을 굽혔다. 하지만 허공에 '쪽' 하고 입 맞추었다.

그리고 톰의 볼에서 가벼운 입맞춤 소리가 났다.

"둘 다 나중에 보자!"

에스메랄다는 현관으로 달려갔다. 텅 하고 문 닫히는 소리만 남겨놓고 사라졌다. 잠깐이었지만 에스메랄다가 내 이마에 입 맞춰 주었으면 하고 바랐다. 하지만 곧 사라피나를 배반한 것 같은 느낌이 들었다. 이 모두가 예쁘고 맛있는 케이크 때문이다.

'유혹에 넘어가지 마!'

"안녕, 메르!"

톰이 에스메랄다에게 인사하고 나를 돌아보며 물었다.

"베이컨 파이 지금 먹을래?"

나는 고개를 가로저었다.

"배고프지 않아. 땅에 발 닿지 않고 여행하는 것을 보여 주지 않겠어?"

"좋아."

톰은 레몬 타르트 하나를 집어 들어서는 창문을 타고 넘어 마당에 발이 닿기도 전에 다 먹어 치웠다.

9

묘지에서

"어떻게 건너가지?"

리즌이 물었다.

메르네 마당에서 여기까지 오는 데 10분이 채 걸리지 않았다. 리즌은 여느 여자애와 달랐다. 보도에서도 휘청거릴 만큼 바람이 심하게 부는데 나무, 담장, 벽, 지붕, 사다리를 타고 낮은 돌담 위에 오기까지 리즌은 어려운 기색 없이 톰을 따라왔다. 톰은 무척 놀랐다.

엘로티스 루오 빌딩의 작은 마당이 내려다보인다. 멋진 필기체로 각인된 동판과 장미 덩굴이 덮인 별장 그림은 이 집과 하나도 어울리지 않는다. 톰은 발악할 것만 같았다. 이 건물 지붕에 올라간 사람이 있다면, 분명히 성미 괴팍하고 무지하게 재주가 좋은 사람일 것이다. 간판이 붙어 있는 다른 집들 역시 어려워 보였다. 베이트 모텔, 손이 불타고 있는 그림이 붙어 있는 버닝 팜 카테주……. 엘로티스 루오의 지붕에 오르는 것은 불가능해 보였다.

톰과 리즌은 길 건너편 공원 쪽을 바라보았다. 올해 유독 비가 많아 공원은 눈부시게 푸르렀다. 뉴타운 애기 엄마들이 소풍을 나왔다. 간혹 남편까지 데리고 나온 부인들도 보였다.

모자, 쓰레기, 하물며 도시락 통까지 강한 바람에 날아가고, 사람들은 그 뒤를 쫓아 달려간다. 어떤 이들은 치마 자락을 꼭 붙들고 눈앞을 가리는 머리카락을 헤쳐 내며 기압계 주변을 돌고 있는 아이들을 지켜보고 있다. 아이들은 서로 치고받고 미친 듯이 뛰어다닌다. 한쪽에서 청년들은 테니스 공과 플라스틱 막대기, 휴대용 컵을 가지고 놀고 있는데, 컵은 이미 바람에 날아갔다.

그 뒤로 공동묘지의 벽과 교회 첨탑이 보였다. 빽빽한 나무들은 정신없이 춤추고 있다. 꽤 멀어 보인다. 웅크리고 있는 보틀브러쉬 나무는 인도를 따라 늘어서 있지만 리즌과 톰의 몸무게를 버틸 만큼 튼튼해 보이지는 않는다. 길 건너까지 가지를 뻗은 나무도 없다. 땅에 발을 딛지 않고 길을 건널 방법은 없어 보였다.

톰은 큰소리 친 것을 후회했다. 혹시 근처에 사다리차나 크레인 같은 것이 주차되어 있지 않을까 하고 둘러보았지만 허사였다.

"할 수 없군. 이제 인정해야겠어. 내가 어린애처럼 허풍을 떨었던 거야."

리즌이 눈을 들어 톰을 보았다.

"허풍이라고? 길을 건널 방법이 없는 거야?"

"묘지까지 갈 수 없겠는걸."

톰은 공중 길을 산책한다는 핑계로 리즌을 묘지까지 데려가려고 했다. 리즌에게 뭔가 실마리를 쥐어 주고 싶었다. 리즌은 아무것도 모르고 있는 것이 분명했다. 게다가 메르와 리즌은 남처럼 행동했다. 대체 무슨 일이 있는 것일까?

메르가 그렇듯이 리즌은 훌륭한 마법사가 분명했다. 그런데 왜 둘은 불난 집에 들어앉은 것처럼 그렇게 지낼까? 메르가 들어서자마자 리즌은 입을 다물었고, 메르의 눈을 쳐다보지도 않았고, 음식에 손을 대지도 않았다. 톰만큼이나 배가 고플 것이 분명한데도 말이다. 메르는 '그것'과 관련된 이야기는 리즌에게 하지 말라고 속삭였다. '그것'에 살짝 힘이 들어가 있었기에 톰은 '그것'이 마법이라는 것을 알아챘다. 톰이 메르를 바라보았지만 리즌이 가까이 있었기 때문에 메르는 구구절절 설명할 수 없었다.

왜 아무 말도 하지 말라고 했을까? 리즌은 메르의 손녀인데다 톰의 눈에도 훌륭한 마법사로 보인다. 당연히 '그것'에 대해 알고 있지 않을까? 마법사가 아닌가? 믿기 어려웠다. 리즌에게 분명 어떤 힘이 있다. 필로메나를 오를 때 리즌의 모습을 보면 확신할 수 있다.

메르에게 주의를 받고 나서 톰은 리즌에게 아무 말도 할 수 없었다. 그저 낯선 이들에게 그렇듯이 조심하고 있다. 아직까지는 메르를 제외하고 어느 누구와도 털어놓고 할 수 있는 이야기가 아니다. 아빠도 알고 있기는 하다. 하지만 그는 마법사가 아니다. 그리고 아빠는 마법을 두려워한다. 엄마와 관련이 있으면 더욱 그렇다. 톰과 아빠는 마법과 관련된 이야기는 절대 하지 않는다.

톰은 누나에게도 사실을 말할 수 없다. 메르는 그 점에 있어서는 강경했다. 메르가 관련되어 있는 만큼, 아빠가 마법에 관해 알고 있는 것은 결코 좋은 일이 아니다. 톰은 리즌에게 아주 작은 실마리를 제공하려는 것이다. 묘지를 구경하는 것 정도는 괜찮을 것이다. 리즌이 메르에게 말하지 않는다면 메르는 알지 못할 것이다.

"그래도 우리는 거기까지 가야 해, 톰. 네가 호기심을 잔뜩 키워 놓았잖아. 난 꼭 봐야겠어."

"내가 널 길 건너로 날라야겠다."

리즌은 몸무게가 많이 나갈 것 같지 않았다. 그렇다고 리즌이 그렇게 하라고 허락할 것 같지도 않았다. 하지만 리즌은 깔깔대고 웃는다.

"좋아, 그 방법도 인정하겠어. 우리 둘 모두 땅에 발을 대지 않는다고 말하지는 않았으니까."

톰은 리즌의 해석이 마음에 들었다. 게다가 리즌을 안아 볼 수 있다는 것도 마음에 들었다. 최고의 날이다. 톰은 환하게 웃고 울타리를 내려섰다.

"좋아, 내 부정한 발은 땅에 닿도록 두고 어깨에 매달릴래, 업힐래?"

"뭐가 더 쉽겠어?"

"업는 거."

톰이 대답했다. 톰의 얼굴에서는 한순간도 웃음이 떠나지 않았다.

"준비됐어?"

리즌은 담에 앉아 톰의 목에 팔을 감았다. 둘의 얼굴은 곧 닿을 듯했다. 톰의 팔이 리즌의 허벅지를 감았다. 톰은 하늘을 날 것만 같았다. 불안하게 한 발을 옮겼다.

"괜찮은 거야?"

"응."

톰은 아무렇지도 않은 척 대답했다. 천국이다. 보도의 연석을 향해 천천히 걸었다. 톰은 도로를 살폈다. 오늘 오스트레일리아는 상당히 바쁜 모양이다. 트럭 한 대가 지나가고, 대형 승용차 두 대 그리고 자전거 두 대가 나란히 지나간다. 등 뒤에 테니스 라켓을 메고 큰 소리로 떠들고 지나간다. 칩이라든가 하는 이름이 들린다. 톰은 다시 한 번 양쪽을 살핀다. 왼쪽으로 고개를 돌렸을 때 리즌의 볼이 느껴졌다. 그대로 가만히 있었다.

"이제 차 없다. 뛰어, 톰!"

"좋아!"

톰은 잠깐 길을 가늠하더니 도로로 뛰어들었다. 왼쪽 볼에 리즌의 볼이 느껴졌다. 둘의 숨이 섞였다. 마음만 먹으면 입맞출 수도 있을 것 같았다. 리즌의 체온과 촉감에 머리칼이 눈을 파고드는 것쯤은 참을 수 있었다. 톰은 공원을 가로질러 뛰었다.

“야!”

리즌이 부른다. 바람 탓에 못 들은 척 톰은 계속 달렸다. 리즌의 다리 근육 긴장도가 달라지는 것을 느꼈다. 정말 내리고 싶은 기척이다.

“야!”

리즌은 톰의 귀에 바짝 대고 외쳤다.

“이제 내려도 돼!”

“괜찮아.”

톰이 속도를 늦추지 않고 대답했다.

“별로 안 무거워!”

“톰, 내려 줘. 넌 뼈가 너무 앙상해서 다리가 아파.”

내키지 않은 양 톰은 리즌을 길에 내려 주었으나 둘은 잠깐 동안 비틀거렸다. 리즌은 허벅지를 문지르며 톰을 보고 환하게 웃었다.

"성공했네, 곰답(고맙습니다)!"

"문제없다니까."

날아오는 신문을 가볍게 피하며 톰이 대답했다. 하늘을 올려다보았다. 구름이 빠르게 몰려오고 있다. 해가 구름 속으로 숨으려고 한다. 먼 남쪽 하늘에서 번개가 번쩍하는 것이 보였다.

"빨리 가자. 태풍이 가까워졌어."

리즌의 유쾌한 표정을 보자 톰은 억제할 수 없는 기쁨을 느꼈다. 하지만 꾹 참았다. 좋아하는 티를 너무 내면 사람이 가벼워 보인다. 톰이 손뼉을 쳤다. 리즌도 따라 손뼉을 쳤다.

"오, 망할! 도시에 있는 것 같지가 않네. 시골 공동묘지랑 똑같아. 뭐랄까, 귀신 나올 것같이 음산한 것 빼곤 말이야."

리즌이 외쳤다.

"멋지지 않니, 거리로부터 몇 걸음만 걸어 들어오면 휙 모든 것이 바뀐단 말이야. 이 묘지는 너무 오래되어 더 이상 묘를 쓰지 않아. 대부분 100년도 더 된 무덤들이야. 네 발밑에 깔린 것은 묘비와 석상들이 부서진 파편들이야. 무덤이 아닌 곳에는 나무가 있고, 아무도 관리하지 않기 때문에 나무는 엄청나게 자라서 뿌리가 땅 위로 올라왔지. 묘석까지 감싸고 있어. 원래 묘지는 훨씬 더 컸어."

톰이 덧붙여 말했다.

"사실은 공원 전체가…… 크리켓 경기를 하고 있는 저기도, 공원 전체가 묘지였어."

"농담이지?"

리즌이 눈을 똥그랗게 뜨고 말했다.

"우리가 죽은 사람들 위를 걸어왔다는 거야?"

"응. 울타리에 있는 묘비를 봐."

리즌은 벽 쪽의 외톨이 묘석을 둘러보았다. 무리 지어 어깨를 나란히 하고 반항아들처럼 벽에 기대어 서 있다. 수백여 기의 묘비가 높은 담을 따라 늘어서 있었다. 대부분 사암으로 만들어졌기 때문에 세월의 풍화를 견디지 못해 이제는 묘비명 한 글자도 제대로 읽을 수 없었다. 톰은 닳아 버린 묘비명을 해독하는 것을 즐겼다.

사암은 침식이 빠르다. 왜 시드니 사람들은 쉬 부서지는 사암을 묘비로 쓰는 것일까 의아했다. 메르의 설명에 따르면 그것이 이 지역에서 나는 가장 흔한 돌이고, 화강암이나 대리석과 같은 단단한 돌은 온전히 수입에 의존해야 하기 때문이다.

"여기는 정말 조용하지."

도시의 소음이 공동묘지의 높은 담을 넘어 들어오지 못했고, 또한 킹 스트리트의 고층 건물들도 보이지 않았다.

"언제 바람이 멎을까?"

톰이 웃었다.

바람이 점점 거세지고 있다. 나뭇가지를 스치는 바람소리. 나뭇가지는 크게 흔들리고 부딪치며 여전히 울고 있다. 멀리서 천둥치는 소리가 불투명하게 들린다. 한낮의 더위가 순식간에 날아갔다. 숨통이 트였다.

"나뭇가지 사이로 햇살이 쨍쨍할 때 이곳에 와야 하는데."

톰은 활개를 쫙 펴고 부서진 묘석, 뒤틀린 나무와 교회를 지그시 바라보고 있다.

"그럴 때면 모든 것이 불타는 것처럼 보여. 마치 주변에 포스가 형성된 것 같지. 빛은 눈부시고, 도시의 소음은 하나도 들어오지 않아. 바로 옆을 지나는 자동차 소리도 들리지 않아."

"유령이 돌아다니기에는 딱이네."

리즌이 몸서리쳤다.

톰이 손을 내밀었다. 리즌은 무의식적으로 톰의 손을 잡았다. 톰은 리즌을 끌고 묘지 사이로 난 길을 걸어갔다.

"이리 와봐, 보여 줄 게 있어. 이곳에서 제일 유명한 인물이야. 만약 이 묘지에 유령이 나타난다면 바로 이 여자일 거야. 아주 멋진 이야기의 주인공인데……."

톰은 말을 멈추었다. 긴장감을 높이려는 것이다.

"기이한 이야기를 해줄게. 리즌, 개똥 조심해!"

톰은 리즌을 잡아당겼다. 바닥에 납작 누운 묘석 위에 아무렇게 앉아 있는 남녀를 발견했다. 바람을 피해 라이터를 켜려고 애쓰고 있다. 리즌이 먼저 인사를 건넸다. 묘석에 앉아 있던 남녀도 고개를 까딱했다.

"이 구역에는 시드니 항구에서 익사한 사람들이 대부분이야."

톰이 손가락으로 가리킨 표지판에는 '익사자 묘역'이라고 씌어 있었다.

"초기 이주자들은 수영에 익숙하지 않았으니까."

"백인들은 여전히 그래."

리즌이 킬킬대며 말했다.

"울굴가 해안에서 배낭여행 하는 영국인을 만났는데, 수

영할 줄 몰라 모래사장에 큰 수건을 깔고 몸을 익히고 있더라고. 물이 발목까지만 올라와도 겁을 먹더라. 이상하지 않니? 그렇게 찌는 계절에 물에 들어가려 하지 않다니 말이야."

톰이 고개를 끄덕였다.

"학교에 프랑스 여자애가 하나 있는데…… 그런데 너 어느 학교로 가게 될지 알아?"

"아니."

"메르가 너를 사립학교에 보내지 않았으면 좋겠다. 공립학교에 가면 나랑 같이 다니게 될 거야. 맘에 들지 않니?"

리즌이 고개를 끄덕였다.

톰이 기대한 것만큼 기분 좋아 보이지는 않았다. 자기랑 같이 학교를 다니는 것 때문이 아니라 학교에 가야 한다는 것 때문이라 믿고 싶었다. 톰은 다시 궁금해졌다. 리즌이 톰과 함께 메르 밑에서 공부하게 되는 것일까?

"어쨌든 그 프랑스 여자애는 수영을 할 줄 몰랐어. 우리가 브론즈 메다용 수업을 하고 있는 동안 혼자 연습을 하고 있었어."

"브론즈 메다용? 그게 뭔데?"

톰은 놀란 눈으로 리즌을 바라보았다.

"수상 인명 구조 자격증이야. 옷을 다 입고 물속에서 선헤엄을 치지. 물에 빠진 사람을 구해내는 훈련을 하는 거야."

리즌이 고개를 흔들었다.

"인명 구조 훈련 같은 것은 해본 적이 없어."

"정말? 나는 모든 학교에서 가르치는 줄 알았는데?"

"우리는 한곳에 머물지 않았으니까."

"그래도 수영할 줄 알지?"

"당연하지."

"그래, 다행이야. 프랑스 여자애는 혼자 연습을 하고 있었어. 우리는 깊은 물에서 구조 훈련을 하고 있었거든. 그런데 그 여자애가 깊지도 않은 곳에서 고개를 내밀고 비명을 지르는 거야. 정말로 물에 빠진 것처럼 말이야."

"그 여자애, 수영을 배우기는 한 거야?"

"그랬다고는 했지. 하지만 걔가 허풍을 떤 거야. 물속에 머리 담그는 것도 싫어하던걸. 머리가 물에 젖는 게 싫었거나 뭐 그랬겠지."

톰이 다시 걸음을 옮겼다. 다닥다닥 달라붙어 있는 묘비 세 개가 나타났다. 무덤은 알아볼 수가 없었다.

"혹시 이게 그거야?"

톰이 고개를 저었다.

"아니야. 먼저 너에게 이야기를 하나 해줄게."

"이야기라고?"

"《위대한 유산》이라는 책 읽어 봤어?"

"아니, 들어 보지도 못했어."

"영국인이 쓴 건데, 아마 세익스피어일 거야.(《위대한 유산》은 찰스 디킨즈의 소설로 톰의 실수다. :역주) 뭐든, 나도 그 소설을 읽어 본 것은 아니야, 영화를 봤지. 거기 이 미친 여자가 나와, 하비샴 양. 하비샴 양은 젊었을 때 결혼을 하려고 했어. 하지만 결혼식장에 신랑이 나타나지 않은 거야. 그 여자는 대단한 부자라 커다란 집 전체를 온통 꽃으로 장식했어. 커다란 케이크도 있었고, 뭐 또 결혼식에 필요한 많은 것들이 있었지. 결혼식장을 찾은 모든 사람들이 신랑을 기다렸지만 신랑은 끝내 나타나지 않았어. 하비샴 양은 큰 충격을 받았고, 미쳐 버렸어. 그녀는 결혼 예복을 벗지도 않았고, 결혼식장과 예식용품을 치우지도 않았어. 꽃도 케이크도 음식도 그대로 두었어. 꽃은 시들고, 예복도 해지고, 사방에 먼지가 두텁게 쌓이고, 거미줄이 가득했지만 하비샴 양은 꼬부랑 할머니가 될 때까지 그렇게 있었대."

"어휴……."

리즌이 몸서리쳤다.

"하지만 그냥 소설일 뿐이잖아, 안 그래?"

톰은 고개를 끄덕였다.

"하지만 실제 있었던 일을 소설로 쓴 거야. 바로 저기야."

톰이 건너편을 가리켰다. 작은 관목들이 보였다.

"세익스피어 소설의 실제 인물인 하비샴 양의 무덤이 저 아래 있어. 하비샴 양은 바로 이곳 시드니에 살았어. 저기가 그녀의 아버지 제임스 도니손 씨의 무덤이야. 꼭대기에 큰 글씨로 씌어 있지?"

리즌은 쪼그리고 앉았다.

"가까이서 들여다보면 작은 글씨도 읽을 수 있어."

리즌은 머리를 쓸어 귀 뒤로 넘기더니 큰 소리로 묘비명을 읽었다.

"'엘자 에밀리. 가장 오래 생존했던 그의 딸. 1886년 5월 20일 숨을 거두다. 이 또한 광기의 여인이었다.' 시드니에는 미친 사람이 정말 많구나."

리즌 옆으로 톰이 꿇어앉았다.

"맞아. 우리 엄마와 네 엄마처럼. 우리 엄마는 병원에 갈 수밖에 없었어."

"크게 다친 적 있니?"

리즌이 다시 물었다.

"그러니까 엄마가 너를 죽이려고 했을 때."

걱정하는 얼굴이었다. 톰은 머뭇거렸다. 톰은 동정 받는 것을 좋아하지 않았다.

"아니, 아빠가 빨리 도착했거든. 엄마는 칼을 휘두르며 우리를 죽이겠다고 소리치고 있었어. 캐스가 다쳤어. 아무렇게나 휘두르는 칼에 다친 거지, 죽이려고 찌른 것은 아니었어. 아빠도 그 사실을 알았어. 캐스 어깨에는 흉터가 있어, 아주 작긴 하지만."

"캐스는 네 누나야?"

"응."

톰이 일어섰다. 리즌도 따라서 일어섰다.

"미국에서 영화를 공부하고 있어."

"와우."

"끝내주지 않아?"

리즌이 고개를 끄덕였다.

"NYU에 다녀. 뉴욕에 있는 대학교야."

"참 먼 곳으로 갔구나."

"고등학교를 졸업하면 나도 그곳으로 공부하러 갈 거야."

톰이 말을 이었다.

"아니면 런던이나 밀라노로 가야지. 나는 의상 디자인을 공부하고 싶어. 멋진 여자 옷을 디자인할 거야. 그리고 내 이름을 딴 브랜드를 만들 거야. 샤넬, 발렌시아가 또는 스키아파렐리 같은."

"우와."

리즌은 감명 받은 표정을 지었다. 하지만 톰은 리즌이 그런 이름을 들어 본 적도 없다는 것을 장담할 수 있었다.

"하지만 걱정하지 마. 너에게는 보통 옷을 만들어 줄 테니까. 벌써 그 군인 바지를 구상하고 있는걸."

리즌이 멍한 표정을 짓고 있었다.

"주머니가 많이 달린 바지. 네가 원하는 게 그거지?"

"맞아. 곰답! 정말 빠른걸."

톰이 어깨를 으쓱했다.

"내일쯤 도안을 보여 줄게. 네 마음에 들면 같이 재료를 사러 가자."

둘은 한동안 엘자 에밀리의 무덤을 내려다보았다. 톰은 그녀의 결혼 예복이 어땠을까 궁금해졌다. 아름다운 예복이 세월에 침식되어 천천히 삭아 가는 것을 보고 싶었다. 눈앞에 예리한 삼각형을 그렸다. 삼각형은 곧 먼지 앉은 은빛 거미줄의 예복으로 변했다. 거미줄은 머리끝부터 발끝까지 늘어져 있다. 중세 요정 이야기에 나오는 옷 같지만 옷맵시는 훨씬 세련되었다. 1930년 아라비오네 식의 사선이 들어가 있다. 꽤 질긴 재료를 사용한 것 같다.

소매가 먼저 닳아 없어지고, 다음에 등판이 삭는다. 톰은 이제 마지막 길에 입을 수 있는 우아한 드레스를 만들 자신이 생겼다. 하지만 저렇게 내구성이 좋은 재료를 어디서 구할까? 연구를 해서라도 만들어야 할까? 진짜 거미줄로 소매를 만들 수는 없을까?

리즌이 톰의 어깨를 툭 쳤다.

"톰, 네가 보여 준다던 그 기이한 것은 어디에 있어?"

"이쪽이야."

톰은 리즌을 이끌고 나무와 무덤 사이를 헤쳐 나갔다.

"불과 열여섯 나이에 시드니 항구에서 익사하다."

리즌이 깨진 무덤의 기울어진 머릿돌을 가리켰다. 두 개의 닻이 조각되어 있었다.

"닻이 다섯 개로군."

"저쪽을 봐, 저기에 진짜 닻이 보여?"

리즌이 고개를 끄덕였다. 리즌은 건너편 후미진 곳을 바라보았다. 울타리 사라진 무덤 위에 닻이 놓여 있었다.

"옛날에 둔바르라는 커다란 배가 침몰했는데, 그 배를 탔던사람들이 여기 묻혀 있어. 전부 시드니 항에서 익사한 거야."

"얼마나 많은 사람들이?"

"수백 명."

"염병."

"여기에 있는 닻은 진짜 둔바르 호의 닻이야. 물속에서 건져 올려 여기까지 끌어 온 거지. 좀 더 볼 테야? 아니면 내가 얘기했던 것을 보러 갈 테야?"

"기이한 것을 보러 가겠어!"

톰은 커다란 종려수 뒤에 있는 큰 탑 쪽으로 갔다. 탑 꼭대기에는 한 손에 책을 다른 한 손에 칼을 든 천사가 있었다. 날개가 몸보다 길었다. 사면에 사람들의 이름과 날짜가 있었다. 가장 오래된 것이 제일 위에 있다.

"오!"

리즌이 눈을 동그랗게 뜨고 기둥을 뚫어지게 처다보았다.

모두 성이 같았다.

"칸시노! 우리 조상들이야?"

톰이 고개를 끄덕였다. 리즌은 입을 다물지 못하고 탑을 한

바퀴 돌았다.

"대부분 여자야!"

톰이 다시 고개를 끄덕였다. 톰은 리즌이 자신의 가문에 대

해 아무것도 모르고 있다는 것에 다시 한 번 놀랐다.

"같은 이름도 있네!"

"맞아, 보여? 남자는 몇 안 되잖아. 여기 이 남자를 봐."

톰이 어떤 남자 이름을 가리켰다.

'라울 에밀리오 헤수스 칸시노'

오른쪽 꼭대기에 있었다.

"내 생각에는 이 남자가 칸시노 가문의 시조인 것 같아. 하

지만 그 이후에 남자는 몇 되지 않을 뿐더러 칸시노도 아니

야. 나머지는 전부 여자들이야."

"전부 나처럼 칸시노야."

리즌은 손가락을 짚어 가며 유심히 들여다보고 있다.

'사라피나 마리아 루스 칸시노'

"우리 엄마 말고 또 사라피나가 있어."

톰이 고개를 끄덕였다.

"맞아, 봐. 에스메랄다도 있어. 똑같은 이름이 얼마나 많은지 봐. 밀라그로스와 루스가 얼마나 많은지 봐. 그리고 '누구누구의 사랑하는 아내', '누구누구의 딸'이라고 되어 있지 않지."

"누구누구의 엄마라고만 되어 있네."

"맞아. 여기 있는 이 묘석 하나가 칸시노 가문의 족보를 말하고 있는 거야. 기묘하지?"

리즌은 에스메랄다 루스 칸시노라는 이름을 뚫어지게 바라보았다.

"1823년생."

리즌의 얼굴이 일그러졌다.

"왜 그래?"

"너무 어린 나이에 죽었어."

톰은 출몰연대를 보고 나이를 계산해 보았다.

"열여덟. 옛날에는 평균 수명이 길지 않았어. 리즌, 너는 네 집안에 대해 잘 모르는 거지?"

왜 리즌이 놀라는 걸까? 물론 조상들이 일찍 죽었기 때문이
다. 톰은 후회했다. 어쩌면 톰이 리즌에게 못된 짓을 하고
있는지도 모른다. 리즌은 고개를 끄덕였다.

"잘 몰라. 사라피나가 해준 이야기라고는 아빠에 대한 것이
전부였어. 별로 대단한 것도 없었지. 아니면 에스메랄다와
함께 살 때의 이야기였어. 가문이나 집안의 역사에 대해서
는 한마디도 없었어."

"아하……."

리즌이 다른 이름으로 옮겨 갔다.

"이쪽은 스물, 다음은 스물하나, 열넷, 다섯, 세상에! 여길
좀 봐, '이는 피어나기도 전에 세상을 떴다.' 나머지는 어떨
까? 열아홉, 스물, 스물다섯."

리즌은 연대를 읽기가 무섭게 나이를 계산했다. 에스메랄
다도 따를 수 없을 만큼 빠른 속도였다. 확실히 리즌은 마법
사이다.

"와, 리! 너 수학 정말 잘하는구나!"

리즌이 이상하다는 듯 톰을 바라보며 천천히 말했다.

"이건 수학이 아니라 산수야."

"뭐가 되었든, 덧셈을 그렇게 빨리 하는 사람을 본 적이 없어. 넌 정말 메르의 손녀딸이 맞아."

"이건 덧셈이 아니라 뺄셈에 더 가깝지."

리즌은 계속 움직였다.

"열둘, 열여섯, 스물일곱 또 스물. 톰, 여기 좀 봐, 전부 너무 일찍 죽었어."

"전부는 아니야."

톰은 존 매튜 더글라스 오쇼네시를 가리켰다.

"예순다섯."

"남자잖아?"

"남자들은 모두 백 살 가까이 살았어. 첫 번째 남자 라울만 빼고."

리즌이 손가락으로 가리켰다.

"보여, 1823년에 죽었어."

톰이 바라보았다. 라울 칸시노의 생년은 물음표로 있었다.

"하지만 모든 여자들은……."

핏줄을 타고 내려오는 것이라고 메르가 말했다.

"다는 아니야."

리즌이 말했다.

리즌은 마지막 이름 앞에 섰다. 에스메랄다의 어머니였다.

"여기, 밀라그로스 루스 칸시노, 마흔여덟. 가장 오래 산 사람이로군."

리즌은 평범하게 새겨진 이름을 응시했다.

"하지만 자매들은 하나도 스물을 넘기지 못했어. 이쪽 무덤은 정돈이 잘되어 있네."

리즌이 톰을 바라보며 말했다.

"다른 것들은 깨지고 닳아서 읽을 수가 없는데, 여기에 있는 것은 최근 무덤이야. 이 묘지는 더 이상 사용하지 않는 것 같은데."

"맞아, 너희 가문 외에는."

톰은 밀라그로스 칸시노의 출몰연대를 보고 있다. 리즌이 톰에게 물었다.

"우리 증조할머니야?"

톰이 고개를 끄덕였다. 톰은 바보가 된 느낌이었다. 밀라그로스의 출몰연대를 기준으로 해서 메르의 나이를 유추할 수 있었을 것이다.

"마흔여덟까지 살았군. 에스메랄다는 마흔다섯…… 사라피나는 서른…… 다른 이들에게는 무슨 일이 있었지, 톰 너는 알아?"

톰은 고개를 가로저었다. 아무것도 모른다는 표정을 지으려고 애썼다. 메르와 약속했으니까, 마법 이야기는 하지 않기로.

톰네 집안은 칸시노 가문만큼 오래되지 않았다. 톰이 아는 한 아마도 엄마가 처음일 것이다. 그리고 엄마는 자신이 마법사라는 것을 알지 못했다. 엄마는 두려워했다. 1년 전 에스메랄다가 톰을 구했다. 아직도 톰이 알지 못하는 것이 많다. 하지만 분명히 알고 있는 것은 마법은 위험한 것이고, 심한 경우 죽을 수도 있다는 것이다. 마법의 힘을 타고난 사람은 오래 살지 못한다. 리즌이 마법사이고, 아직 그 사실을 알지 못하고 있다면 메르가 곧 알려 줄 것이다.

땅이 흔들릴 만큼 천둥소리가 요란하게 울렸다. 둘은 깜짝 놀라 펄쩍 뛰었다. 굵은 빗방울이 떨어지기 시작했다. 순식간에 두 사람은 흠뻑 젖고 말았다.

10

캐들러 파크

엄마 사라피나는 미쳤고, 할머니 에스메랄다는 못된 마녀
다. 그렇다면 나는 무엇이 될까? 마녀 같은 미치광이가 될
까, 미치광이 마녀가 될까? 혹시 우리 집안 사람들이 서른
을 넘기지 못하는 것이 그런 사실과 어떤 관계가 있을까? 나
는 미치지도 않고 사악하지도 않게 그냥 평범하게 오래 살
고 싶다.

다음날 아침, 에스메랄다가 나가자마자 나는 캐들러 파크
로 출발했다. 문지방 아래로 봉투 하나가 들어와 있다. 겉봉

에 씌어 있는 내 이름만 읽고 먼젓번 편지 있는 데에 던져 두었다.

캐들러 파크까지는 톰이 말한 시간의 반밖에 걸리지 않았다. 톰은 분명 별로 걷지도 않고, 오래 걸어 본 적도 없을 것이다. 도시 촌놈.

길에 차가 없다면 훨씬 빨리 도착했을 것이다. 어떤 길은 횡단보도 말고는 건널 수 없었고, 신호등은 고장난 것처럼 전혀 바뀔 생각을 안 했다. 캐들러 파크 근처에서 카페에 들러 아침을 때웠다. 계란 부침과 베이컨 그리고 칩을 주문했다. 12달러라니, 황금 달걀을 요리한 것인가? 보통 계란과 다를 것이 없었는데.

길 건너에 '캐들러 파크' 라고 씌어 있는 간판이 보인다. 정말 공원이었다. 건물이 보이지 않을 만큼 나무가 울창했다. 우울한 회색 건물에 쇠창살이 박힌 창문으로는 나무 한 그루 볼 수 없는 그런 곳을 상상했더랬는데.

병원 입구를 찾아 공원의 나무 사이를 헤맸다. 공원은 해변에 인접해 있어서 안으로 걸어 들어갈수록 햇살에 반짝이는 물결과 떠다니는 배가 눈에 들어왔다. 사라피나가 아니었다면, 여기가 정신병원이라고는 짐작도 못했을 것이다.

공원의 절반은 예술학교였다. 학교 건물 벽에 커다랗게 학교 이름이 붙어 있다. 공원에는 아픈 사람들이 어슬렁거리는 대신, 검은 옷을 입은 학생들이 그림을 그리거나 혹은 잔디에 누워 웃고 떠들며 담배를 피웠다. 병원 마당에 앉아 있는 것도 별로 신경 쓰이지 않는단 표정들이었다. 사실, 어디서부터 병원이고 어디서부터 학교인지 정확히 알 수도 없었다.

건물 몇 개는 오래돼 보였지만 담쟁이가 덮여 우중충해 보이지는 않았다. 세월의 흔적이 곱게 묻어나고 있었다. 겉으로 보기에는 예술학교가 병원보다 더 낡았다.

예쁘장한 빨간 벽돌집에 병원 접수 창구가 있었다. 내부는 전혀 가정집처럼 보이지 않았다. 방 사이 벽을 허물어 대기실로 이용하고 있었다. 의자들이 벽에 기대어 서 있고, 나무 상자 안에 장난감이 가득 들어 있다. 탁자 위에는 잡지가 가득하다. 모나지 않게 재단된 큰 책상도 보인다.

내가 걸어 들어가자 책상에 앉아 있던 부인이 모니터 너머로 미소 짓는다. 방 안에 다른 사람은 없었다.

"뭘 도와줄까?"

그녀가 물었다.

"엄마를 보러 왔어요."

"예약했니?"

"아니요."

이런 바보 같으니라고! 톰에게 병원이 어떻게 생겼는지, 면회를 하려면 어떻게 해야 하는지 알아보고 와야 했다.

"전에 면회 온 적이 있니?"

나는 고개를 가로저었다.

"그래 보이는구나. 지금은 면회 시간이 아니야. 30분은 더 기다려야 해."

"11시부터 면회 시간인가요?"

그녀가 고개를 끄덕였다.

"이곳에 오래 계셨니?"

나는 다시 고개를 가로저었다. 그녀는 어린 여자애가 엄마를 만나겠다고 불쑥 찾아온 것을 신기하게 생각하고 있었다.

"어머니 이름은?"

"사라피나 칸시노예요."

"자리에 앉아 기다리겠니."

나는 의자에 앉아 홍보 책자 하나를 집어 들었다. 여자가 머리를 감싸 쥐고 고통에 일그러진 표정을 하고 있는 그림 위에 빨간 글씨로 커다랗게 '정신질환의 이해'라고 씌어 있었다. 광증이 두통과 비슷하다고 말하는 것 같았다. 홍보 책자를 탁자에 내려놓고 창밖을 내다보았다. 아무것도 보이지 않았다.

오늘은 화요일이다. 일요일 오후에 에스메랄다 집에 도착했다. 내가 마지막으로 사라피나를 본 것은 지난 토요일이었다. 겨우 3일 전이다. 어떻게 그럴 수가 있을까? 너무 많은 일이 순식간에 벌어져서 머릿속의 시간이 뒤죽박죽이다. 시드니에 온 지 몇 년은 된 것 같기도 하고 어제 도착한 것 같기도 하다. 이전 내 인생은 꿈이었던 것 같다. 아니면 지금 꿈을 꾸고 있거나.

가슴에 실 뭉치가 엉켜 있는 듯했다. 사라피나가 죽도록 보고 싶으면서 또 무섭다. 사라피나를 마지막으로 본 곳은 더보 종합병원이었다. 병원 사람들이 사라피나의 위를 세척했고, 손목과 목에 붕대를 감아 주었다.

나는 병상 옆에서 밤을 새웠다. 동틀 무렵에는 의자에서 졸고 있었다. 사라피나는 의식이 없었다. 잠깐 정신이 돌아왔을 때, 그녀의 물기 어린 눈에는 초점이 없었다. 사라피나는 나를 알아보지 못했다.

여자 경찰관과 복지사가 와서 괜찮으면 몇 가지 물어보겠다고 했다. 나는 괜찮다고 대답했지만 의자에서 밤을 새웠기 때문에 머리가 이상해진 느낌이었다. 무슨 일이 있었는지 이야기하는 동안 울음이 터지지나 않을까 걱정도 되었다. 경찰과 복지사는 내게 아침도 사주고 친절했다. 묻고 답하는 내내 흐르는 눈물을 그칠 수 없었다.

병실로 돌아갔을 때는 사라피나가 정신을 차린 뒤였다. 내가 방으로 들어서자마자 사라피나는 침대에 묶인 채로 소리 지르기 시작했다. 가까이 다가갈수록 비명이 더 높아졌다. 사나운 몸짓과 고막을 찢을 것같이 날카로운 비명뿐이었다. 그 모든 자극이 머릿속으로 곧장 들어와 박혔다.

"사라피나."

애원하듯 엄마의 이름을 불렀다.

사라피나의 비명소리가 더 높아졌다. 이번에는 말을 했다.

"꺼져! 꺼져! 꺼져! 꺼져! 꺼져!"

온몸을 뒤틀며 구속을 끊으려는 것 같았다. 할 수만 있다면 내게 달려들어 나를 산산이 찢었을 것이다. 빨갛게 핏발 선

두 개의 안구가 곧 튀어나올 것만 같았다. 사라피나는 사납고, 무서웠다. 사람처럼 보이지 않았다.

"꺼져! 꺼져! 꺼져! 꺼져! 꺼져!"

간호사와 의사가 달려와 사라피나에게 주사를 놓았다. 간호사 하나가 나를 데리고 밖으로 나갔다. 나중에 사라피나가 진정되면 꼭 다시 보게 해주겠다고 약속했다. 하지만 나는 시드니의 에스메랄다 집에 보내졌다.

사라피나는 이전에도 정신이 나간 적이 있었다. 하지만 이 지경은 아니었다. 한 번도, 단 한 번도 내게 이렇게 한 적은 없었다. 허공에 대고 누가 있는 것처럼 대화하거나 우리가 직선으로 똑바로 걸어야 한다고 고집을 피우거나 며칠을 쉬지 않고 걸어야 한다고 우기는 정도였다. 어떤 때는 정신이 흐릿해져서 우리가 어디에 있는지 자신이 누구인지 모를 때도 있었다. 그럴 때면 나는 사라피나를 데리고 호텔 방이나 카라반, 아니면 야영장으로 갔다.

우리가 어디에 있는지 왜 여기까지 오게 되었는지 설명해주고 수학 문제 아니면 논리 문제를 내주었다. 사라피나는 언제나 멀쩡하게 문제를 풀었다. 그러고 나면 제정신으로 돌아왔다.

혼미한 상태가 오래 지속되지도 않았다. 더보에서 심각하게 발작을 일으킬 때까지는 말이다. 사라피나가 다시 그렇게 발작한다면 나는 그것을 견뎌낼 자신이 없다. 정말 나를 죽이려는 것 같았다.

"리즌 칸시노?"

간호사가 내 이름을 불렀다.

"네."

"배고프지 않니?"

예상치 못한 질문이어서 멍한 표정으로 고개를 끄덕였다. 아침에 먹은 달걀과 베이컨은 어디로 갔는지 모르겠다. 여전히 배가 고팠다. 보보스, 쇼트 브레드 비스킷 한 접시를 내주었다. 별로 좋아하지 않는 것이었으나 배가 몹시 고팠기 때문에 개구리나 달팽이 한 접시를 내주었다 하더라도 아마 거절하지 않았을 것이다. 톰네 부엌에서 훔친 아몬드는 그리 오래가지 않았다.

"어머니는 곧 준비가 끝날 거야. 낮잠을 주무셨거든."

한낮에 낮잠을 자는 사라피나를 상상하기 어려웠다.

"밖에서 비스킷을 먹으며 기다리겠니? 저기 면회실 가까운

데에서 말이야."

간호사는 근처에 있는 긴 의자를 가리켰다.

"오래 걸리지 않을 거야."

나는 해변이 건너다보이는 긴 의자에 앉아 간호사가 준 과자를 씹었다. 해변을 따라 한 떼의 사람들이 달리고 있다. 공중으로 땀방울이 튀어 오르는 것까지 보일 정도로 엄청나게 땀을 흘리고 있었다. 저 사람들은 완전히 돌았다. 목적지도 없이 그저 빙글빙글 돌고 있다. 땀을 뻘뻘 흘리면서 뛰어야 하는 이유가 무엇일까? 더구나 이렇게 무더운 날씨에. 사라피나에게 물어볼 것이 많았다. 에스메랄다의 집은 왜 사라피나의 설명과 다를까? 골동품 열쇠가 어디 열쇠인지 사라피나는 알까? 사라피나는 왜 집안 내력에 대해 한마디도 안 했을까? 사라피나는 그 여인들이 일찍 죽은 이유를 알고 있을까?

주머니에서 암모나이트를 꺼내 들여다보았다. 이것이 아직도 행운을 가져올까? 나는 암모나이트를 여러 번 잃어버렸다. 하지만 항상 다시 내 손으로 돌아왔다. 로퍼 강물 속에 빠뜨렸을 때조차도 다시 찾아냈다. 나는 물속으로 철벅철벅 걸어 들어가서 진흙 속에 묻혀 있는 암모나이트를 집어 올렸다. 암모나이트가 나를 부르고 있는 것처럼 조개가 떨어진 곳으로 똑바로 걸어간 것이나 다름없었다. 그리고 다시 철벅철벅 물 밖으로 나왔다. 그때 사라피나가 나를 품에 안고 정신없이 강둑을 달렸다. 커다란 악어 두 마리가 코앞까지 다가와 있었다.

"이제 준비가 다 되셨구나."
간호사가 말했다.
"널 만나기 전에 세수를 하고 머리를 빗으셔야 한대."
나는 고개를 끄덕이고 간호사를 따라갔다. 가슴에 맺혔던 응어리가 살살 풀어지는 것 같다. 머리를 빗는다는 것은 좋은 징조이다.

간호사는 나를 면회실로 데리고 갔다. 매우 넓고 밝은 방이었다. 창문이 많았는데 공간의 단조로움만 더할 뿐이었다. 가구는 모두 갈색이었지만 퇴색한 음영은 각각 달랐고, 서로 어울리지 않았다. 바닥에는 갈색, 흰색, 미색의 격자무늬 합성수지 바닥재가 깔려 있었다. 면회실에 있는 것 모두가 낡은 것들이다. 일곱 명 정도가 의자와 안락의자에 앉아 있다. 몇몇은 통옷을 몇몇은 일반 환자복을 입고 있었다. 모두 환자들인 것이 확실했다. 간호사는 하얀 타올 천으로 된 통옷을 걸친 여자에게 나를 데려갔다. 커다란 의자는 여인을 삼키고 있는 것만 같았다.

그녀가 사라피나라는 것을 깨닫는 데에는 시간이 걸렸다. 너무 얌전했다. 이웃에 있는 예술학교 학생이 나무나 돌로 의자 위에 조각해 놓은 것 같았다. 그 조각상 같은 여인은 창밖을 바라보고 있었다. 눈도 깜박하지 않았다. 사라피나는 쾌활하고 활동적인 사람이다.

"사라피나."

내가 불렀지만 그녀는 나를 돌아보지 않았다. 머릿결에는 빗자국이 뚜렷했다. 가운데 가르마를 곱게 타고 있었다. 사라피나는 원래 오른쪽 가르마를 했다. 머리도 짧았다. 나는 어깨까지 내려오는 단발머리로 깎아 줬는데 지금은 뭉턱뭉턱 자른 머리가 귀밑에서 끝이 나 있다. 사이사이 흰머리가 눈에 띄었다.

"사라피나."

다시 불렀다. 사라피나의 손을 잡아도 될지 어떨지 판단이 서지 않았다. 손은 너무 작고 가늘었다. 커다란 환자복 때문에 그런 것 같기도 하지만 확실히 사라피나는 이전보다 많이 여위었다. 반대로 얼굴에는 붓기가 있었다.

"리즌."

사라피나가 입을 열었다. 밋밋한 목소리였다. 아무 감정도 없었다. 나는 사라피나의 다음 말을 기다리고 있었으나 아무 말도 없다. 그때까지도 사라피나는 눈 한 번 깜빡하지 않았다.

"사라피나!"

"좋아 보이는구나."

"고마워." 하고 대답하기는 했지만 나를 바라보지도 않고 어떻게 내가 좋아 보이는지 알 수 있을까? 사라피나의 모습은 무서웠다.

"이제 할머니를 위해 일하니?"

사라피나가 예의 그 건조한 목소리로 물었다.

"내가? 아니, 난 아직 그 여자한테 한마디도 안 했어…… 아니, 거의 한마디도 안 했어. 그 여자가 주는 음식도 안 먹었어. 그리고 탈출 계획은 다 세웠어. 물자만 조금 더 준비하면 돼. 그러면……."

"잘됐구나."

사라피나는 기쁘다는 것인지 불쾌하다는 것인지 알 수 없는 목소리로 말했다. 그녀의 목소리에 감정이 없었다. 눈에 눈물이 차올랐다. 주먹을 꼭 쥐었다. 울고 싶지 않았다.

"엄마한테 주머니 하나가 있어."

사라피나에게 문제를 내려는 것이다.

"주머니 속에 검정 구슬 셋, 흰 구슬 둘, 붉은색 구슬 하나가 있어. 첫 번째 구슬을 주머니에서 꺼냈어. 그리고……."

"그 여자를 위해 일하지 않는다고?"

"에스메랄다?"

"그래, 에스메랄다. 그 여자를 위해 일하고 싶지 않다고?"

"절대. 나는 누구를 위해서도 일하지 않아."

"그래."

사라피나가 말했다.

"똑똑하구나. 누구를 위해서도 일하지 마라. 너의 것을 훔치고 싶은 거야. 너는 너의 것을 지켜야 해."

"내 것을 지키라고?"

사라피나가 고개를 끄덕였다.

오늘 사라피나가 움직이는 것을 처음 본 것이다. 그래도 시선은 창밖 어딘가에 고정되어 있었다. 반짝이는 물살을 바라보고 있는 것일까? 뭔가를 보고 있는 것 같지가 않았다.

사라피나의 목소리는 완전히 밋밋했다.

"하지만 절대 사용해선 안 돼. 절대 네가 가진 것을 사용하면 안 돼."

"뭘 사용해선 안 된다는 거야, 사라피나?"

"먼저 그녀를 꺼내 보아야겠구나. 그렇게 시작하는 것도 좋겠어."

"뭐?"

내 목소리를 타고 나가는 절망감을 통제할 수도 없었다. 사라피나는 알아채지도 못하는 것 같았다.

"지하실 동남쪽 구석에 가면 찾을 수 있을 거야."

"누굴 찾아?"

"돌을 빼내. 별로 깊지 않아. 어렵지도 않아. 그저 손으로 빼내기만 하면 돼."

"내게 뭘 하라는……."

"별로 나쁘지 않아."

내 말이 귀에 들리지 않는 것처럼 사라피나가 입을 열었다.

"미치는 것, 그렇게 나쁘지는 않아. 이것보다 더 나쁜 것이 있어. 여기는 아주 예쁘구나."

사라피나는 입을 다물었다. 표정은 성벽처럼 닫혀 있었다. 그리고 더 이상 입을 열지 않았다. 간호사가 와서 사라피나를 데리고 갔다. 천천히 움직이는 사라피나를 보았다. 병자처럼 발을 질질 끌고 있는 것이 아니라, 그저 천천히 움직일 뿐이었다. 마치 다른 세상, 시간이 느리게 흐르는 세상에 살게 된 것 같았다. 사라피나는 절대 행동이 느리거나 게으른 사람이 아니다.

그 친절한 간호사가 내게 괜찮으냐고 묻는다. 나는 애써 고개를 끄덕였다. 난 울고 싶지 않았다. 나는 사라피나에게 아무것도 묻지 못했다. 현금인출카드의 비밀번호를 물어본다는 것도 완전히 잊고 있었다. 다시 그녀를 만나면 똑바로 물어볼 수 있을지 잘 모르겠다.

"사랑하는 사람이 이렇게 되면 지켜보는 사람이 참으로 힘겹지."

나는 고개를 끄덕였다.

"엄마는 여기에서 잘 지내실 거야. 이제 자해하거나 비명을 지르지 않아. 점점 나아지고 있어."

"사라피나는 마치……."

뭐라 해야 할지 몰라 나는 말을 멈추었다.

"마치 텅 빈 것 같아요. 사라피나가 아닌 것 같아요."

"지금은 약을 많이 먹고 있어. 균형을 찾기까지 시간이 걸려. 자해하지 않고, 원래 엄마 모습으로 돌아가려면……."

"사라피나는 자해한 적이 없었어요. 우리는 행복했어요."

내 귀에도 참 공허하게 들렸다. 간호사가 내 손을 꽉 쥐었다. 그래서 나는 더 울고 싶어졌다.

"나아지실 거야. 엄마를 자주 보러 오는 것이 엄마에게 도움이 돼. 엄마는 너를 보며 원래 자기 모습을 상기할 수 있으니까."

나는 고개를 끄덕였다. 그리고 자리에서 일어났다.

"다시 올래요."

의문의 여지가 없었다. 나는 반드시 사라피나를 구해낸다. 그리고 우리는 예전처럼 같이 도망친다. 의사가 그녀를 고칠 수는 없다. 약만 잔뜩 먹여서 둔하고 이상한 사람으로 만들 것이다.

사라피나는 옛날의 자신을 찾으면 되는 것이다. 약에 취해 살아서는 절대 옛날의 자신을 찾을 수 없다. 아직 사라피나와 함께 도망칠 계획은 세우지 못했다. 비명을 지르고 내게 달려드는 사라피나는 너무 무섭다. 내 엄마이며 내 가장 좋은 친구, 즐거운 사라피나의 모습에 정신을 집중했다.

도망치는 내 모습을 상상해 본다. 나보다 어릴 때 사라피나도 그랬다. 그녀는 에스메랄다에게서 도망쳐서 혼자 세상을 헤쳐 나갔다. 게다가 돌봐야 할 아기도 있었다. 나도 그렇게 용감하고 생명력 넘치는 사람이 되고 싶다. 나는 반드시 그렇게 될 것이다. 그리고 나 역시 사라피나처럼 돌봐야 할 사람이 있다.

내 사랑하는 엄마, 사라피나.

11

다시 지하실

집으로 돌아오자마자 지하실로 달려갔다. 사라피나가 한 말들 중에 지하실 이야기만 유일하게 알아들을 수 있었다. 지하실은 시원했다. 살 것 같았다. 빈 집에 나 혼자 있다. 시간은 충분했다. 에스메랄다가 아무리 일찍 온다고 해도 해가 지기 전에 돌아오는 일은 없을 것이다. 에스메랄다는 어젯밤 내가 잠들 때까지도 돌아오지 않았다. 어젯밤 짧은 생애를 살다 간 조상들 생각에 잠을 이룰 수 없었다. 그렇게 뒤척이다 잠이 들었다. 죽음처럼 깊은 잠이었다.

이번에는 여유 있게 지하실 조명 스위치를 올렸다. 포도주

서박은 너무 빽빽이 들어서 있고, 바닥은 상당히 울퉁불퉁했다. 조심해 움직여야 했다. 사라피나가 말한 남동쪽 구석에는 다듬지 않은 유난히 거친 돌들이 있었다. 모두 벽돌 크기를 넘지 않았다.

사라피나가 말한 그 지점, 벽과 포도주 선반 사이에 50센티미터쯤 틈이 있었다. 그리 큰 편이 아니라 몸이 간신히 들어갈 수 있었다. 제일 큰 돌을 두 손으로 잡았다. 손안에 잘 잡히지 않는다. 게다가 쐐기로 박은 듯 꼼짝하지 않는다. 나는 있는 힘껏 꽉 붙들어서 앞으로 당겼다. 그르륵 하며 무겁게 움직이더니, 반대편에서 누가 돌을 붙들고 있다 내가 막 힘을 쓰는 순간 손을 탁 놓은 것처럼 확 빠져나와 내 얼굴을 때렸다. 깜짝 놀라 얼결에 돌을 놓쳤다. 떨어진 돌이 발가락을 찍었다.

"염병! 염병! 염병!"

말도 못하게 아팠다. 피가 철철 흘렀다.

"염병!"

웃도리를 벗어 한 손에 둥글게 말아 코를 감쌌다. 욱신거리는 코를 붙들고 있는 손이 벌벌 떨린다. 코뼈가 부러진 것은 아닐까? 사라피나는 어렵지 않을 것이라고 했다! 오른손으로 코를 누르고 왼손으로 잔돌을 끄집어냈다. 돌 틈에 작은 돌들을 우겨 넣어서 큰 돌을 고정했던 모양이다. 시멘트나 접착제 흔적이 없었다. 작은 돌들을 긁어내는 것으로 족했다. 돌 밑에 운동화 상자만 한 쇠로 된 곽이 하나 보인다. 마음이 놓였다. 동남쪽 구석에 무엇이 있기는 있는 것이다. 사라피나가 헛소리를 한 것이 아니다.

하지만 나는 다른 것을 상상했다. 동남쪽 구석의 돌을 치우면 비밀 통로가 열리고 지하실 아래 또 비밀 지하실이 있다. 거기에는 사라피나가 말한 '그것'이 살고 있어 나를 산 채로 잡아먹으려고 달려들지도 모른다.

금속 상자는 사람이 들어가기에는 터무니없이 작았고, 살아 있는 생명체를 넣어 두기도 어려워 보였다. 입구에 쌓여 있는 잔돌들을 마저 치우고 상자를 당겼다. 엄청나게 무거웠다. 꼼짝도 하지 않는다. 뚜껑을 열어 볼 수 있을까 해서 가장자리를 손으로 더듬어 보았지만 소용없다. 상자를 꺼내기 위해 두 손을 사용해야 했다.

피에 흠뻑 젖은 윗도리를 무릎에 내려놓고 조심스럽게 코를 더듬어 보았다. 핏방울이 똑똑 떨어지고 있었다. 코로 숨을 쉴 수 없었다. 손끝에 닿는 촉감만으로는 코가 세 배쯤 커진 것 같다. 윗도리로 흐르는 피를 닦아냈다. 얼음 찜질을 해야 할 것이다. 하지만 지금은 상자가 먼저다.

피 흥건한 윗도리를 허리에 둘렀다. 다리를 벌려 상자 양쪽에 단단히 디딘다. 머리통 속에서 북이 울리고 있었다. 어정쩡한 자세로 힘을 쓰려니 머리로 피가 몰려 코가 더 아팠다.

상자가 조금 움직였다. 쇳조각 긁히는 소리가 날카롭게 들렸지만 다시 바닥으로 주저앉는다. 울룰루(에어즈 록이라고도 한다. 중북부 오스트레일리아의 노던 준주 남부에 있는 거대한 모래 바위로, 원주민들에게는 신성한 곳이다. 높이가 348m, 9.4km :역주)보다 더 무거운 것 같다. 허리를 굽히고 벽돌 포도주 선반에 발을 단단히 디디고 힘을 썼다. 상자가 또 움직였다. 피와 땀이 흘러내려 입안으로 들어왔지만 입을 다물면 숨을 쉴 수 없으니 어쩔 수 없다. 마침내 상자를 끌어냈다.

상자가 바닥에 부딪히자 천둥 치는 소리가 났다. 주변의 포도주 병이 덜그럭거릴 지경이었다. 귀가 먹먹했다. 이제 고막까지 터진 것 같다. 에스메랄다가 집에 있다면 듣지 못할 리 없다. 길을 지나는 사람은 말할 것도 없고, 톰의 방에서도 들을 수 있을 것이다. 망할 놈의 상자는 납으로 만든 것이었다. 잠깐 자리에 앉아 손과 어깨를 주무르고 얼굴에서 피를 닦아냈다. 일을 끝내고 목욕을 해야겠다. 거품 가득한 욕조에 몸을 담가야지.

상자를 멀거니 바라본다. 사라피나가 말한 것이 바로 이것이다. 안에 무엇이 있을까? 눈을 감으니 피에 흥건히 젖은 수백만 개의 이빨이 보였다. 사라피나는 '그것' 이라고 했지 '그것들' 이라고 하지 않았다. 상자를 샅샅이 살펴보았다. '그것' 이라…… '그것' 이 무엇일까?

혹시나 해서 열쇠를 가져왔지만 열쇠 구멍은 너무 작았다. 맞을 리가 없지. 다른 쪽 주머니에서 머리핀을 꺼내 열쇠 구멍 안으로 밀어 넣었다. 딸깍 하는 소리가 들렸다. 상자보다 더 무겁게 느껴지는 뚜껑을 밀어 젖혔다.

고양이였다, 죽은 고양이.

뼈만 앙상한 노란 고양이가 누렇게 바랜 흰 천 조각에 싸여 있다. 눈도 없고 내장도 없다. 눈을 똑바로 뜨고 들여다볼수록 눈앞이 점점 흐려졌다. 고양이가 고개를 들어 텅 빈 눈구멍으로 나를 바라보며 야옹 하고 울 것만 같았다. 소리를 지르며 벌떡 일어나 상자를 걷어차고 도망쳐야 했지만 꼼짝

할 수가 없었다.

상자 속의 '그것'은 꼼짝도 않고 누워 있다. 죽은 듯이 죽어 있다. 뻥 뚫린 눈이 보인다. 멍청하게도 먼지와 피가 엉긴 손으로 눈을 비볐다. 얼굴만 더럽혔다. 이 녀석이 르루와가 확실하다.

꼼짝 않는다. 고양이 머리가 언뜻 움직인 것도 같다. 야옹 하고 우는 것도 같다. 상자 안에 손을 넣어 본다. 고양이가 일어나 울 것만 같다. 하지만 역시 꼼짝 않는다. 옆구리를 만져 보았다. 여섯 해 한발 든 땅보다 더 건조했다. 습기는 흔적도 없었다. 생명의 흔적도 없다. 턱 아래 색 바랜 마른 핏자국이 보인다. 사라피나 말대로 날카로운 칼날이 목을 긋고 간 것이다.

분노가 전기처럼 일어 몸을 뚫고 지나간다. 나는 눈을 감았다. 그리고 숨을 조절했다. 길게 내뱉은 숨으로 분노의 기운을 밀어냈다. 에스메랄다는 어떻게 자기 딸과 딸의 고양이에게 이런 짓을 할 수 있을까? 이것은 마법이 아니라 광기다. 이 집에 더 머물 수가 없다.

거울을 들여다보았다. 손으로 만질 때보다 훨씬 나아 보였다. 점점 부으면서 멍이 올라온다. 그래도 생각했던 것보다는 훨씬 낫다. 이제 피도 멈추었다.

브라와 윗도리는 피로 엉망이 되었지만 반바지는 피 한 방울 묻지 않았다. 정성껏 얼굴을 씻고 콧구멍에 솜을 밀어 넣었다. 염병, 너무 아팠다. 현기증이 난다. 욕실로 가기 전에 과자 한 봉지와 초코바를 먹었다. 병원에서 돌아오는 길에 얼마간 식량을 장만했다. 땅콩도 사고 건조 과일도 사고 치즈와 생수 큰 것 두 개를 샀다. 많지는 않지만 충분하다. 배낭에 지도도 넣었고, 나침반과 리더만(다용도 연장을 만드는 회사. 빅토리녹스는 칼을 기본 틀로 놓고 세부 연장을 설계하고, 리더만은 펜치를 기본 틀로 한다. :역주)도 챙겼다. 썬캡, 모자 그리고 사라피나가 남긴 돈도 챙겼다.

욕조에 물이 찼을 때쯤 코에 넣었던 약솜을 빼고 거울에 얼굴을 비추어 보았다. 막 링에서 내려온 권투 선수 같았다. 오른쪽 눈에 멍 기운이 있다. 거품을 손으로 밀치고 욕조 속으로 들어갔다. 오른쪽 엄지발가락이 이상했다. 맞다! 멍청하게 돌덩어리를 떨어뜨렸지……. 어제 계단에서 긁힌 정강이도 후끈거린다. 전부 지하실에서 입은 부상이다.

천창을 통해 햇살이 비친다. 눈을 감았다. 뜨거운 물이 뼛속까지 스며드는 것 같다. 곧 이마에서 땀이 흐르기 시작했다.

눈으로 짠물이 들어온다. 신경 안 쓴다.

마지막으로 욕조 속에 몸을 담근 것이 언제였더라? 더보에 도착하기 전, 여관에 있는 공동 목욕탕이었다. 아마 도리고였을 것이다. 빨간 수도꼭지에서 미지근한 물이 졸졸 흘러나왔고, 더러운 욕조의 바닥은 갈라져 있었다. 욕조에 들어앉자 엉덩이에 상처가 났다.

하지만 이 욕조는 깨끗하고 매끈하고 뜨거운 물이 콸콸 쏟아진다. 물속에 몸을 잠그고 무엇이 더 필요한지 정리해 본다. 침낭, 당연히 필요하다. 배낭 뒤에 매달아야 할 것이다. 갈아입을 옷 두 벌도 챙겨 넣어야 하고, 외투 하나가 필요하다. 양모 스웨터도 챙겨야 한다. 남쪽으로 간다면 필요할 테니까.

돈도 더 필요할 것이다. 오늘 밤에 떠난다면 에스메랄다 지갑에서 돈을 좀 훔치거나 돈이 될 만한 물건을 슬쩍해야 할 것이다. 일자리를 구할 때까지 다른 방법이 없다. 그 정도로 충분하다면 좋겠다.

가장 큰 문제는 사라피나이다. 어떻게 사라피나와 함께 떠날 수 있을까? 몇 번 더 병원을 찾아가서 간호사와 낯을 익힌 후, 사라피나의 외출 허락을 받아내면 된다. 그럴 수만 있다면 다음은 공원을 그냥 걸어 나가면 되는 것이다. 센트럴까지 가는 대륙 횡단 버스나 기차를 타면 된다.

만약 오늘 밤 도망을 친다면, 사라피나와 함께 떠날 수는 없다. 나중에 데리러 와야 한다. 그렇게 할 수 있을까? 매일매일 약에 취해 살 텐데, 내버려둬야 한단 말인가? 나는 머리까지 물속에 잠겼다. 코가 후끈거린다.

'내가 없는 동안 죽으면 어떻게 한다지? 피기도 전에 세상을 떠난 우리 집안의 다른 여자들처럼.'

그렇게 일찍 죽은 데에 무슨 이유라도 있을까? 에스메랄다에게 묻고 싶어졌다. 아니면 사라피나에게라도 꼭 물어보아야 겠다. 그네들은 알까? 나는 더 많은 것을 알고 싶어졌다.

욕조에서 몸을 빼내자 현기증이 일었다. 온몸이 너무 뜨거웠다. 욕조에 걸터앉아 한참을 쉬었다. 그제야 눈앞에 어른거리던 흰 점들이 사라졌다. 뜨거운 여름날 뜨거운 물속으로 뛰어 들어가다니, 바보짓이지만 그럴 수밖에 없었다. 현기증이 어지간히 가시자 차가운 물에 얼음을 띄워 천천히 한 모금 마셨다. 좀 나아지는 것 같다. 침실에 있는 선풍기를 켜고 발코니 문을 열었지만 바깥 공기가 훨씬 뜨거웠다. 곧바로 문을 닫았다.

오늘 밤 도망치면 에스메랄다에게는 전혀 예상치 못한 일이 될 것이다. 이렇게 찌는 날씨에 누구라도 쓸데없이 힘을 쏟고 싶지 않을 것이다. 진심으로 말하면 머릿속엔 오로지 쉬고 싶은 생각뿐이었다. 코피는 멎었지만 코는 여전히 욱신거린다.

침대에 누웠다. 밤에 도주할 계획이라면 낮잠을 자두는 것도 좋은 일이다. 눈을 감았다. 그리고 숨을 깊이 들이쉬었다. 여러 가지 생각들이 머릿속에서 춤을 추고 있어 잠들 수 없었다. 꼭 필요한 것부터 쓸데없는 것까지 수많은 생각의 편린이 머릿속을 뛰어다녔다.

사라피나의 쌍안경이 필요할까? 난 더 많은 것을 알고 싶다. 톰에게 더 물어볼까? 묘지에서 내게 얘기한 것보다 톰은 더 많은 것을 알고 있는 것 같다. 에스메랄다가 시킨 것일까? 나를 거기 묘지에 데려가라고? 출발을 뒤로 미루고 그 여자랑 얘기해 볼까? 고양이를 그렇게 죽일 수 있는 여자랑 얘기해야 하다니……. 에스메랄다의 편지를 집어 배낭 안에 넣었다. 어쩌면 그 안에 답이 있을지 모른다. 충분히 멀리 도망쳤을 때 읽어 보는 것이 현명할 것이다.

주섬주섬 옷을 입었다. 별로 더럽지 않은 반바지를 주워 입고 깨끗한 브라와 윗도리를 꺼냈다. 신발을 신기에는 너무 더웠다. 계단을 내려갔다. 분명히 어딘가에 돈이 있을 것이다. 먼젓번에 집을 뒤질 때는 뒷문의 열쇠를 찾으려던 것이지 돈을 찾으려는 것이 아니었다.

"열쇠!"

주머니 속에서 커다란 열쇠가 허벅지를 찌르고 있었다. 멍청한 열쇠다. 지하실 문을 열지도 못하고 르루와의 상자를 열지도 못하고…… 어쩌면 뒷문을 열 수 있을지 모르겠다. 열쇠 구멍을 바라보며 나는 직감했다.

들어갈 때는 안에서 뭐가 잡아당기는 것처럼 쏙 들어가더니, 열쇠를 돌리려고 하자 날카로운 소리를 내며 쉽게 돌아가지 않는다. 무거운 문이 삐걱 하며 열렸다. 문밖으로 한 발 내딛자, 문이 저절로 쾅 닫혔다.

"……"

나는 헤벌어진 입을 다물 수가 없었다.

12

마법의 문

망할! 내 눈에 보이는 것이 도대체 뭘까? 여기는 에스메랄다
의 뒷마당이 아니다. 무화과나무가 보이지 않았다. 나무가
있기는 한데, 들불이 휩쓸고 갔는지 잎이 하나도 없다. 하지
만 열기가 느껴지지도 않았다.

세상이 온통 하얗다. 땅 위에도 나뭇가지 위에도 흰 것이 걸
려 있다. 나는 아래를 내려다보았다. 바닥도 온통 하얗다.
차갑다. 공기도 차다. 숨을 들이쉴 때마다 폐에 상처가 나는
것 같다. 코가 다시 욱신거리기 시작했다. 여름이 사라지고,
에스메랄다의 뒷마당이 사라지고 나는 낮은 계단 위에 서

있다.

길 건너에 건물들이 줄지어 서 있다. 저기에 저런 건물들이 있다니 말이 되지 않는다. 여기는 에스메랄다 뒷마당도 아니고 낮도 아니다. 해가 이상하다. 하늘은 잿빛 구름이 가득하고 한쪽이 붉게 물들어 있다. 밤인가? 그렇다면 왜 별이 보이지 않는가? 달도 없다. 그러면 일식인가? 하늘이 말려 버렸나? 부엌에서 베란다로 한 발 내딛는 동안 세상의 끝이 온 것인가?

세상이 거꾸로 된 모양이다. 내가 보고 느끼는 모든 것을 이해할 수 없다. 낮도 여름도 사라져 버렸다. 건너편에 보이는 건물들은 에셔의 그림에서 막 나온 것 같다. 건물마다 빈약한 철골 계단이 걸려 있다. 집 안에는 계단이 없다는 것인가? 아니면 집을 짓는 동안 계단 만드는 것을 깜박해서 나중에 건물 벽에 걸어 놓은 것인가? 더구나 첫 번째 계단은 너무 높이 걸려 있어서 사람이 오를 수도 없게 생겼다. 여기는 혹시 캥거루 인간이 사는 나라인가?

건물마다 문 앞에 커다란 흰 둔덕이 솟아 있다. 무엇인지 알 수 없다. 흰 방울, 방울이 내 얼굴로 그리고 다물어지지 않는 입으로도 들어왔다. 비는 아니다. 더 부드럽다. 공기 중에 하얀 먼지가 가득하다. 깃털처럼 혹은 꽃잎처럼 생긴 것이 공기를 떠다닌다. 나는 계단을 내려갔다. 하얀 먼지들이 나를 둘러싸고 우아하게 춤추고 있다.

혀로 받아 본다. 닿자마자 녹는다. 나는 부르르 떨었다. 젖은 공기 맛, 맘에 든다.

"눈이다!"

나도 모르게 큰 소리로 외쳤다. 흰 것의 정체를 알아낸 나 자신이 자랑스러웠다.

"이게 눈이구나."

나는 눈을 본 적이 별로 없었다. 고작 그림책에서 본 것이 전부이다. 언젠가 비를 본 적이 없다는 꼬마들을 만난 적이 있는데, 그 녀석들이 지금 이 광경을 보면 어떨까 생각해 본다. 정신을 차리기 힘들 것이다.

나는 활개를 쫙 펴고 빙글빙글 돌았다. 팔과 다리에 차가운 눈송이가 닿았다. 간질간질했다. 갈색에 초록색과 빨간색이 뒤섞이고, 현관의 철제 난간과 이상하게 생긴 계단과 텁수룩한 남자의 부조상이 반짝이며 눈송이 사이에 어른거린다.

가쁜 숨을 몰아쉬며 돌기를 멈추었다. 집 앞에 있는 커다란 덩어리는 자동차가 분명하다. 눈이 덮여서 둔덕처럼 보이는 것이다. 거리를 바라보았다. 이상하다. 집들이 촘촘히 모여 있지만 분명히 거리다.

눈과 추위는 사람을 몹시 들뜨게 한다. 참을 수가 없다. 달리고 싶은 충동을 누를 수 없었다. 나는 발바닥에 차가운 눈을 느끼며 인도를 전력으로 달렸다. 볼에 내려앉은 눈은 달콤하고 차갑고 부드럽다. 맨발에 밟히는 눈은 축축하면서도 서벅서벅했다. 만약 이것이 겨울이라면 나는 겨울이 좋다.

문득 뒤로 돌았다. 아차! 나는 그제야 깨달았다. 나는 어디가 뒤인지 알지 못한다. 눈앞에는 똑같이 생긴 높은 집들이 죽 늘어서 있다. 철제 난간, 돌계단, 전부 똑같다. 내가 어느 집에서 나왔는지 모르겠다.

'이런 바보, 멍청이!'

머릿속에서 사라피나의 목소리가 울린다.

'항상 주의를 늦추지 말고 주변 환경을 잘 살펴야 해.'

'내가 뭘 봤더라? 붉은색에 갈색이 섞인 집들.'

이 동네 집들 전부 그렇게 생겼다.

'콧수염 기른 남자의 두상.'

바로 그때 내가 떨고 있다는 것을 알았다. 코는 더 이상 문제가 되지 않았다. 나는 맨발이었고, 반팔 윗도리는 흠뻑 젖어 있었다. 나는 추웠다. 정말 추웠다.

눈발은 점점 거세진다.

13

구조

이제 세 번째 밤으로 접어든다. 밤은 더 추웠으나 아직 리즌은 오지 않았다. 제이티는 리즌이 미워지기 시작했다.

"밤에 올 거야."

그가 그렇게 말했다. 한겨울에 손님이 찾아오는 것은 결코 반가운 일이 아니다. 한겨울의 한밤중은 더더욱 반가울 리 없다. 그의 예지몽이 항상 바늘로 콕 찍듯 정확한 것은 아니다. 리즌은 낮에 올 수도 있고, 다음 주에 올 수도 있고, 아니면 아예 못 올 수도 있다. 하지만 이번에 그는 다른 경우는 아예 고려하지도 않았다. 결국 제이티는 한밤중에 리즌을 기다려야 했다.

오리털 파카로 온몸을 휘감고, 캐시미어 목도리에 얼굴을 묻고, 벙어리 털장갑을 끼고, 부츠를 신고, 털모자를 썼지만 얼굴과 무릎은 이미 마비되었고, 허벅지와 종아리는 얼어 버렸다. 만약 근처를 산책하며 몸을 움직일 수만 있었어도 이 지경은 아니었을 것이다. 하지만 그냥 이렇게 한자리에 앉아 있어야만 했기에 제이티는 이제 동태가 되었다.

보온병에 담아 온 커피는 오래전에 식었고, 초코칩 쿠키 역시 다 먹었다. 제이티는 시계를 보았다. 시계를 볼 때마다 손목을 걷어야 하는 것이 싫어 장갑 위에 시계를 차고 있다. 자정이다. 해가 뜨려면 100년은 기다려야 할 것이다. 눈송이가 간간히 떨어진다. 눈이 온다는 예보는 없었다.

'정말 끝내주는군!'

제이티는 속으로 생각했다.

"이 추위에 눈까지 내려 주다니 정말 고마워. 이렇게 하루 종일 내리면 10센티미터쯤 쌓일 거야. 길은 미끄럽고 질척거리겠지……. 거기에 눈보라까지 더하면 그 고마움을 어찌 다 표현해야 하나. '내 운명이야' 해야 하나."

제이티는 계단참에서 일어섰다 앉았다를 반복했다. 더플

백에는 쓸모없는 보온병, 리즌에게 줄 외투와 부츠가 들어 있다. 제이티는 망할 놈의 계집애가 어서 문을 열고 나오기를 학수고대하며 건너편을 응시하고 있다.

제이티가 감시를 시작하고 나서 문은 두 번 열렸다. 두 번 모두 에스메랄다 칸시노였다. 제이티는 운이 좋았다. 에스메랄다는 제이티가 근처에 있는 것을 알아채지 못했다. 만약 에스메랄다가 제이티의 기운을 느꼈더라면 어떻게 되었을까? 제이티는 생각하기도 싫었다. 에스메랄다가 마법의 문에 대해 알고 있는 사람에게 친절을 베풀 리 없다.

그가 말하기를, 에스메랄다는 피의 희생제를 치른다고 한다. 대부분 짐승이지만 어린아이를 제물로 삼기도 한다고.

"너처럼 갈 곳 없는 여자애가 그 문 안에 발을 들였다고 생각해 봐라."

그는 어깨를 으쓱하며 말을 이었다.

"에스메랄다는 자신의 능력을 한 단계 끌어올릴 기회를 잡는 거지."

에스메랄다에게는 참으로 유감스런 일이었겠지만 제이티에게는 천만다행이었다.

문턱을 넘기만 하면 순식간에 햇볕 따뜻한 여름의 세상으

로 갈 수 있다는 생각은 제이티에게 너무 매력적인 것이었
다. 이곳이 겨울일 때, 문 건너 세상은 여름이라고 말해 준
것은 그였다. 일이 잘되면 그 문을 이용할 수 있게 해주겠다
고, 그가 약속했다. 제이티는 코웃음을 쳤다. 제이티의 인생
에서 잘되는 일이란 없었다.

문이 열렸다. 히스패닉계의 비쩍 마른 여자아이가 맨발로
걸어 나왔다. 제이티가 상상했던 모습이 아니다. 문 안쪽을
들여다보려고 했지만 쾅 하고 순식간에 문이 닫혔다. 제이
티는 다급히 뒤로 물러서서 어둠 속에 몸을 감추었다.
리즌 칸시노는 약간 모자란 아이 같다. 자폐아인지도 모른
다. 입을 헤벌리고 눈을 받아먹고 있었는데, 상당히 어려운
과업이나 되는 양 진지하다.
이어 천천히 계단을 내려오며 도시는 처음 보는 듯이 눈을
동그랗게 뜨고 두리번거린다. 보도에 내려서서는 빙글빙글
돌고 있다. 제이티는 코트 깃을 여미며 생각했다.
'춥지도 않나?'
벌거벗은 것이나 다름없는 여자애가 눈밭 위에서 춤을 춘
다. 보는 것만으로도 무릎이 시리다. 갑자기 리즌이 인도를

달리기 시작했다. 제이티는 뒤를 쫓아야 하는지 아니면 그 자리에서 기다려야 하는지 판단이 서지 않았다. 눈사람처럼 퉁퉁하게 옷을 껴입고, 커다란 보따리를 끌고 달리는 자신의 모습이 눈앞에 선했다.

흩날리는 눈송이 사이로 리즌이 멈춰 선 것이 보인다. 춤을 추는가 싶더니 뒤를 돌아본다. 두 팔로 몸을 감싸고 떨고 있다. 이제야 추운 줄 아는 모양이다.

눈발은 점점 거세지고, 바람도 일기 시작했다. 기온도 더 떨어지고 있다. 이제 구조해야 할 시간이다. 제이티는 리즌이 있는 데까지 걸어갔다.

"애! 너, 애! 나 좀 보렴."

리즌은 귀머거리처럼 서 있었다. 제이티가 다가갔다.

"애, 괜찮은 거니?"

리즌이 발을 동동 구르며 떨고 있다. 얼굴은 얼어서 붉게 변했고, 코는 파랗게 질려 있었다. 온몸에 소름이 돋았다.

"여기 외투가 있어."

제이티는 더플 백을 뒤진다. 리즌은 멍한 눈으로 그저 바라보고 있을 뿐이다. 제이티는 리즌의 어깨에 외투를 둘러 주었다. 리즌은 제이티보다 손가락 하나 정도 더 컸다. 제이티는 아기 다루듯 리즌의 팔을 잡아 소매 속에 넣었다.

"손을 주머니에 집어넣어, 따뜻할 거야."

제이티는 리즌의 머리에 모자도 씌워 주었다. 온몸을 사시나무 떨듯 떨고 있었지만 한결 따뜻해 보였다. 리즌의 이 부딪는 소리가 들렸다. 이제 리즌을 집으로 데려가야 한다. 바람 때문에 영하 100도는 될 것 같았다. 제이티는 변덕스러운 날씨가 정말 싫었다.

"부츠도 있어."

제이티가 리즌에게 말했다. 리즌이 고개를 끄덕였다. 하지만 제이티는 이 여자애가 자신의 말을 알아들어서 고개를 끄덕인 것이라고는 생각지 않았다. 오스트레일리아에서도 영어를 사용한다는 것쯤은 제이티도 알고 있다. 하지만 이 여자애는 지적 장애가 있거나 어딘가 모자란 것 같다.

제이티는 리즌을 벽에 기대게 했다. 리즌은 저항하지 않았다. 제이티는 리즌의 발을 들어 올려 장갑으로 눈을 털어낸 뒤 부츠를 신겼다. 다른 쪽 발도 그렇게 했다.

"좀 나아질 거야. 이제 집에 가자."

제이티가 리즌의 모자 속에 대고 고함치다시피 말했다.

"집은 따뜻할 거야. 이제 곧 눈보라가 몰아칠 거야."

리즌은 아무 말 없이 고개만 끄덕였다. 아마도 이가 너무 심하게 부딪쳐서 말을 할 수 없는 모양이다.

"이쪽이야."

제이티가 리즌의 팔짱을 끼며 큰 소리로 말했다. 리즌이 끊임없이 비틀거렸기 때문에 제이티는 리즌이 넘어지지 않도록 부축하며 같이 뒤뚱거렸다. 제이티는 '썰매를 가져올걸 그랬나.' 하고 생각했다.

"조금만 가면 집이야. 정말이야."

벽난로는 활활 타오르고 있었다. 스팀 파이프에서 솟아나는 열기가 눈에 보이지는 않았지만 실내 온도는 최소한 30도는 넘을 것이다. 그가 난방장치를 켰을 것이다. 하지만 그는 지금 이 근처에 없다. 느낄 수 있다.

제이티는 기분이 좋았다. 뼈가 녹아날 듯이 피곤했기 때문에, 지금은 그를 상대하고 싶지 않다. 몸도 제대로 가누지 못하는 여자애를 끌고 장장 여섯 블록 반을 왔으니 초주검이 된 것도 당연하다. 리즌은 벽난로로 달려가서 커다란 장작을 뽑아내듯 주머니에서 손을 뽑아 불꽃 가까이 들이밀었다.

"너무 가까이 대지 마! 손이 마비되어서 뜨거운 줄을 모르는 거야. 그러다 손을 덴단 말이야. 온도 변화를 급격하게 하는 것은 좋지 않아. 일단 손을 비비는 것이 좋을 거야."

리즌은 눈을 깜빡이며 제이티를 바라보다 손을 비비기 시작했다. 무슨 말인지 이해한 것이다.

"젖은 옷은 벗어 버리는 것이 좋겠어. 수건과 잠옷을 가져다줄까? 뭣 좀 먹겠니? 뜨거운 음료를 좀 마시는 게 좋을까? 혹시 배고프니?"

리즌이 고개를 끄덕였다.

"좋아, 동상에 걸려 손발이 떨어져 나가는 것을 보고 싶지 않으면 손가락과 발가락을 계속해서 꼼지락거려야 해."

제이티가 방으로 돌아왔을 때 리즌은 착한 어린이처럼 손가락과 발가락을 꼼지락거리고 있었다. 제이티는 웃음을 삼키며 리즌 옆에 수건과 잠옷을 놓았다.

"여기 필요한 물건이 있어. 나는 부엌에 가서 먹을 것을 좀 만들어야겠어. 필요한 게 있으면 날 불러."

"알았어."

제이티는 '드디어 입을 여는군.' 하고 생각했다.

제이티가 코코아 한 잔과 땅콩버터 샌드위치 두 개를 들고 돌아왔다. 땅콩버터 샌드위치는 시리얼과 함께 제이티가 만들 수 있는 유일한 음식이었다. 두 사람은 불 앞에 쪼그리고 앉아 아무 말 없이 샌드위치를 먹었다.

제이티는 리즌을 바라보았다. 잠옷 위에 외투를 덧입고 있었지만 이제 떨지도 않았고, 푸르스름했던 코도 혈색이 돌아왔다. 그래도 여전히 부어 있었다. 눈가가 거무스름한 것이 멍이 올라오는 것 같았다.

'아하! 에스메랄다가 권투를 좀 하는 모양이군. 주먹질보다 훨씬 쉬운 방법도 있을 텐데, 왜 그런 쓸데없는 수고를 했을까?' 제이티는 생각했다.

리즌에게서 아주 작은 에너지가 흘러나왔다. '혹시 에스메랄다가 벌써 다 마셔 버린 것일까? 만약 그게 사실이라면, 그가 별로 달가워하지 않을 텐데.'

리즌이 컵을 내려놓고 제이티를 똑바로 쳐다보았다.

"여기가 어디야?"

"여기는 11번지야."

"뉴타운의 11번지라는 거야?"

"뉴타운이라니, 무슨 말이지?"

제이티는 뉴타운이 문 저쪽의 어디일 것이라고 생각하며

대답했다.

"여기는 어디 외곽 지역이야?"

"외곽이냐고? 변두리일 리가 있니?"

리즌은 여전히 혼란스런 표정이었다.

"무슨 말인지 이해할 수 없어. 여기가 도대체 어디야? 어디의 11번지라는 거야?"

"이스트 빌리지 11번지."

제이티는 참기 어렵다는 듯이 대답했다. 그는 리즌에게 친절하게 대해 주라고 했다. 둘이 친구가 되어야 한다고 했다. 그리고 리즌이 처한 상황을 최대한 알리지 말라고 했다. 제이티는 영리한 소녀라 그의 말투가 그렇게 변했을 때, 그것이 무엇을 의미하는지 알고 있었다. 제이티는 리즌에게 아무 얘기도 하지 않았다.

"너는 이스트 빌리지에 있었어. 내가 너를 발견한 곳도 이스트 빌리지야. 어디에 머리를 심하게 부딪힌 거야?"

리즌이 눈만 끔벅였다. 눈가에 눈물이 고였다.

"이스트 빌리지라고……."

리즌이 천천히 말했다.

"그런데 그게 어디야?"

그가 말하기를 리즌은 아무것도 모른다고 했다. 하지만 에스메랄다 칸시노의 손녀딸이라고 했다. 그럼에도 제이티는 믿을 수가 없었다. 이스트 빌리지를 모르는 사람을 만나 본 적이 없었기 때문이다. 이스트 빌리지는 세계적으로 유명한 동네다.

추위로 인한 충격에서 아직 벗어나지 못해 그런 것이라고 제이티는 생각했다. 리즌은 정말로 큰 혼란을 겪고 있었다. 짐짓 그런 체하는 것이 아니었다. 만약 그랬다면 제이티는 금방 알아챘을 것이다.

"여기는 미드타운 남쪽이야."

"미드타운?"

"웨스트 빌리지의 동쪽이고."

제이티는 재미있었다. 리즌의 표정이 멍해졌다. 제이티가 보기에는 리즌이 모르는 것은 마법뿐이 아닌 것 같았다. 리즌은 평생 숲 속에서 산 사람처럼 아무것도 모르는 것 같았다. 그가 옳았다. 일은 수월하게 진행될 것이다.

"이스트 강의 서쪽이고, 이스트 사이드 남쪽 위에 있어."

리즌은 멍한 표정 그대로다. 제이티는 터져 나오는 웃음을 간신히 참고 있었다. 이제 그만 놀려먹기로 했다. 무엇보다

둘은 친구가 되어야 하니까. 제이티는 잔을 내려놓고 손을
내밀었다.

"내 이름은 제이티."

"나는 리즌이야."

제이티가 사람이라서 다행이라는 듯이 리즌은 제이티의 손
을 꽉 잡았다.

"이상한 이름이네."

제이티가 말했다.

"우리 움마는 미쳤어."

"너희 움마? 너희 엄마를 말하는 거야?"

제이티는 리즌의 말투가 우습다고 생각했다.

"엄마가 너를 미워해서 네 이름을 그렇게 붙였다는 거야?"

"우리 엄마 말이야…… 우리 엄마는 미쳤다고."

"뭐 어쨌든……."

리즌의 억양은 정말 이상했다.

"히스패닉 같지는 않네."

리즌이 어리둥절한 표정으로 제이티를 쳐다보았다.

"히스패닉이 뭐야?"

"부모님은 어디 출신이야? 남쪽? 그분들은 스페인어를 할

줄 아니?"

리즌이 고개를 저었다.

"사라피나는 시드니 출신이야. 그리고 스페인어는 할 줄 몰라. 아빠는 어디 출신인지 몰라. 사라피나 생각에는 아마 북쪽에서 왔을 거라고 했어. 남쪽은 아니야."

"시드니라고? 오스트레일리아 말이야?"

제이티는 이미 알고 있었지만 연기를 했다. 리즌에게 아무것도 알려 주지 않을 참이다. 그는 화가 나면 무섭다. 리즌이 고개를 끄덕였다.

"정말로 히스패닉이 아닌 거야?"

"아니야. 우리 가족은 모두 오스트레일리아 출신이야."

리즌이 딱 잘라 말했다.

"몇백 년을 거슬러 올라가더라도 마찬가지야. 아빠 쪽으로는 더 그렇고."

"그럼 너는 어떻게 검은 피부를 갖게 되었어?"

"아빠가 원주민이야."

"아빠가 뭐라고?"

"원주민!"

제이티가 못 들은 줄 알고 리즌은 큰 소리로 말했다.

"귀 안 먹었어."

제이티는 점점 의구심이 커졌다. 리즌이라는 여자애 정말 정신이 좀 나간 게 아닐까? 감당할 수 있을까?

"그런데 그게 무슨 뜻이야?"

지금까지 한 번도 그 단어를 모르는 사람을 만난 적이 없는 것처럼 리즌은 눈살을 찌푸렸다.

"원래 오스트레일리아 대륙에 살았던 사람이야. 영국인들이 오스트레일리아에 오기 전부터 말이야."

"아하!"

"옛날에 백인들이 오기 전에도 오스트레일리아에는 사람들이 살고 있었어."

"아하! 알겠어. 인디언과 비슷한 거구나. 벌거벗은 채 중요한 데만 가리고 창을 들고 뛰어다니는? 여자들은 애기를 등에 업고 있는? 그런데 원주민들은 백인이 아닌 거야?"

리즌이 천천히 고개를 끄덕였다. 그리고 뭔가 말하려다 말았다.

"맞아, 백인이 아니야."

제이티는 리즌의 생김새와 말투가 왜 약간씩 이상한지 이해할 수 있게 되었다.

"언제 여기에 왔어?"

"잘 모르겠…… 나는 단지……."

리즌의 얼굴이 갑자기 복잡해졌다. 그가 거짓말을 한 것이 아니었다. 에스메랄다 칸시노의 손녀는 문에 대해 아무것도 몰랐다. 이게 어떻게 돌아가는 판일까?

"기억이 안 나. 나는 집에 있었어. 시드니에 말이야. 그리고 지금은 여기에 있는 거야."

리즌이 어렵게 입을 열었다.

리즌은 무슨 일이 벌어질지 생각도 못하고 문을 열었던 모양이다.

"혹시 어떤 사람들이 너를 납치해서 마약을 먹인 것 아니야? 그놈들이 말로 할 수 없는 못된 짓을 하자 너는 탈출한 것이 아닐까? 네 얼굴을 보면 말이야, 너를 납치할 때 심하게 때린 모양이야."

리즌이 고개를 저었다.

"아니야, 이건 내가 그런 거야. 사고가 있었어."

'그랬군, 사고였군.'

"돌을 뽑다 내 얼굴을 때린 거야."

'뭐가 되었든.'

"여기에서 그랬다는 거야?"

리즌이 고개를 끄덕였다.

"그래, 여기 시드니에서."

리즌은 담담한 표정이었다. 거짓이다. 제이티는 느낄 수 있었다. 하지만 앞서 혼란의 느낌은 진짜였다. 리즌은 무엇을 기억하고 있을까? 리즌은 꿈과 현실을 구분하지 못하고 있었다. 그래도 이제 리즌은 문의 비밀을 이해했고, 어떻게 여기에 오게 되었는지 깨달았다. 제이티는 그것을 느낄 수 있었다. 그의 생각보다 리즌은 훨씬 골칫거리가 될 것이다. 제이티는 고소한 생각이 들었다.

"너를 납치해서 약을 먹였는지도 몰라. 네 얼굴을 때리고……."

"그럴 수도 있겠지."

"경찰에 전화를 해줄까?"

제이티가 물었다. 그저 리즌의 반응을 보고 싶었던 것이다. 리즌은 깜짝 놀라는 표정이었다.

"괜찮아. 무슨 일이 있었는지 생각 좀 해봐야겠어. 내 말은 만약……."

리즌이 말끝을 흐렸다. 제이티는 최대한 환하게 웃음을 지었다. 녹초가 되어서 곧 쓰러질 것 같아도 웃는 것은 그리 힘들지 않았다. 어쨌든 리즌 스스로가 어떻게 이곳에 오게 되었는지 믿게 만들었다. 아니라면 왜 경찰을 부르지 않는단 말인가.

"한동안 여기 머물러도 돼. 너 참 피곤해 보인다. 너무 늦었어. 곧 날이 밝겠어. 일단 한숨 잔 다음에 이 일을 생각해 보는 것이 어떨까?"

"날이 밝는다고? 지금 몇 시야?"

제이티가 시계를 보았다.

"새벽 1시."

"새벽 1시!"

리즌이 놀란 목소리로 외쳤다. 역시 혼란스럽다.

"맞아, 이제 자야 할 시간이야."

리즌이 고개를 끄덕이며 젖은 옷을 벗었다. 리즌은 제이티가 하자는 대로 하고는 있지만 제이티를 완전히 믿고 있지는 않았다. 제이티는 느낄 수 있었다.

"네 옷을 저기에 널어서 말려야겠다."

미리 준비되었다는 사실이 드러나지 않기를 바라며 제이티는 리즌에게 방을 보여 주었다.

"바로 옆에 욕실이 있어. 나는 저쪽 방에 있으니까, 필요하면 문을 두드려."

리즌은 제이티를 바라보았다. 눈에 눈물이 가득했다.

"고마워, 전부 다. 너무 추웠어. 나는…… 정말 고마워."

리즌이 한눈을 찡긋하며 제이티에게 물었다.

"나를 처음 발견한 곳이 어디인지 기억하니? 나를 거기에 데려가 줄 수 있겠어?"

"당연하지. 도움이 된다면야. 내일 아침 먹고 가보도록 하자. 오늘 밤은 일단 자, 리즌."

제이티는 벽난로의 불을 끄고 불씨를 흩었다. 리즌의 옷을 뒤졌지만 반바지 주머니에서 철사 조각 하나가 나왔을 뿐, 열쇠는 없었다. 큰 문제는 아니다. 리즌의 옷에는 열쇠를 감출 만한 데가 별로 없었다. 혹시 리즌은 에스메랄다처럼 열쇠 없이도 문을 열 수 있는지도 모른다. 정말 그렇다면 아주 흥미진진한 판이 벌어지겠다.

14

여기가 어디?

눈을 떴을 때, 나는 낯선 공간에 있었다. 잠이 덜 깬 것도 아니고 비몽사몽도 아니었다. 완전히 각성된 상태였지만 아무것도 알아볼 수가 없었다. 내가 입고 있는 잠옷도 하얀 홑이불에 싸여 있는 일인용 침대도 낯선 것이다. 바닥에 떨어져 구르고 있는 보온 이불도 낯설었다. 여기는 따뜻하다. 이상하다. 몹시도 추웠던 기억이 있는데, 지금은 따뜻하다. 침대를 빠져나와 창문의 차양을 열었다.

창밖의 세상은 흰색과 회색으로만 이루어졌다. 깜깜하지는 않다. 전에는 오후라도 깜깜했다. 시간이 고장난 것 같다.

창문을 열고 창살 사이로 거리를 건너다보았다. 태양을 보고 싶었다. 하지만 고층건물이 너무 많았고, 구름도 너무 무거웠다. 아침일까? 아침처럼 느껴지지 않는다. 왜 창문에 쇠창살이 있을까? 문 말고는 나갈 구멍이 없다.

쇠창살은 얼음처럼 차갑다. 몸이 부르르 떨렸다. 팔을 감싸 안고 창문을 닫았다. 살아오며 어제처럼 추웠던 적은 없었다. 죽을 것만 같았다. 창밖에 눈이 쌓여 있다. 온 세상에 눈이 덮여 있다. 하물며 자동차 소음마저 눈에 파묻혀 있다. 여기가 어디일까? 누가 방문을 두드린다. 놀라 뛰어서 일어났다.

"리즌, 일어났니?"

목소리가 귀에 익다. 어제저녁 대답을 회피하던 여자애의 목소리다. 혹한의 추위로부터 나를 구해 주었던 여자애의 목소리다.

"리즌?"

"응."

나는 침대로 가 이불을 턱까지 끌어 올리고 대답했다.

"들어가도 되니?"

"응."

여자애 말투가 이상하다. 어제저녁엔 알아채지 못했다. 저 애는 외국인처럼 말한다. 그리고 내가 지금까지 만났던 어떤 외국인과도 다르다. 내가 만난 외국인이라고 해봐야 황야에서 만난 배낭 여행자 몇 명이 전부지만. 여자애는 뭔지 모를 것들을 한 아름 안고 들어온다. 얼굴도 보이지 않는다. 들고 온 것을 침대맡에 툭 떨어뜨린다.

막 이사를 왔거나 막 이사를 가려는 방처럼 보인다. 거의 빈 방이라 할 수 있다. 벽에 그림 한 장 걸려 있지 않았다. 침대와 붙박이장, 마루판 위에 붉은색과 갈색으로 무늬를 넣은 양탄자가 전부였다. 에스메랄다의 집과 달리 어둡다. 아무 것도 없다. 의자도 없다.

내가 어떻게 이곳에 오게 되었을까? 나는 그저 뒷문을 열었고…… 그리고 무슨 일이……. 머리를 흔들었다. 생각만 해도 머리가 아팠다. 여자애가 가지고 온 물건을 살폈다. 옷인 모양이다. 여자애는 아무 말도 없다. 여자애는 생각보다 작았다. 나보다도 작은 것 같다.

채 마르지 않은 검정 고수머리는 방금 씻고 나온 듯했다. 어제 처음 내게 다가왔을 때는 이십대 아가씨인 줄 알았는데, 이제 보니 내 또래 정도로밖에 보이지 않는다. 이름이 뭐였더라?

"안녕."

나는 이불 속에서 조심스럽게 입을 열었다.

"안녕."

"나 입으라고 가져온 거야?"

한 번에 입을 옷이라고 하기에는 너무 많다. 이삿짐인가? 같이 짐이라도 나르자는 것인가?

여자애가 고개를 끄덕였다. 이름을 기억해 내야 한다. 진짜 이름 같지는 않았고 별명처럼 느껴졌다.

"여기가 어디지?"

어제 확실한 대답을 듣지 못했다. 지난밤의 쓸데없는 헛소리들 말고 보다 솔직한 대답을 해주었으면. 거리 이름은 숫자고 동네 이름은 동서남북이라니, 누군가 지지리도 상상력 없는 사람이 만든 가상의 세계 같다.

"이스트 빌리지."

울화가 치밀었다. 이성을 잃으면 안 된다. 사라피나가 늘 말했다. 눈을 감았다. 피보나치수열이 1번부터 20번까지 머릿속에서 폭포처럼 쏟아졌다. 눈을 떴다. 분노는 사라졌다.

"그게 어디에 있는 거야?"

“웨스트 빌리지 동쪽에.”

여자애가 대답했다. 마치 그따위 대답이 의미가 있다는 듯이, 그리고 내가 그런 것도 모르는 바보라는 듯이.

계집애가 킥킥대고 웃고 있다. 배 속에서 뭐가 확 치밀더니 하마터면 계집애 얼굴을 한 방 쥐어박을 뻔했다. 아니면 빽 하고 고함을 질러 줄 뻔했다.

속으로 되뇌었다. 이 여자애가 나를 구해 주어서 나는 얼어 죽지 않고 지금까지 살아 있는 것이다. 이성을 잃으면 안 된다. 이 여자애가 눈보라 속에서 나를 구했다, 나를 구했다, 나를……. 머리가 아프기 시작했다. 어떻게 눈이 있을 수 있단 말이지? 제이! 문득 이름이 떠올랐다. 제이 어쩌고인데…….

“제이 뭐가…….”

“제이티, 아무도 나를 제이라고 부르지 않아. 그리고 내 이름은 제이가 아니야.”

“미안.”

“괜찮아. 어제저녁에는 넋이 나간 것 같았는데, 지금은 좀 어때?”

“넋이 나갔어.”

"무슨 일이 있었는지 기억하니? 너 혹시 하늘에서 떨어졌니? 그리폰 발톱에서 미끄러지기라도 한 거야?"

제이티는 환하게 웃었다. 나는 그리폰이 뭔지 몰랐다. 상상 속의 동물인 것 같다. 이스트 빌리지 주민일지도 모르지. 나는 고개를 가로저었다.

"그런 것 같지는 않아."

나는 그 문을 열었다…… 하지만 도대체 말이 되지 않는다. 실제로 일어날 수 있는 일이 아니다. 이성적으로 판단해야 한다. 사라피나가 항상 경고했던 것처럼 에스메랄다가 나에게 무슨 짓을 했을지도 모른다. 그리고 지금 이 상황은 환상인 것이다.

"씻지 않을 테야? 네가 온 곳에서도 샤워는 하겠지? 옷과 함께 수건도 두 장 가져왔어."

제이티는 침대맡의 옷 더미를 가리켰다.

"고마워."

나중에 생각해 봐야겠다. 일단 두통이 좀 가셔야 할 텐데.

"여기에 있는 옷을 다 입어야 해, 알겠지? 최소한 세 겹은 입어야 해. 그리고 목도리, 장갑, 모자도 써야 해."

제이티가 얼룩덜룩한 모직물을 들어 올렸다. 아마도 그것이 모자인가 보다. 제이티가 입으라고 가져온 옷들은 하나같이 크고 또 퉁퉁해서 광대 옷처럼 보였다. 저런 옷을 입고 거리를 다니는 사람을 본다면 나는 얼빠진 사람이라고 생각했을 것이다.

"오늘은 정말 추워. 풍속냉각도(기온과 풍속의 복합 효과에 의한 신체의 냉각 정도 :역주)가 상상을 초월해. 귀를 잘 덮어야 할 거야. 그렇지 않으면 귀가 떨어져 나갈지도 몰라."

풍속냉각도라니, 뭔 말인지 모르겠다. 하지만 뭔가 무서운 말이라는 것은 알겠다. 눈앞에 쌓여 있는 이 옷들을 한 번에 다 입다니, 상상할 수 없었다. 침대 속은 이렇게 따뜻한데…….

"지금 겨울이니?"

제이티가 미친 사람 보듯이 나를 바라보았다. 사실 나를 볼 때마다 제이티는 '너 미쳤니?' 하는 표정이었다. 나도 마찬가지로 내가 미친 게 아닌지 의심스럽다.

"맞아, 리즌, 지금은 겨울이야. 눈보라가 치고, 손가락이 떨어질 만큼 춥잖니. 그게 겨울이 아니고 뭐겠니."

"내가 있던 데는 겨울이 아니거든."

제이티가 듣지 못할 만큼 작은 목소리로 말했다. 이어 내가 제이티에게 물었다.

"얼마나 추운 거야?"

"22도. 하지만 풍속냉각 때문에 체감기온은 훨씬 낮아."

나는 눈을 동그랗게 뜨고 제이티를 바라보았다. 어떻게 22도나 된단 말이지? 창밖에 산처럼 쌓여 있는 눈은 뭐라는 거야? 녹지도 않고 있는데? 분명히 영점 이하의 기온일 텐데. "네 말은 바람 때문에 이렇게 춥다는 거야?"

"맞아, 바람만 아니면 견딜 만했을 거야. 이런 외투만 입어도 견딜 수 있을걸."

제이티는 바닥에 떨어져 있는 외투를 보고 있었다.

"어젯밤에 신었던 부츠는 벽난로 가에 있어. 거의 말랐을 거야. 너한테 아주 잘 맞더라."

나는 고개를 끄덕였다. 부츠가 내 발에 맞았는지 어땠는지 기억이 나지 않았다.

"고마워."

"자, 그럼 아침 먹으러 갈까? 배고프지 않니?"

나는 또 고개를 끄덕였다. 제이티가 묻기 전에는 깨닫지 못했다. 마지막으로 밥을 먹은 게 언제였을까? 1월이었다. 지금 겨울이라면 그동안 6개월이 지났다는 것이다. 제이티가 자리를 뜨자 나는 내 옷을 찾으러 갔다. 방에는 없었다. 거실로 나갔다. 제이티는 그곳에 없었다. 내 옷은 난방장치 앞에 널려 있었다.

집을 살펴볼 기회가 생겼다. 탈출로는 둘, 현관과 부엌에 있는 큰 창문이다. 부엌 창문은 이상한 철제 계단으로 연결되어 있다. 큰 창문에서 철망으로 된 문이 덧대어 있는데, 잠겼는지는 알 수 없다.

거실로 돌아와 반바지와 윗도리를 보았다. 내가 가장 최근에 입었던 옷이다. 어쨌든 저 옷이 여름에서 겨울까지 죽 나를 따라왔다. 그곳이 어디든 간에.

"아직도 안 씻었어?"

제이티가 물었다.

나는 깜짝 놀라 펄쩍 뛰었다.

"얘! 무섭다, 너!"

"미안해!"

제이티는 그녀답지 않은 목소리로 말했다.

"좀 서두를 수 없을까? 배고파 죽을 지경이야. 네가 빨리 씻을수록 아침식사를 빨리 할 수 있단 말이야."

욕실에서 껍질을 벗기듯 때를 박박 밀었다. 발가락과 손가락은 바늘 수천 개가 콕콕 찌르는 것처럼 따끔거렸다. 어젯밤 추위 때문에 감각이 이상해졌다. 이 집의 모든 창문에는 창살이 박혀 있다. 하물며 욕실 작은 창문에도 말이다. 마치 감옥 같다. 현관과 부엌의 창문이 유일한 통로다. 도망쳐서 갈 곳이 없다면 탈출로를 확보한들 무슨 의미가 있을까? 도대체 여기가 어디일까? 어떻게 이곳에 오게 되었을까?

차림표는 식탁을 다 덮을 만큼 컸다. 들어 본 적이 없는 음식 이름들이었다. 키엘바서(마늘을 넣은 폴란드 소시지 :역주), 피로기(만두 비슷한 폴란드 음식 :역주), 카샤(죽과 비슷한 동유럽 음식 :역주), 마카로니…….

머릿속이 빙글빙글 돌았다. 차림표를 보고는 뭘 먹을지 결정할 수가 없었다. 차림표도 식당도 이스트 빌리지도 도대체 아무것도 알 수가 없다.

나는 차림표를 놓고 주머니 속에 손을 넣어 암모나이트를 꼭 쥐었다. 눈을 감고 황금 나선을 머릿속에서 풀어냈다. 피보나치수열이 쏟아지며 나선이 탁자를 중심으로 퍼져 나간다. 헛일이었다. 내가 알아볼 수 있는 것은 이 근처에 전혀 없었다.

"리즌, 주문할 거야?"

"뭐라고?"

나는 눈을 떴다. 피보나치수열은 한구석으로 떨어졌다.

"리즌, 너는 뭘 먹을 거야?"

"너랑 같은 걸로."

제이티가 무엇을 먹을지 전혀 모르면서 나는 그렇게 말했다. 마치 유리 구슬 속에 들어 있는 것 같았다. 모든 것이 멀리서부터 내게 다가온다. 다가올수록 빛과 소리는 기괴하게 일그러진다. 나를 제외한 주변 모든 것은 원래대로 돌아가는데, 사라피나처럼 나 역시 시간이 느려진 세계 속으로 들어온 모양이다. 정말로 누군가 내게 약을 먹이고 납치했던 모양이다. 그리고 이 이상한 나라의 추운 도시에 데려다 놓았나 보다. 내 자리에서 사람들이 뛰어 들어왔다 뛰어 나가는 것을 보고 있었다.

달려 들어와 급히 주문을 하고 몇 초 후에 누가 음식을 강탈이라도 할 것처럼 삽질하듯 숟가락질을 하고 식당 밖으로 달려 나간다. 너무 빨리 움직여서 그들 뒤로 빛의 잔상이 남아 있는 것 같다. 휘익~휘익~ 휘익~ 사라피나가 보는 세상이 이럴까? 이게 현실일까?

"넌 안 먹어?"

나는 당황한 표정으로 고개를 들었다. 음식이 나온 것도 몰랐다.

"미안, 다른 데 정신이 팔려 있었나 봐. 이제 아침을 먹는 건데, 왜 아침 같지가 않지? 지금 몇 시야?"

"12시 30분."

"오후 12시 30분?"

바보 같은 질문이었다. 제이티는 고개를 끄덕이며 언제나 그랬듯 '너 제정신이 아니구나' 하는 표정으로 나를 쳐다 보았다. 사실 그런지도 모른다.

에스메랄다 집에서 부엌 뒷문을 여는 순간 나는 이상해졌다. 나를 둘러싼 세상이 흩어졌다. 약에 취한 것이 아니라면, 나는 미친 것이다. 지금 실제 세계에서 나에게 말을 걸어 줄 사람이 있을까? 톰이나 에스메랄다? 그들에게 내 얘기가 완전히 헛소리로 들리겠지. 식당의 온도가 높았기 때문에 창문에 김이 서렸다. 그런데도 갑자기 한기를 느꼈다. 나도 사라피나처럼 미치려나 보다.

"카샤 좀 먹어 봐! 버섯 국물이 진국이야."

의무감에 한 술 떠 입에 넣었다.

음식 이름이 카샤가 뭐란 말인가? 맛은 포리주(오트밀을 물이나 우유에 넣어 끓인 죽 :역주) 와 비슷했다. 포리주의 단맛이나 우유 맛이 없다는 것만 달랐다. 색은 잿빛. 내가 정신이 이상해져서 환각 속에 있다 치면, 내 머리는 어쩌면 이렇게 지루하고 형편없는 환영을 만들어낸단 말인가? 내 상상력이 이 정도밖에 되지 않는단 말인가?

만약 이게 현실이라면 나는 여기가 어디인지, 어떻게 오게 된 것인지 알지 못한다. 또다시 제이티와 쳇바퀴 도는 문답을 하기는 싫었다. 에스메랄다가 내게 약을 먹인 후 배에 실어 남극으로 보낸 것일까? 남극에 이렇게 많은 사람이 살지는 않겠지?

지금이 진짜 겨울이라면 남은 6개월은 어디로 가버린 것일까? 머리가 아팠다. 제이티 집에서 식당까지 가는 길은 길다면 길고 짧다면 짧은 여행이었다. 코가 다시 욱신거렸다. 밖은 말도 못하게 춥다. 날씨가 그렇게 추울 수 있다는 것은 상상도 못했다. 냉장고 속에 도시라도 만든 것일까. 5분간의 여행이었지만 도저히 참을 수 없었다. 그리고 역시 기온이 22도라는 말도 믿을 수 없었다. 내가 제이티의 말을 잘못 알아들은 모양이다. 아마 영하 22도라고 말했나 보다.

더 이상 눈이 내리지는 않았지만 도시는 온통 눈 천지다. 자동차보다 높이 쌓인 눈 더미도 있다. 길가 눈들은 벌써 더러워졌다. 개가 오줌을 싸서 노란 얼룩이 진 데도 있다. 우리는 젖은 보도를 걸어 이곳까지 왔다. 반짝이는 가루가 발에 밟혔다.

"소금이야."

내가 무엇인지 묻자 제이티가 대답했다. 왜 소금을 뿌리는지는 말해 주지 않았지만 눈을 녹이는 데 도움이 되나 보다, 생각했다. 거리에 사람이 엄청나게 많았다. 모두 엄청나게 큰 겨울 외투 속에 틀어박혀 있다. 에스메랄다의 부엌 뒷문에 걸려 있던 외투와 비슷하다.

외투의 육중한 무게에도 불구하고 사람들은 빨리 걸었다. 하기는 이런 추위라면 누구라도 빨리 건물 안으로 들어가고 싶을 것이다. 언뜻언뜻 보이는 사람들의 얼굴은 하나같이 궁지에 몰린 것처럼 굳어 있었다. 추위 때문에 볼은 불그스레하고 입술은 잿빛이었다.

밖은 너무 추워서 코가 욱신거리고, 숨 쉴 때마다 폐가 타는 것만 같았다. 이런 나라에서 어떻게 사람이 살 수 있을까? 문을 열고 식당으로 들어섰을 때, 감사의 마음이 저절로 솟았다. 식당 안은 제이티의 집처럼 완벽하게 난방이 되고 있었다. 잠깐 앉아 있으려니 등에서 땀이 흐르기 시작해외투, 장갑, 모자를 모두 벗어야 했다. 이제 스웨터와 긴팔 윗도리만 입고 있다. 주위를 둘러보았다. 식탁마다 의자 한 개는 옷이 잔뜩 쌓여 있다.

여기가 어디일까? 이스트 빌리지 11번지. 하늘도 회색, 사람들도 회색, 내 앞에 놓인 음식도 회색이다. 종업원은 주문을 받을 때 웃지도 않는다. 말투가 나와 같은 사람은 아무도 없다. 사실 모두 각자의 사투리를 쓰고 있는 것 같다.

"맛이 없어?"

제이티가 내 그릇을 바라보고 있다.

"아니야, 맛있어."

회색 죽을 입안에 떠넣었다. 의무감에 간신히 삼켰다. 오렌지 주스 한 모금 마시고 커피도 살짝 맛보았다. 평범한 커피 맛이라는 것이 고마울 따름이었다. 내가 먹던 것보다 많이 묽기는 했다.

내 기억에 제대로 새겨진 마지막 사건은 내가 에스메랄다의 부엌 뒷문을 열고 걸어 나간 것이다. 그리고 나의 기억은 훌쩍 뛰어 한겨울 밤의 눈 속으로 들어간다, 회색 감옥 같은 세상으로.

옆 식탁에 앉은 남자가 요란스럽게 신문을 편다. 불그죽죽 이상한 수프에 신문이 빠지는데도 개의치 않는다.

"어젯밤 무슨 일이 있었는지 기억하니?"

나는 고개를 가로저었다. 기억은 하고 있다. 하지만 아무 의미가 없다.

"혹시 기억상실증이니? 의사를 찾아가 볼까?"

기억상실증, 머릿속에서 추억 한 덩어리가 날아가 버렸을 때 쓰는 말이다. 캐들러 파크의 의사들이 사라피나에게 한 짓이 떠올랐다.

"아니, 의사는 필요 없어."

"네가 원하지 않는다면."

제이티는 커피를 더 시켰다. 나는 토스트에 잼을 펴 발라 한 입 베어 물었다. 그리고 천천히 씹었다. 발이 떨어져 나갈 것 같은 추위에 비틀거리던 기억이 있다. 처음에는 신기하고 놀라웠는데, 오래가지 않았다. 제이티가 나를 발견한 것은 기적이었다. 그렇게까지 나를 도와준 것도 믿을 수 없는 행운이었다.

밤에 자며 벌벌 떨었다. 끔찍한 추위에 밖에서 떨고 있는 것만 같아서, 도움을 청할 사람이 아무도 없는 것만 같아서. 그러다 죽을 것 같았다. 곧 다시 잠에 빠져들었다.

눈을 똑바로 뜨고 1분쯤 깨어 있으면, 눈꺼풀은 곧 울룰루만큼 무거워진다. 그렇게 이상한 느낌이 든 적은 지금까지 한 번도 없었다. 내 안에 가시처럼 찌르는 것이 있어 주의를 끈다. 하지만 가까이 다가가려 하면 내가 너무 아프다. 나는 그 죽은 소년을 생각하고 싶지 않다.

'정말 약에 취한 거 아냐.'

나는 스스로에게 말했다.

'아니면 미쳤거나.'

식당 안에 갑자기 웃음소리가 울려 퍼졌다. 뒤돌아보았다. 한 남자가 외투를 벗고 있다. 식탁에는 두 여자가 앉아 남자를 올려다보며 시끄럽게 웃고 있다.

"외투를 벗고 다니는 게 좋겠는데!"

"망토를 둘렀어야지, 슈퍼맨!"

남자는 정말 이상한 옷을 입고 있었다. 몸에 딱 달라붙는 파란색과 빨간색 옷인데, 엉덩이 윤곽이 뚜렷했다. 내가 남자 뒤쪽에 자리 잡은 것이 참 다행스러웠다. 남자는 그 차림에 모자와 목도리를 벗지 않고 있었다. 정말 기괴한 모습이다.

나는 웃고 말았다. 여자 중 하나가 남자에게 물었다.

"그런 차림으로 호객꾼 노릇을 하는 거야?"

남자가 고개를 끄덕였다.

"이래 뵈도 시간당 20달러야. 과외로 훌륭하지?"

나는 제이티를 바라보았다. 여기는 도대체 뭐하는 세상일까? 제이티는 모두 정상이니 그렇게 놀랄 것은 없다는 듯이 어깨를 으쓱하고 만다. 여자들의 말투는 제이티와 비슷했다. 나는 주스를 한 모금 마셨다.

다른 사람들을 쳐다보았다. 슈퍼맨 씨와 그의 친구들은 서두르지 않았다. 그렇다고 정신병원 동창생 같지도 않다.

식당 다른 한켠 창가에는 한 남자가 높다란 나무 의자에 앉아 있는 어린 딸에게 입으로 비행기 소리를 내며 밥을 먹이고 있었다. 숟가락은 비행기처럼 접시를 이륙해서 아기 입 속으로 들어간다.

나는 다시 내 그릇을 들여다보았다. 그리고 두 수저 떠서 입안 가득 넣고 삼켰다. 제이티는 식사를 다 마쳤다. 내게 뭔가 할 말이 있는 것 같았다. 눈을 들어 제이티를 바라보았다.

"네가…… 난 그냥 궁금해서 그런 건데…… 화내지 마. 기억상실증은 아니라고 하고, 그런데 아무것도 기억나지 않는다고 하니, 아무래도 너 집에서 도망친 것 같아. 아무에게도 말하지 않을게. 약속할게."

나는 눈을 동그랗게 뜨고 제이티를 바라보았다. 전혀 생각지도 못했던 말이었다. 나는 도망칠 준비를 하고 있었다. 이미 배낭도 다 챙겨 놓았다. 아래층에 내려가서 돈을 훔치려고 했는데, 그런데……. 나는 뜨끔해서 제이티를 쳐다보았다. 무슨 말을 해야 할지 모르겠다. 나는 도망치려 하고 있다. 최소한 시드니에서 멀리 떨어진 곳으로 가려 했다. 어쨌든 결과는 그렇게 되었다.

에스메랄다의 집에 갇히는 것도 싫지만 내 속에 미친 정신으로 갇히는 것도 문제다. 나는 그저 웃었다.

"그럴 줄 알았어. 나도 마찬가지야."

제이티가 허공에 뭔가 쓰는 시늉을 하니까 종업원이 종이 한 장을 가지고 온다. 우리가 얼마나 먹었는지 쓰여 있는 종이다. 제이티가 그 종이 위에 손을 얹고 가만히 바라보고 있었다. 반짝하더니 무슨 냄새가 난다. 음식 냄새는 아니다. 그리고 제이티의 손 밑에 돈이 있다. 방금 전까지도 없었는데.

"아니, 방금……."

입은 열었지만 질문은 어디 먼 데로 가버리고 말았다. 제이티는 얌전히 잠자코 있으라는 표정을 지었다. 제이티가 자리에서 일어나며 물었다.

"재미있는 데에 가볼까?"

"좋아. 그런데 어디?"

"세상 꼭대기."

제이티가 한 눈을 깜박하며 말했다. 우리는 친구가 된 것이다. 제이티 눈짓에는 그런 의미가 있었다. 그리고 그녀는 나를 이끌고 춥디추운 거리로 나갔다.

15

세상 꼭대기

겨울옷을 두텁게 껴입어 풍선처럼 부푼 남자 뒤에 붙어서 남자 발자국을 그대로 밟으며 걸었다. 덕분에 얼음 진창이 된 보도를 전쟁 치루듯 걷지 않아도 되었다. 제이티는 어떤 건물로 나를 데리고 들어갔다.

건물은 모두 비슷하게 갈색, 회색, 붉은색의 커다란 벽돌을 쌓아 올렸고, 벽에는 철제 계단이 걸려 있다. 불이 났을 때 이용하는 탈출구라고 제이티가 말해 주었다. 이 마을에서는 불이 자주 나는 것일까?

건물 내부는 밖에서 보던 것과 딴판이었다. 넓은 복도에는 화려한 대리석 바닥 장식이 소용돌이 치고, 천장에는 장미를 입에 문 비둘기가 그려져 있었다. 검은 정장에 빨간 넥타이를 맨 남자가 커다란 나무 책상에 앉아 있었다. 책상 윗부분은 초록색 가죽이 250개의 납작 못으로 고정되어 있었다. 남자는 최면에 걸린 듯 컴퓨터 화면을 들여다보며 가끔 한 번씩 마우스를 눌렀다.

"컴퓨터 카드 게임을 하는 거야."

제이티가 목소리를 낮추지 않고 말했다. 책상 앞을 지나왔지만 그는 쳐다보지도 않았다. 제이티가 킥킥댔다. 한쪽에 문이 열린 승강기 네 대가 보였다. 이전에 시드니 법원에서 딱 한 번 승강기를 타본 적이 있었다. 세 대는 공장에서 막 나온 것처럼 금빛 장식과 거울이 번쩍거렸다. 바닥의 붉은색 양탄자에 우리가 마치 왕족이라도 된 느낌이 들었다. 제이티는 나를 이끌고 맨 끝에 있는 승강기로 갔다.

앞의 세 대와는 전혀 달랐다. 카페트는 전부 해져 있고, 칸막이도 제대로 붙어 있지 않아 안쪽에 기계가 움직이는 것이 다 보였다. 제이티가 꼭대기 층을 눌렀다. 문짝이 덜덜거리며 닫혔다. 닫힌 문 밖으로 복도가 보인다. 다른 승강기들이 우리가 초라한 것을 골라 탔다고 비웃는 것만 같다.

끼이익— 우르릉—

기계가 요란한 소리를 냈지만 움직이지는 않았다. 제이티의 마음은 알겠지만 별로 올라가고 싶지 않은 듯했다. 그 자리에 그저 서 있거나 어쩌면 내려가려는 것 같다. 아니면 제자리에서 빙빙 돌지도 모른다.

제이티가 이번에는 부드럽게 단추를 눌렀다. 그리고 작은 목소리로 속삭였다. 미안하다고 말하는 것 같았다. 승강기는 그제야 자기 일이 생각난 듯 움직이기 시작했다. 우리 둘 다 중심을 잃었다. 나는 제이티의 품으로 곱드러졌다. 제이티가 킥킥거렸다. 나는 모자와 장갑을 벗었다.

층층이 똑같이 생긴 복도가 천천히 위에서 내려와 아래로 멀어져 간다. 젖빛 벽지에 장미 무늬가 점점이 찍혀 있고, 황금빛 문짝에 검은색 숫자가 쓰여 있다. 바닥에는 붉은색 융단이 깔려 있다. 새것 같은 승강기에 깔려 있던 양탄자보다야 못했지만 해진 것은 아니었다.

제이티는 스컹크를 뒤쫓는 고양이처럼 눈을 가늘게 뜨고 나를 보고 있었다. 내가 다시 그녀를 쳐다보았을 때, 제이티는 눈을 깜짝했다.

"이 도시에서 가장 오래된 승강기 중 하나야. 변덕이 심한 기계이지. 아무나 탄다고 움직이지 않아. 못된 망아지 같아.
하지만 내가 타면 언제든 움직이지."

제이티가 말하고 활짝 웃었다.

나는 고개를 끄덕였다. 나이 들면 뭐든 성미가 까다로워진
다. 특히 사람이 그렇다. 제이티는 누구에게서 도망친 것일
까, 물어보고 싶었다. 막 입을 열려는 순간 제이티가 먼저
입을 열었다.

"왜 도망쳤어?"

입이 그냥 다물어졌다. 내 생각을 읽은 것일까?

"어, 그러니까……."

어디까지 이야기해야 할지 알 수 없었다.

"할머니, 할머니에게서 도망쳤어. 우린 잘 안 맞아."

나는 약간 곤혹스럽게 대답했다.

"뭐가 잘 안 맞아?"

제이티가 '안 맞아'의 '안'에 힘을 주어 길게 늘어뜨렸다
다. 귀가 아플 지경이었다. 그녀는 불쾌한 표정으로 손을 허
리에 올리고 있었다.

"뭐?"

"할머니랑 뭐가 그렇게 안 맞았냐고!"

"맞는 게 아무것도 없어."

제이티는 갑자기 왜 그렇게 이상하게 행동하는 걸까?

"우린 서로 좋아하지 않아."

"왜 진작 그렇게 말하지 않았어?"

나는 그렇게 말했다. 갑자기 믿을 수 없을 만큼 피곤해졌다. 눈은 하염없이 감겼다. 벽에 등을 기댔다. 만약 이대로 쓰러져 잠이 든다면 한 달 동안은 족히 잘 것이다.

"너는 어때?"

내가 물었다.

"나는 아빠한테서 도망쳤어. 나를 때렸거든."

"미안."

제이티는 어깨를 으쓱했다.

"한 번 더 나에게 손찌검을 했다면 나는 아빠를 죽였을 거야. 도망치길 잘한 거야."

눈을 동그랗게 뜨고 제이티를 바라보았다. 진심일까?

"엄마는?"

"엄마는 죽었어."

"미안."

제이티는 다시 어깨를 으쓱했다.

"내가 아주 어렸을 때 죽었어. 얼굴도 기억나지 않아. 사진으로만 알고 있지."

"형제는?"

쓸데없는 질문을 너무 많이 한다고 핀잔을 들을지도 모른다는 생각이 들었다. 제이티는 고개를 저었다.

"나뿐이야."

"나도 그래. 사라피나는 외동으로 사는 것이 세상에서 가장 어렵고도 가장 쉽다고 했어."

"사라피나가 누구야?"

"우리 엄마."

나는 조심스럽게 대답했다. 그리고 다시 물었다.

"언제 도망친 거야?"

피로감은 사라졌다. 찾아올 때 불현듯 그랬듯이 갈 때도 그랬다. 이상했다.

"오래됐어."

"이제 더 이상 아무도 날 찾지 않아. 난 자유야. 나랑 같이 지내. 그럼 너도 나처럼 자유로울 거야."

승강기가 갑자기 멈춰 섰다. 무슨 말인가 하려는데 그 순간 잊었다. 나는 비틀거렸지만 제이티는 예상하고 있었다는 듯이 발끝을 살짝 굴리며 중심을 잡았다. 그리고 몇 초 간의 침묵이 흘렀다. 승강기가 완전히 서자 나는 열림 단추를 눌렀다.

"아니야. 그녀에게는 생각할 시간이 필요해."

제이티가 입을 열었다.

그녀라니? 무슨 뜻인지 묻고 싶었지만 그러면 안 될 것 같았다. 승강기 전체가 부르르 떨며 문이 천천히 열렸다. 으르릉 덜덜덜 하며 기계가 상당히 괴로워하는 소리를 내었다. 제이티가 먼저 문을 나섰고, 나는 뒤를 따랐다. 우리는 붉은 양탄자가 깔린 복도를 지나갔다. 다른 층들처럼 젖빛 벽지에 장미 무늬가 점점이 찍혀 있다. 우리는 황금색 문들 앞을 지나갔다. 문 앞에는 검정 글씨가 쓰여 있다. 10E, 10D, 10C……. 어떤 문으로 들어가려는지 의아했다. 제이티는 그 모든 문을 지나쳐 층계참으로 올라갔고, 커다란 빨간 문 앞에 멈춰 섰다.

"모자를 쓰고 장갑도 껴."

제이티가 시키는 대로 했다. 제이티가 다가오더니 모자를 꾹 눌러 씌우고 목도리를 풀어 얼굴이 다 가려지도록 다시 둘러 주었다.

"준비됐어?"

고개를 끄덕였다. 하지만 무슨 준비가 됐다는 것인지 나도
몰랐다. 제이티가 문을 열었다. 눈의 소용돌이가 우리에게
로 달려들었다. 제이티는 내 손을 잡아끌고 밖으로 나갔다.
우리 뒤로 문이 탕 하고 닫혔다.

"자, 여기가 세상 꼭대기야!"

제이티가 웃으며 크게 소리쳤다. 우리는 지붕 위에 있었다.
도시 전체가 보였다. 도시였다. 내가 생각하는 도시 그대로
였다. 왜 제이티는 마을이라고 했을까? 넓고 높고 빽빽한 도
시다. 시드니보다 훨씬 도시답다.

이 도시는 여섯 개의 이야기를 이어 붙인 것보다 더 멀리 뻗
어 있다. 높은 건물들이 빼곡하게 들어서 있다. 얼마나 높은
지 꼭대기는 먹구름 속으로 들어가 보이지도 않는다.

도시다, 도시…… 도시다. 도시라는 말은 내게 이런 뜻이다.
콘크리트, 유리, 잿빛, 갈색, 고층건물, 꼭대기에 왕관을 쓰
고 있는 것도 있고, 사람은 개미 같고, 풀과 나무는 살지 않
는 곳.

바람과 눈 속으로 걸어 들어간다. 소금을 뿌리지 않았다.
사람이 걸었던 흔적도 없다. 난간은 내 키보다 높다. 작은

고드름들이 금강석처럼 매달려 반짝이고 있었다. 아래 거리가 보인다. 하지만 사람들이 개미처럼 보일 만큼 거리가 먼 것은 아니었다. 사람들 모자와 외투 색깔을 구분할 수 있었다.

바람이 이렇게 심하지 않다면, 사람들이 떠드는 소리도 들을 수 있지 않을까. 얼마나 추워야 거리에서 사람들을 볼 수 없을까? 사실 지금도 문밖을 나서기에는 너무 춥지 않은가? 하지만 저 아래, 겨울옷을 겹겹이 껴입은 사람들이 걸어가고 있다. 이쪽 인도에 쉰세 명, 건너편에 서른여섯 명, 모두 꽁지에 불이 붙은 것처럼 서두른다. 식당에서 본 사람들과 마찬가지로 미친 듯이 서두른다.

길에는 차들이 가득했다. 특히 노란색 승용차가 많았다. 쉬지 않고 경적을 울린다. 바람이 몹시 강한데도, 노란 차들이 울리는 경적 소리는 들을 수 있었다. 도대체 왜 경적을 울리는지 이유를 알 수 없다. 빨간 불이 켜지고 차들이 멈췄다. 경적을 울린다고 신호등이 바뀌지는 않는다. 신호를 기다리는 동안 마땅히 할 일이 없어서 경적이라도 울리는 것일까?

여기는 시드니가 아니다. 다리도 녹지도 없다. 녹지가 전혀 없다. 나는 여우도 없다. 이 정도 추위라면 모두 얼어 죽었을 것이다. 바람이 귓전을 스치며 무섭게 으르렁거린다. 눈에서 물이 흐른다.

납치범들이 나를 세상 끝에 있는 남극의 왕국에 옮겨 놓은 것이 아닐까? 도시를 벗어나면 펭귄과 북극곰도 볼 수 있을까? 이것이 현실일까? 단단한 것이 내 옆구리를 때렸다.

"아야!"

나는 몸을 돌렸다. 제이티가 빙글빙글 웃으며 서 있다. 아마 그럴 것이라고 생각했다. 목도리를 칭칭 두르고 있어 얼굴이 보이지 않았다. 제이티 손에 희고 둥그스름한 것이 들려 있다. 제이티가 내게 그것을 던졌다. 나는 날쌔게 몸을 숙였다. 그것이 내 머리 위를 날아 뒤에 있는 난간에 부딪히자 하얀 구름이 생겼다. 난간에 매달린 고드름들이 딸랑거리며 부서졌다.

"이런 망할!"

제이티는 몸을 숙이고 눈을 그러모은다. 벙어리장갑으로 눈을 뭉친다. 나도 몸을 굽히고 제이티를 따라 했다. 제이티보다 빨라야 한다. 하지만 보기보다 쉽지 않았다. 벙어리장갑이 너무 두꺼워서 눈을 모으기도 힘들었다. 눈을 모았다

싶으면 바람에 모두 날리고 만다. 손안에 남은 것은 적은 양이었지만 꼭 쥐어 뭉쳤다. 내가 만든 것은 공보다는 주사위랑 비슷했다.

나는 뿌드득 소리가 날 때까지 야무지게 눈을 뭉쳤다. 목도리 안에서 회심의 미소를 지으며 고개를 들었을 때 공중을 날아오고 있는 눈덩이가 눈에 들어왔다. 피할 틈도 없었다. '퍼억!' 하더니 코가 시큰했다. 제이티가 던진 눈덩이는 다 낫지도 않은 내 코에 명중했다. 나는 비명을 지르며 얼굴에 들러붙은 눈을 털어냈다. 그리고 서둘러 내 첫 번째 눈덩이를 던졌다. 너무 경솔했다. 눈덩이는 빠르고 강하게 제이티 머리 위를 씽 하고 지나가 문짝을 때렸다.

나는 허리를 숙이고 다시 눈덩이를 뭉치기 시작했다. 이번에는 훨씬 빨리 눈을 뭉칠 수 있었다. 그리고 제이티가 던지는 눈덩이에도 경계를 늦추지 않았다. 제이티는 벌써 두 개나 더 던졌다. 나는 몸을 숙여 피했고, 눈덩이는 내 머리 위로 날아갔다. 제이티가 던지는 눈을 요리조리 피하며 눈덩이를 더 만들었다. 크기는 크리켓 공만하게 그리고 아주 단단하게 만들었다.

제이티는 비스듬히 가로질러 문 옆에 붙어서 몸을 숨기고 있었다. 나는 계속 눈을 뭉치고 있는 척하고 있었다. 제이티가 방심하고 시선을 돌린 순간을 노려 지금까지 만든 눈덩이를 모두 던졌다. 세 개는 빗나갔지만 하나는 머리에 다른 하나는 가슴에 맞았다.

"아싸! 아싸! 아싸!"

난 승리감에 취해 엉덩이춤을 추며 제이티가 던진 눈덩이 두 개를 피했다. 제이티가 튀어 나오며 외쳤다.

"휴전!"

나는 온 힘을 다해 마지막 눈덩이를 던졌다. 너무 크고 무거웠던가 보다. 제이티가 서 있는 데도 못 미쳐서 힘없이 땅에 떨어진다.

"그만! 휴전이라고 했잖아! 얼굴에 아무 감각이 없어!"

"좋아, 휴전!"

내가 외쳤다. 눈을 헤치고 나가는 걸음은 무거웠지만 발을 옮길 때마다 뽀드득 소리가 기분 좋았다. 얼굴에 감각이 없었다. 바늘로 찌르는 것처럼 따끔따끔했다.

"눈싸움은 처음 해보는 거지?"

나를 문 안으로 밀어 넣으며 제이티가 물었다.

"응."

나는 바람을 거슬러 큰 목소리로 대답했다. 곧 문이 닫혔고, 계단 아래서 내 외침이 큰 메아리가 되어 돌아왔다.

"맞아, 눈싸움은 처음 해봤어."

난 다시 조용히 대답했다.

"아쉬워하지 마, 연습할 시간은 충분하니까. 공원에서 하면 훨씬 재밌어. 무엇보다 이곳처럼 춥지도 않아. 높은 데는 언제나 바람이 거세거든. 공원에서는 눈 말고 다른 것이 들어가지 않게 주의해야 해."

"응아 같은 거!"

이리로 오는 길에 본 노란 자국이 생각나서 말했다.

"맞아, 누군가의 얼굴에 응아를 던진다고 생각해 봐! 그런 걸 얼굴에 맞으면 정말 우울할 거야."

둘 다 웃었다. 제이티는 내가 지나갈 때까지 문을 잡아 주었다. 나는 손으로 얼굴을 비볐다. 눈에 젖어 축축하고 따끔거렸다. 복도의 공기는 뜨거웠다. 젖은 장갑을 벗어 물기를 닦겠다고 외투에 문질렀지만 외투도 똑같이 젖어 있었다. 손가락이 불그스름하고 따끔거렸지만 떨어져 나갈 것 같지는 않았다.

"어떻게 이런 환경을 견딜 수 있어? 밖은 얼어붙듯 춥고 안은 찌는 듯 덥고!"

"너도 곧 익숙해질 거야. 눈은 멋져. 눈싸움뿐만 아니라 눈사람을 만드는 것도 정말 재밌어. 나중에 보여 줄게. 너도 좋아할 거야."

제이티는 몸을 앞으로 뻗어 단추를 눌렀다. 성질 사나운 늙은 승강기는 시원하게 문을 열어 주었다. 제이티가 환하게 웃으며 말했다.

"널 좋아하나 봐."

승강기 안으로 들어가 제이티가 정중하게 단추를 눌렀다.

"도망친 애 둘이 할 수 있는 재미있는 일이 뭐가 있을까?"

나는 잠깐 말을 멈추었다. 제이티가 농담을 알아차리길 바랐다.

"웨스트 빌리지 동쪽, 이스트 리버 서쪽에 있는 이스트 빌리지에서 말이야!"

"그것도 몰라! 학교도 안 가고, 부모도 없고, 두목 노릇하는 오빠도 없어. 우리가 못할 일이 뭐가 있겠어?"

승강기가 인생 속으로 들어간다. 제이티에게 공감한다는 듯, 우리가 원하는 어디라도 데려다 주겠다는 듯. 나는 행복한 숨을 길게 내쉬었다. 갑자기 마음 한구석에 깊은 피로감이 밀려왔다. 불안과 혼란을 날려 보냈다. 만약 지금 내가 미친 것이라면 이전에 있던 세계, 제정신의 세계보다 훨씬 나았다. 그때 맞은편 벽에 붙어 있는 점검표 같은 것이 눈에 들어왔다.

'뉴욕시 건축과 승강기 시설 감리'

그 밑에 손으로 쓴 날짜와 시간, 서명이 늘어서 있다. 나는 뉴욕에 있는 것이다. 지금 나는 뉴욕에 있다.

그렇다면 마법은 실재다. 진짜로 마법이 있다.

16

이 바보는 아무것도 몰라

제이티는 온몸에 소름이 돋았다. 열쇠를 꽂으려는 순간 그의 흔적을 느꼈기 때문이다. 지금은 이곳에 없지만 그가 다녀갔다. 현관문을 열었다. 온 집 안에서 그의 냄새가 진동한다. 공기가 흐늘거리고 사물들 모서리와 허공의 경계가 희미해져서 마치 잔물결이 이는 물속을 들여다보는 것 같다. 제이티는 집이 이렇게 변하는 것이 싫었다. 리즌은 헝겊 인형처럼 제이티의 어깨에 축 늘어져 있다. 의식을 잃은 사람 같다. 1분 전까지만 해도 귀가 따가울 정도로 팔팔하게 떠들었는데, 갑자기 식물인간이 되었나…… 느림보, 바보처럼 눈도 제대로 못 뜬다.

제이티는 리즌을 침실로 데려갔다. 이러다 옷까지 갈아입혀야 하는 것이 아닐까 은근히 걱정이 되었다. 그는 제이티가 리즌의 시녀 노릇을 해야 한다고 말하지는 않았다.

"리즌, 깨어 있으려고 노력해 봐. 겨우 3시야. 오후를 날릴 참이야?"

리즌이 부스럭거린다. 딴에는 외투를 벗으려고 몸부림하는 것이다. 스르르 주저앉아 침대에 머리를 기대어 눈은 반쯤 감겼고 입은 반쯤 열렸다. 장갑도 벗지 않은 채. 장갑은 소매 끝에 매달려 있었다. 리즌은 장갑을 벗으려고 하지 않고 소매만 끌어당긴다. 아무래도 리즌은 장갑이 옷소매에 단추로 고정된 것을 잊었나 보다. 제이티는 한숨을 내쉬며 리즌 곁에 앉아 옷 벗는 일을 거들었다. 장갑, 외투, 스웨터와 긴팔 윗도리를 차례로 벗겼다. 제이티가 돕고 있어도 리즌의 몸에 엉킨 옷은 쉽게 풀리지 않았다. 제이티는 마지막으로 리즌의 부츠를 벗겼다.

리즌은 자기가 어디에 있는지도 몰랐다. '도대체 얼마나 오랫동안 덜 떨어진 여자애의 시중을 들어야 할까' 생각하자 제이티는 한숨만 나왔다. 뉴욕도 못 알아보는 것이다. '화

성이나 어디 다른 별에서 온 아이가 아닐까?'

"몇 살이야?"

리즌이 물었다. 머나먼 꿈나라에서 날아온 목소리였다.

"열여덟."

제이티는 거짓말을 했다. 사실대로 말하기 싫었다.

"난 열다섯이야……. 열여덟이라…… 와, 너무 많은데, 거의 다 산 셈이군."

제이티는 저도 모르게 주먹을 불끈 쥐었다. 달려들어 두들겨 패고 싶은 충동을 간신히 눌렀다. 리즌은 어디까지 알고 있을까? 제 입으로 말한 것보다 훨씬 많이 알고 있는 것이 분명했다. '진정하자, 제이티…….' 제이티는 스스로를 달랬다. '자제력을 잃으면 안 돼, 특히 지금은!'

리즌이 제이티를 올려다보며 환하게 웃었다. 제이티는 긴장이 풀렸다. 리즌은 자기가 무슨 말을 했는지도 모르는 것 같다. 리즌은 녹초가 되었다. 제이티도 마찬가지였다. 리즌을 놓치지 않으려고 한겨울에 며칠 밤을 밖에서 새웠는지 모른다. 지금까지 제이티의 인생에서 제일 끔찍한 일이었다.

"우리 춤추러 갈 수 있어? 난 춤 좋아해."

"당연하지."

제이티가 대답했다.

"이 도시는 무도장으로도 유명하지. 춤출 데가 엄청나게 많다고."

거짓말이 아니었다. 제이티 역시 춤추는 것을 좋아했다.

"오늘이 무슨 요일이지? 화요일인가? 화요일 밤은 대단하지. 한숨 자고 일어나, 같이 나가자."

"좋아."

리즌이 웅얼웅얼 대답했다.

"화요일이라고 했지? 와우, 아직도 화요일이라니. 초콜릿도 먹을 수 있어? 피자도? 난 피자 좋아해."

"여기는 피자집도 엄청 많아. 네가 원하면 언제든지 먹을 수 있어."

그가 이 방에 들어왔다. 제이티는 느낄 수 있었다. 리즌은 그것을 경계할 만큼 지식이 있을까? 베개 속을 확인해 볼 만큼 영리할까? 제이티는 그렇지는 않을 것이라고 생각했다. 설령 안다고 해도 지금처럼 기진맥진한 상태로는 불가능할 것이다.

'내가 방을 깨끗하게 정리할 수도 있다는 사실을 그가 생각이나 해봤을까? 이런 식으로 리즌의 힘을 빨아들이는 것은 비열한 짓이다. 리즌은 아무것도 모르고 있으니 어린애한 테서 사탕을 빼앗는 격이다. 하지만 그가 절대 눈치 채지 못 하게 그의 일을 망쳐 놓을 수 있다. 그것은 그렇다 쳐도, 리 즌을 돕는 것이 나에게 도움이 될까? 내가 생각해야 할 것은 오직 하나, 나는 나 자신을 위해 이 일을 하고 있는 거다. 그 를 위해서가 아니다. 리즌을 위해서도 아니다. 다른 어떤 이 를 위한 것도 아니라, 나 자신을 위한 것이다.'

"세상이 흔들흔들한다……."

리즌은 꿈꾸는 듯한 목소리로 말했다. 술에 취한 사람 같기 도 했다. 제이티는 리즌의 바지를 벗기고 잠옷으로 갈아입 혔다. 잠옷 바지가 배꼽 위까지 올라왔고, 상체는 침대 위에 하체는 침대 아래 떨어져 있다. 리즌은 시체처럼 뻗었다.

"네 머릿속이 흔들흔들하나 보다."

제이티는 리즌의 다리를 침대 위로 올려놓고 바닥에서 이 불을 주워 리즌을 덮어 주었다.

리즌이 고개를 끄덕였다.

"네 말이 맞아. 하지만 역시 세상도 흔들흔들해."

리즌은 천천히 자리에서 일어나 앉아 베개를 집어 들었다.

베개에서 폭포처럼 깃털이 쏟아졌다.

"훨씬 낫군."

리즌은 중얼거리고 나서 바로 잠이 들었다.

"휴, 이러다 천벌을 받지."

제이티는 바닥에 흩어져 있는 검은 깃털과 붉은 깃털을 바라보며 혼자 말했다.

"이런 짓을 하게 내버려 둘 수는 없어."

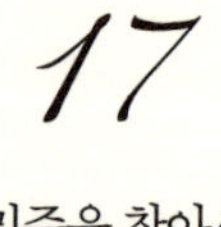

리즌을 찾아서

톰은 두 달 전에 뉴욕에 왔다. 그때 뉴욕은 가을이었다. 단풍 든 형형색색 나뭇잎들이 마음에 들었다. 붉은색, 갈색, 노란색, 오렌지색……. 너무 아름다워 추위도 잊었다. 처음 에스메랄다가 톰을 데리고 뉴욕에 온 것은 1년 전. 샤이어에서 뉴타운으로 처음 이사 오고 에스메랄다는 눈보라 속으로 톰을 데리고 들어갔다. 톰은 초주검이 되었다.

눈은 예뻤다. 하지만 그 추위를 견디고 싶을 만큼 예쁘지는 않았다. 추위가 뼛속까지 스며들었다. 숨 쉴 때마다 이가 못 견디게 시렸다. 톰은 다시는 겨울에 뉴욕에 오지 않겠노라고 메르에게 맹세했다. 메르는 웃음을 터뜨리며 곧 익숙해질 것이라고 말했다. 톰은 고개를 가로저으며 자신이 추위에 익숙해질 방법이 없다는 것도 잘 알고 있고, 끔찍한 겨울 거리에 다시 발을 들여놓을 이유도 절대 없다고 대답했다.

하지만 이제 이유가 생겼다. 그 추위 속에 리즌이 사라졌다면 얘기는 달라진다. 리즌 때문에 톰은 그 문을 열고 들어갔다. 어마어마하게 넓은 도시에서 어떻게 리즌을 찾아야 하는지 알지도 못한다. 여기는 매서운 바람에 이리저리 날리는 눈발 때문에 눈이 내리지 않는 날에도 눈보라가 친다. 톰 자신을 포함해 모든 사람이 철저하게 이름 없는 군중들 속에 숨어 있다. 게다가 모든 사람이 모자, 장갑, 목도리, 스웨터, 두터운 겨울 외투를 겹겹이 껴입고 있다. 수백만 명쯤 되어 보이는 사람들 가운데서 리즌을 감지한다고? 거의 불가능에 가깝다.

메르는 톰에게 스스로의 감각을 믿어야 한다고 말했다. 그래야 리즌을 감지할 수 있을 것이라고 했다. '포스를 믿어라, 루크!' 메르는 듣지 못했을 것이다. 어쨌든 톰은 메르의 감지력을 신뢰했다. 메르가 말하기를 리즌은 아직 살아 있다고 했다. 그리고 이곳 맨하탄에 있다고 했다. 톰은 그녀의 말을 선뜻 믿기가 어려웠다. 톰이 아는 것은 리즌이 열쇠 구멍에 열쇠를 꽂아 놓은 채 문턱을 넘었기 때문에 리즌 혼자 힘으로는 시드니로 돌아올 방법이 없다는 것이다.

톰은 절망했다. 살을 에는 추위 속에서 몸은 점차 굳어지고, 손톱으로 문을 긁으며 계단 위에서 죽어 가는 리즌의 모습이 자꾸 보였다. 리즌이 사라진 것을 발견하기 훨씬 전에 그 모습이 눈앞에 떠올랐다. 그러나 톰은 머리를 흔들어 쓸데없는 영상을 흩어 버렸다.

뉴욕에 한 발 들였을 때 계단에는 아무도 없었다. 그리고 메르는 리즌이 아직 살아 있다고 말했다. 톰은 불가능하다 생각했지만 메르의 말을 전적으로 믿었다. 그리고 리즌을 찾기 위해서라면 무슨 일이든 할 각오가 되어 있었다.

캐스는 톰을 보고도 별로 반가운 기색이 아니었다. 처음 20초, 이상한 외모의 남자친구 앞에서 톰을 끌어안고 입 맞추고 인사하는 동안만 반가워했다. 여태껏 캐스는 남자친구 얘기를 한 번도 한 적이 없었다. 캐스 남자친구 머리에 얹힌 것이 도대체 뭘까? 그것도 모자라고 쓰고 있을까? 검은 펠트 천으로 된 여드름 투성이 모자인가?

226

바느질 흔적이 보이지 않았다. '접착제를 썼나 봐.' 톰은 속으로 비웃었다. '게다가 마스카라까지 한 거야?'

두 소년은 서로를 가만히 보고 있었다. 톰은 누나의 남자친구가 자기를 좋아하지 않는다고 결론지었다.

20초가 지나자 캐스는 톰을 쫓아내야 한다는 사실을 깨달은 것 같다. 톰에게 거실 안락의자에서 자라고 했다. 이틀 전까지 다른 손님이 쓰던 것이었다. 누나와 함께 아파트를 쓰고 있는 동료들은 잊을 만하면 찾아오는 오스트레일리아산 방문객들에 진저리를 쳤다. 캐스가 톰에게 어떤 상황인지 설명해 주었다.

"걔네들은 딜런이 하루 종일 이 집에 있는 것도 좋아하지 않아. 망할, 화장실이 하나밖에 없잖아."

그러더니 갑자기 호들갑을 떨며 말했다.

"너희 둘을 소개시키지도 않았네. 톰, 이쪽은 내 남자친구 딜런이야. 딜런, 애는 내 남동생. 둘이 잘 지내 봐. 딜런도 옷을 만들어."

'딜런이라고? 정말 멍청한 이름이군.'

톰은 모자에 대해 물어보고 싶은 것을 간신히 참고 고개를 까딱했다. 딜런도 마지못해 고개를 까딱했다. 1초 1초가 지날 때마다 톰은 두 소년 사이에 우정을 기대할 수 없다는 것을 확인했다.

"팀탐(오스트레일리아 초콜릿 과자 :역주) 사 왔어. 만약 내가 여기 있는 게 맘에 안 들면 말해. 메르에게로 가면 되니까."

캐스는 팀탐이라면 사족을 못 썼다.

메르네 집이 이 똥통 같은 집구석보다 백배는 편할 것이다.

톰은 문제의 안락의자에 털썩 주저앉았다. 엉덩이를 얻어 맞은 듯했다. 안락의자에 쿠션이 없었다. 못생긴 것은 둘째 치고 몹시 더러웠다. 옛날에는 분명히 오렌지색이었던 적이 있었을 것이다. 지금은 오렌지빛 도는 회색이다. 여기저기 해지고, 말로 설명할 수 없는 이상한 냄새가 피어오른다. 냉정하게 따지면, 냄새는 안락의자에서 나는 것이 아니었다. 추하게 늘어서 있는 가구, 벽이나 바닥 혹은 공사를 하다 만 천장에서 나는 것이다.

집 안을 둘러보고 나니 흉측한 안락의자가 이 집에 완벽하게 어울린다는 것을 인정할 수밖에 없었다. 하물며 부엌 벽지와도 상당히 잘 어울렸다. '웩!'

캐스가 이런 쓰레기통 속에서 살고 있는 것을 아빠가 알면 별로 좋아하지 않을 것이다. 톰은 사진을 찍어 둘까 생각했다.

캐스가 난감한 표정으로 말했다.

"메르에게 지금까지 신세 진 것이 얼마인데…… 널 보내서 메르를 귀찮게 할 수는 없어. 그렇지만 톰! 미리 연락이라도 했어야지. 왜 아빠는 전화 한 통 안 하셨을까?"

톰은 능청스런 표정으로 대답했다.

"모든 것이 너무 빨리 진행되어서 그래. 메르에게 뉴욕 행 표 한 장이 생겼고, 내가 그것을 알기도 전에 난 이미 뉴욕에 도착했는걸."

최소한 절반은 거짓말이 아니었다. 톰은 수천수만 번 캐스에게 진실을 털어놓고 싶었다. 하지만 메르의 말을 무시할 수 없었다.

"때로는 거짓말을 할 수밖에 없다는 것도 마법의 일부야."

톰은 자신이 열광할 만한 물건이 있을까 하고 집 안 구석구석을 둘러보았다.

"난 항상 뉴욕에 오고 싶었는데, 지금 뉴욕에 오게 되었어. 끝내주지 않아?"

"좋아, 여기 머물도록 해. 하지만 일주일 만이야. 메르가 언제 널 데리고 집에 간대?"

"몰라."

"흠……."

캐스는 못마땅한 표정으로 말을 이었다.

"최대한 얌전하게 굴어야 해!"

그리고는 의심스런 표정으로 톰을 바라보았다.

"그런데 넌 뭐 할 거야? 밖은 코가 떨어져 나갈 듯이 추운데? 날 따라 나설 수도 없어. 수업이 있으니까."

"그렇겠지."

톰은 눈을 굴리며 말했다. 캐스 친구들도 남자친구처럼 까칠할 것이다. 시드니에서 사귄 친구라고는 생각할 수 없었다. 모두 우쭐해서 영화나 책 이야기나 할 것이다.

"여기에서 뭘 할 건지 알고 싶어? 옷감과 옷을 구경하고, 이세 미야케, 콤데가르송, 비비엔 웨스트우드……."

"문 닫았어."

캐스의 못난이 남자친구가 말했다. 톰이 한 번도 들어 보지 못한 이상한 말투였다. 단어를 자꾸 삼키는 것 같았다.

"불황이라 철수했어."

"어떻게 알아? 너는 유명 디자이너를 싫어하잖아?"

캐스가 물었다.

"뎁이 아직 거기서 일해."

캐스는 알아들었다는 듯이 고개를 끄덕였다.

톰은 뎁이 누구인지 알고 싶었다.

'뎁은 웨스트우드를 만나 보았을까? 혹시 뎁이라는 사람이
옛날 카탈로그나 견본 목록을 가지고 있지 않을까?' 그런
데 갑자기 뎁이 웨스트우드에서 일하는지도 궁금해졌다.

톰은 자신이 리즌을 찾으러 뉴욕에 왔다는 사실을 뒤늦게
떠올렸다. 갑자기 몸이 나른해지며 피로감이 몰려왔다. 자
고 싶었다. 더럽고 냄새나고 못생긴 안락의자에서라도 말
이다.

그 문으로 들어서는 것은 정말 하고 싶지 않은 일이다. 시차
에 적응하는 것은 보통 일이 아니었다. 메르가 말하기를, 몇
초 만에 한여름 한낮에서 한겨울 한밤중으로 왕래하는 것
이 우리 몸을 더욱 혼란에 빠뜨린다고 했다. 몸이 적응하기
를 바랄 수밖에 없다고 했다. 지금 뉴욕은 화요일 오후 2시.
네 시간 전, 에스메랄다와 문을 건너오기 전에는 수요일이
었다. 지금 시드니는 오전 6시이다. 어느 시간을 기준으로
생각해야 하는지 혼란스러웠고, 몸은 말할 것도 없었다.

캐스가 말하고 있는 동안 톰은 피로를 이기려 애썼다. 냉장

고 안에 손대도 되는 것과 손대면 안 되는 것, 채식 건강식품에는 절대 손을 대서는 안 된다. 어떤 수건을 써야 하는지 (누나 방에 있는 것 중 오직 하나만 써야 했다), 욕실에서 손대면 안 되는 것…….

"킬스라고 쓰여 있는 것은 절대 손대지 마. 전부 앤드류 거야. 누가 손대기만 하면 집을 뒤집어 놓으니까."

"킬스는 절대 손대지 않는다, 알았어."

전화가 울렸다. 캐스와 캐스 남자친구 딜런은 주머니를 더듬고 가방을 뒤졌다. 톰은 주머니 속에 메르가 준 휴대전화가 들어 있다는 것을 깨달았다. 톰이 미안한 표정으로 전화기를 꺼내 들었다. 당연히 메르였다. 톰이 캐스를 향해 말했다.

"메르가 우리 셋이 오늘 저녁 함께할 수 있냐고 하는데."

캐스는 고개를 가로저었다.

"10시까지 수업이야. 내일은 괜찮은데."

톰은 메르와 약속을 다시 잡고 전화를 끊었다. 캐스가 톰에게 열쇠를 주며 어떻게 사용하는지 알려 주었다. 두 번이나 반복해서 보여 주고 실습까지 하게 했다. 톰은 별로 즐겁지 않았지만 시키는 대로 했다. 특히 딜런이 재미있는 듯 능글

맞게 웃으며 지켜보고 있어서 자존심이 상했다. 캐스와 1980년대 풍의 남자친구는 고맙게도 이세 미야케 매장이 어디에 있는지 알려 주고 표표히 사라졌다. 폼 잡는 영화학 도들이 무슨 일을 하는지는 모르지만 자기들 일을 보러 간 것이다. '앞으로 몇 년이나 더 공부를 해야 캐스의 남자친 구를 개구리로 만들 수 있을까?'

톰은 리즌을 찾기 위해 제일 붐비는 곳에 자리를 잡으려고 했다. 북쪽 2번가 쪽으로 걸음을 옮겼다. 양장점도 생각보 다 별로 없고, 거리를 지나다니는 사람들 외투는 하나같이 별 볼일 없어서 톰은 실망했다. 행인들의 외투는 제법 따뜻 해 보였지만 딜런의 덜떨어진 모자처럼 우스꽝스러웠다. 관심을 기울여 볼 만한 옷은 이세 미야케가 있는 남서쪽으 로 가야 있을 것이다. 그곳에 가면 잡지에서 본 대로 벨기 에, 네덜란드, 모로코 식 새로운 디자인을 발견할 수 있을지 궁금했다.

하지만 메르는 처음 일주일 동안은 이스트 빌리지에 머물 러야 한다고 했다. 추위가 혹독해 리즌이 문에서 멀리 가 지 못했을 것이라고. 도대체 리즌은 어디에 있을까? 뭘 하

고 있을까? 살아 있다면—메르는 그렇다고 확신하고 있
다—누군가가 리즌을 돕고 있을 것이다. 반팔 윗도리에
반바지, 맨발로 버틸 수는 없을 테니까. 돈도 없고 먹을거
리도 없을 테니까.

'만약 리즌을 데려간 사람이 리즌을 괴롭히면? 아니면 더
나쁜 일이 있으면? 메르가 모든 병원에 전화를 걸어 보았지
만 리즌은 없었다. 리즌이 마침내 마법을 쓸 수 있게 된 것
일까?'

톰은 몸을 부르르 떨었다. 서툰 마법으로 몸을 따뜻하게 하
려다 숯덩이가 될 수도 있다. 어서 리즌을 찾아야 한다.

리즌이 도주 계획을 세우고 있었다는 것을 톰과 메르도 알
고 있었다. 리즌의 배낭에는 도주에 필요한 물건들이 가득
했다. 식량, 돈, 여벌 옷, 톰의 지도가 들어 있었다. 메르가
사실을 전했을 때 톰의 얼굴은 불덩이처럼 타올랐고, 명치
있는 데가 찌르르 아팠다.

톰 스스로도 참 터무니없다고 생각했다. 리즌은 톰을 피해
달아난 것이 아니다. 하지만 만약 톰이 리즌을 좋아하는 것
의 절반만이라도 리즌이 톰을 좋아했다면, 그녀는 아직 시
드니에 있을 것이다.

234

리즌은 메르로부터 달아나려 했다. 이유가 뭘까, 톰은 에스메랄다에게 물었다. 톰은 리즌의 행동을 전혀 이해할 수가 없었다. 리즌은 영리해 보였다. 그런데 왜 메르가 자신을 잘 돌봐 줄 수 있다는 것을 깨닫지 못할까. 메르는 톰네 집안과 아무 관련이 없는데도 1년이 넘도록 톰과 톰 어머니를 돌봐 주었다. 이토록 추운 도시 속으로 사라진 것은 단연코 좋은 생각이 아니다.

메르는 딸 사라피나와 오랫동안 사이가 좋지 않았다고 했다. 사라피나는 마법에 진저리를 치고 열두 살에 집을 뛰쳐나갔다. 톰은 자신이 열두 살이었던 때를 떠올렸다. 치아 교정기를 하고 간신히 혼자 횡단보도를 건널 줄 알았을 뿐이다.

사라피나는 마법이 실재한다는 사실을 받아들이지 않았고, 리즌에게도 마법은 헛소리이며, 에스메랄다는 악마의 화신이고 사악한 마녀라고 말했다. 메르는 일을 잘 처리하지 못한 것이 수치스러워 톰에게 말할 수 없었던 것이다. 딸과의 관계에서 일을 망친 것이 톰과 톰의 가족을 돕게 된 이유 중 하나이기도 했다. 그래서 톰을 향한 에스메랄다의 애정은 각별했다.

1월의 얼어붙은 잿빛 오후, 뉴욕은 별로 가볼 만한 곳이 아니다. 톰은 봄과 가을이 참 좋은 계절이라는 것을 깨달았다. 사람들은 종종걸음으로 걷는다. 옷깃을 세우고 목까지 단추를 바짝 채우고 고개는 푹 숙이고 걷는다. 저 사람들 중에서 리즌을 발견할 수 있을까? 혹시 지나친다 해도 어떻게 알아볼 수 있을까? 저절로 고개가 떨어졌다.

톰은 바람을 맞으며 네 블록을 걸어 올라갔다. 겹겹이 옷을 껴입었지만 메르가 해준 은 목걸이 때문에 목이 서늘했다. 머리가 아프고 눈이 따끔거렸다. 톰의 머릿속에 멍청한 질문이 떠올랐다.

'눈은 항상 젖어 있는데, 만약 눈이 얼면 어떻게 될까? 더 이상 볼 수 없게 될까? 아니면 눈이 어는 그 순간에 본 장면이 정지 화면으로 계속 보일까?'

이제 좀 쉬어야겠다. 톰은 배가 고팠다. 시드니 시간으로 하면 아침 식사 시간이다. 톰의 위장은 여전히 시드니 시간을 따르고 있다. 배를 곯아 가며 수색을 하는 것은 멍청한 짓이다. 톰은 근처 식당의 겹문을 밀고 들어가서 빈자리에 앉았다. 김이 잔뜩 서린 창문에서 멀리 떨어진 자리에.

자리에 앉자마자 톰의 입에서 탄성이 터져 나왔다. 식당에

들어서자마자 몸이 녹는 것 같다. 식당은 뜨겁고 김이 가득
했다. 톰은 등받이에 기대 장갑과 모자를 벗고 목도리를 풀
어 식탁 위에 손을 얹었다. 톰은 느낄 수 있었다. 리즌이 이
곳에 왔다. 바로 이 자리에 앉았다.

18

나쁜 꿈

비명 소리는 시체도 일으켜 세울 만했다. 제이티는 깜짝 놀라 우유 잔을 떨어뜨렸다. 초록과 검정 타일이 깔린 부엌 바닥은 우유로 흥건해졌지만 다행히 컵이 깨지지는 않았다. 제이티는 바닥을 치울 생각도 못하고 곧장 리즌의 방으로 달려갔다.

리즌은 침대 한가운데 일어나 앉아 허파가 밖으로 튀어 나올 것처럼 '안 돼!' 라고 외치고 있었다. 리즌의 볼에는 눈물이 방울방울 흘러내렸다.

제이티는 리즌의 옷깃을 부여잡고 리즌의 마음속에다 말

했다.

"쉿! 소리 지를 필요 없어, 리즌. 네 말 다 들을 수 있어."

리즌의 얼굴에서 공포가 사라졌다. 입을 벌리고 깊은 잠에 빠져든 표정이다. 비명도 눈물도 그쳤다.

"리즌, 무슨 일이지, 나쁜 꿈이라도 꾸었어?"

"문이 잠겼어."

리즌이 중얼거렸다. 잠꼬대를 하는 것처럼 웅얼거렸다. 입을 여는 것도 상당히 힘들어 보였다.

"커다란 문이야."

리즌의 눈꺼풀 사이로 흰자위가 보였다. 제이티는 온몸에 오싹하고 소름이 돋았다.

"문을 열어. 리즌, 열쇠를 찾아."

리즌이 천천히 고개를 가로저었다. 입술이 떨린다. 깊은 잠에 빠진 것처럼 온몸이 축 늘어져 있다.

"열쇠는 숨겨져 있어."

'영리한 계집애.' 하고 제이티는 생각했다.

"어디에 감춰져 있어, 리즌? 가까운데 있을까? 가까운데 있어, 리즌?"

열쇠를 찾는 것처럼 리즌의 고개가 위아래로 움직였다. 좀 비처럼 감긴 눈꺼풀 사이로 흰자위가 보였다. 리즌은 계속 열쇠를 찾고 있었다.

"가까이에 있어. 아니, 근처에 없어."

리즌이 다시 중얼거렸다.

"죽은 소년이 가지고 있나 봐."

"죽은 소년이라고?"

제이티는 얼굴을 리즌 가까이 댔다. 그래야 리즌에게 더 많은 이야기를 시킬 수 있다고 생각이라도 한 것처럼.

"남자애가 죽었어. 내가 그런 것이 아니야. 내 잘못이 아니야."

리즌은 조용히 흐느끼기 시작했다. 눈물방울이 흘러내리는 것은 알아채지 못하고. 볼을 타고 흐른 눈물이 잠옷 위에 떨어졌다.

"열쇠를 생각해 봐, 리즌! 그것이 어디에 있는지 너는 알아. 생각해 봐!"

제이티는 리즌에게서 더 많은 것을 알아낼 수 없었다. 리즌의 눈이 활짝 열렸다. 리즌은 제이티를 바라보며 눈을 깜빡거렸다. 잠에서 덜 깬 눈이다.

"걱정하지 마, 이제 안전해."

제이티는 리즌을 달랬다. 악몽을 꾸면 아빠가 달래 주었던 것처럼. 물론 아빠가 포악해지기 전의 일이다. 제이티는 이제 아빠가 죽기만을 바랐다.

"걱정하지 마, 이제 안전해."

"제이티?"

"맞아, 제이티야."

"너는 집에서 도망을 쳤지. 그리고 우린 서로를 보살피고 있어."

'나를 위해 너를 보살피고 있지. 멈추지 않고 계속 도망쳤더라면 네게 훨씬 좋았을 거야.' 하고 제이티는 생각했다. 리즌은 고개를 끄덕이고 일어나 앉아 눈을 비볐다.

"얼굴이 젖었네?"

"울었으니까. 악몽이라도 꾸었던 모양이야. 괜찮아, 그건 그냥 꿈이니까."

"꿈이라고?"

뭔가 기억해 내려는 것처럼 리즌의 이마에 주름이 잡혔다.

"지금 몇 시야?"

제이티는 웃음이 터질 것 같았다. 리즌이 예의 그 문답을 다시 시작하려 하고 있다.

“8시가 다 되었어. 거의 다섯 시간이나 잤어.”

리즌이 잠들어 있는 동안 제이티는 리즌의 곁을 떠날 수 없었다. 보모 노릇까지 하게 된 것이다.

“다섯 시간이나?”

리즌이 믿지 못하겠다는 듯 말했다.

“이제 밤이야.”

리즌은 눈물을 닦아내고 하품을 했다.

“밤이라고?”

리즌은 아침인 것만 같았다. 몸이 그렇게 말하고 있었다.

“밤이야.”

리즌이 웃었다.

“난 이제 아침을 먹어야 할 거 같은데.”

“저녁 먹을 시간이야. 하지만 문제없어. 하루 종일 아침 식사를 먹을 수 있는 식당들이 주변에 있으니까. 굳이 아침을 먹어야겠다면 말이야.”

리즌이 다시 하품을 했다.

“꿈이 기억나니?”

제이티는 전날 밤 리즌이 베갯속에서 깃털들이 쏟아진 것을 기억하고 있는지 알 수 없었다. 최대한 순진한 목소리로

물었다. 리즌이 천천히 고개를 가로저었다

"아니, 무서웠다는 것밖에 모르겠어."

"나중에 기억할 수 있을 거야."

리즌이 몸을 부르르 떨었다.

"별로 그러고 싶지 않아."

"꿈은 너에 대해 많은 것을 알려 줘."

제이티는 자신의 태도가 너무 진지해 보이지 않도록 애쓰며 말했다.

"꿈은 아주 좋은 거야. 내가 어떻게 여기 오게 되었는지 알려 줄 수도 있지. 배고파?"

리즌이 씩 웃었다.

"나는 늘 배가 고파."

"피자 먹으러 갈까?"

리즌은 조각 피자는 거들떠보지도 않았다. 제일 큰 피자 한 판을 시켜 나누어 먹자고 했다. 그리고 피자 위에 멸치와 파인애플과 '근대 뿌리' 를 얹어 달라고 했다.

리즌이 그렇게 주문하자 프레디는 눈을 동그랗게 뜨고 리즌을 빤히 쳐다보았다.

"근대 뿌리라고? 그게 뭐야?"

리즌은 프레디를 보고 웃었다.

"근대 뿌리를 몰라요? 달달한 자줏빛 열매 같은 것인데……."

"그러니까 비트를 달라고요."

제이티가 말했다. 뒤에 대학생 한 무리가 호기심 가득한 눈으로 제이티와 리즌을 쳐다보고 있었다. 프레디는 깜짝 놀란 표정이었다.

"그런 통조림이 있나?"

프레디는 고개를 가로저었다.

"멸치는 얹어 줄 수 있어. 하지만 파인애플과 근대 뿌리는 없는걸. 파인애플과 근대 뿌리는 피자에 쓰질 않아. 멸치도 피자에 들어가는 재료는 아니지."

프레디는 미친 것이 아니냐는 표정으로 리즌을 보았다.

"후추를 좀 쳐 줄까?"

리즌이 눈을 동그랗게 뜨고 프레디를 보며 말했다.

"후추라는 것은 달달한 맛이 나나요?"

제이티가 끼어들었다.

"한번 먹어 봐. 너도 좋아할 거야. 그리고 버섯을 좀 넣는

244

것이 어떨까? 버섯이 뭔지는 알지?”

리즌이 웃음을 터뜨렸다.

“당연히 알지!”

“좋아, 제일 큰 피자로 한 판이요.”

“멸치, 후추, 버섯을 넣어서…… 맞지?”

프레디가 물었다.

제이티는 계산대 위에 손을 얹고 마법을 걸듯 프레디의 눈을 똑바로 들여다보며 말했다.

“잔돈은 가져요. 다음에는 피자가 무엇인지 잘 아는 친구와 함께 올게요.”

“피자가 뭔지는 네가 잘 알잖아, 제이티.”

프레디는 금고를 들여다보고는 웃으며 말했다. 제이티는 리즌을 데리고 가서 삐걱거리는 플라스틱 의자에 앉았다.

“돈이 어디서 나온 거야?”

“무슨 뜻이야? 손에 들고 있었어.”

“아하, 그래?”

리즌은 제이티의 손에 돈이 없었다는 것을 알고 있었다.

“피자에는 근대 뿌리나 파인애플 같은 것은 넣지 않아!”

제이티는 화제를 바꾸었다.

"우리 동네에서는 다 넣어."

"여기는 너희 동네가 아니잖아."

리즌이 한숨을 쉬었다.

"맞아, 그렇지."

"너도 이 집 피자를 좋아하게 될 거야 ."

제이티가 눈치 빠르게 다시 말머리를 돌렸다. 리즌이 낙담하거나 절망해서 신세 한탄이나 하는 것을 받아 주고 싶지는 않으니까.

"이 집이 제일 맛있는 시장 피자집이야. 네가 지금까지 먹은 피자랑은 완전 다를 거야. 두고 봐."

한동안 들락거리는 사람이 없어 가게 안은 따뜻했다. 맛있는 피자 냄새가 입안에서 진동했다. 불행하게도 이 집이 동네에서 제일 맛있는 피자집이라는 사실을 제이티 혼자만 아는 것이 아니었다. 얼마 지나지 않아 사람들이 가게를 찾았고, 그때마다 가게 안으로 돌풍이 몰아쳤다. 제이티는 옷깃을 세웠다.

"냄새 정말 끝내주지 않니? 맞아, 정말 그래, 멸치와 파인애플과 근대 뿌리는 정말 잘 어울려. 짭짤한 해물 냄새가 나며 달콤하거든. 내가 제일 좋아하는 피자야."

"네 말 듣고 보니 정말 그럴 것 같아."

제이티가 맞장구를 쳤다. 속으로는 전혀 그렇게 생각하지 않았으나. 제이티는 생각했다. 아마도 오스트레일리아에서는 그것이 정상인가 보다. 어쩌면 오스트레일리아 사람들은 닭고기 아이스크림이나 간 요리에 감초를 섞어 먹을지도 모르겠다.

피자가 나왔다. 리즌이 피자를 잘랐다. 제이티가 하나를 먹을 때 리즌은 두 조각을 먹었다.

"이제 식욕이 좀 돌아오네."

리즌이 한입 가득 피자를 넣고 말했다.

"식사 때마다 계속 혼란스러워."

리즌이 잠시 말을 멈추었다.

"나는 아무래도 지금이 아침인 것만 같아."

"아침이라고 해두지 뭐. 어때, 피자가 정말 끝내주지?"

"응, 정말 맛있어. 멸치도 많고, 빵이 좀 얇기는 하지만."

"마지막 한 조각은 네가 먹을래?"

"곰답!"

'곰답? 도대체 뭔 말이래?' 제이티는 알 수 없었다.

리즌이 피자 한 조각을 집어 들었다.

"식었지만 그래도 참 맛있다."

"레프드오버 피자가 최고라니까."

리즌은 악몽의 충격으로부터 회복돼 가고 있다. 제이티는 경계하는 눈빛으로 가게를 둘러보았다. 사내 아이 둘이 친구가 전화를 받지 않는다며 투덜거리고 있었다.

"어젯밤 꿈 말이야. 기억나는 것 없어? 왜 비명을 질렀니?"

"비명을 질렀다고?"

"그래, 비명을 지르며 울었지. 정말 무서워하는 것 같았어. 그런데 무슨 꿈인지 기억나니? 너는 기억상실증에 걸린 것이 아니라고 했잖아. 하지만 약간의 착란 증세는 있어 보여. 꿈이 도움이 될 수도 있을 거야. 과거에 대해 뭔가 알려 줄 수도 있지."

리즌이 마지막 피자 한 조각을 삼키고 화장지에 손을 닦았다. 그리고 고개를 가로저었다.

"너무 무서웠다는 것밖에 기억나지 않아. 내가 뭐라고 했니, 제이티?"

"'안 돼!' 하고 외쳤어. 말이라기보다 비명이라 할 수 있지. 정말 아무것도 기억나지 않니?"

"정말 무서웠다는 것만 기억나."

248

"그 외의 다른 것은?"

"기억나지 않아."

리즌의 표정이 일그러졌다. 제이티는 리즌의 꿈속에 나온 죽은 소년이 누구인지 궁금했다. 리즌은 무엇을 하고 있었을까? 그리고 열쇠는 어떻게 된 것일까?

리즌이 제이티에게 물었다.

"어쩌다 도망쳤어?"

그 순간은 우연히 노래 한 곡이 끝나고 다음 노래가 흘러나오기 전이었고, 계산대의 손님은 이미 주문을 끝냈고, 드나드는 손님도 없어 가게 안이 완전한 침묵 속에 빠져 있었다. 리즌의 질문만 허공에 매달려 가게 안에 있는 모든 사람이 다 들을 수 있었다. 제이티가 주변을 둘러보았다. 프레디가 제이티를 바라보고 있다. 뿐만 아니라 사람들이 모두 제이티와 리즌을 바라보고 있다.

"후식 먹을래?"

제이티가 리즌에게 물었다.

곧이어 문이 열리고 바람과 거리의 소음들이 밀려들어 왔다. 손님들은 다시 떠들기 시작했다. 음악도 다시 시작되었다.

"좋아."
"길 건너에 후식을 먹을 만한 데가 있지."

제이티는 주문을 하고 후식 거리가 가득 차 있는 유리로 된
진열장을 돌아 구석으로 갔다. 피자집만큼 사람들이 많지
는 않았지만 둘이 조용히 이야기할 수 있어 좋았다. 제이티
는 프랑크 시나트라의 노래가 흘러나오는 스피커 아래 자
리를 잡았다.
"이 사진 속의 사람들은 다 누구야?"
"이곳에서 디저트를 먹은 브로드웨이 스타들이야. 모두 유
명인사들이지."
리즌은 별로 놀라는 표정이 아니었다. 아마 브로드웨이가
무엇인지도 모를 것이다.
"옛날에는 마피아들이 이곳에 모여들었지."
"정말?"
그제야 리즌의 눈이 동그래졌다.
'마피아는 알고 있군.'
"아주 옛날이야기야. 지금은 변두리 식당일 뿐이고, 관광객
이나 드나드는 곳이야."

250

“제이티, 오늘 무슨 요일이지?”

“화요일.”

“아직도?”

“아직도 화요일이야. 너는 어제저녁 월요일에 왔으니까. 너는 무슨 요일이라고 생각하는 거야?”

“수요일, 수요일이어야 해.”

리즌이 한숨을 쉬었다.

“여름이어야 하고.”

제이티가 웃으며 생각했다. ‘여름이 맞아. 네가 살던 곳은 여름이야.’

“종업원이 와 탁자 위에 음식을 놓고 갔다.

“맛있게 먹으렴.”

“고마워요!”

리즌이 대답하고는 한 조각 입에 넣었다.

“정말 맛있네요. 크림도 많고! 난 단것이 너무 좋아요.”

어린아이 다루듯 부드럽게 미소 지으며 종업원이 말했다.

“단것 너무 좋아하면 이 썩어!”

그리고는 진열대를 돌아 주방으로 들어갔다. 리즌과 함께 다니면 제이티까지 애 취급을 받는다. 리즌은 여태까지 제이티가 만나 본 열다섯 살짜리 여자아이 중에 제일 어려 보였다. 제이티는 며칠을 같이 살더라도 어떻게 해서든 리즌을 좀 더 어른스럽게 만들어야 한다.

그가 제이티와 리즌의 운명을 쥐고 있다. 그만 아니라면 둘은 언제까지고 이렇게 살 수 있을 것이다. 하지만 제이티 힘으로 막을 수 있는 일이 아니다.

리즌은 제 몫을 다 먹고 말했다.

"그래서 어떻게 도망쳤어?"

"그냥 집을 떠났어."

"나도 마찬가지야."

리즌이 킥킥 웃으며 말했다

"계획했던 것만큼 극적이지는 않았어. 나는 단지 문을 열었을 뿐이야……."

리즌은 말꼬리를 흐렸다. 제이티는 리즌이 왜 말을 멈추었는지 알지 못했다.

"나도 마찬가지야."

제이티가 말을 이었다

"생각했던 것보다 훨씬 쉬웠어."

리즌은 포크로 접시 바닥에 붙어 있는 빵가루를 긁어모았다. 리즌은 더 먹고 싶었고, 더 먹을 수도 있었다.

"하지만 너는 잘 해내고 있는 것 같아. 집도 있고 살림살이도 전부 가지고 있잖아."

포크를 핥아 먹으며 리즌이 말했다.

제이티는 한숨을 내쉬었다.

"아파트는 내 아파트가 아니야. 그 남자가……."

리즌의 눈이 동그래졌다.

"아니야, 그런 게 아니야. 네가 생각하는 그런 게 아니야."

제이티가 잠깐 말을 멈추었다. 돌려 말할 수도 없고, 솔직히 말할 수도 없다. 제이티는 탁자 아래에서 깍지를 끼고 말했다.

"그는 좋은 사람이야. 나를 돌봐 주고 있어. 아파트에서 살 수 있게 해주었고…… 대신 가끔 그의 부탁을 들어 줘. 물론 나쁜 일은 아니야. 작은 심부름 정도야."

리즌은 호기심 가득 찬 목소리로 물었다.

"어떤 심부름?"

리즌은 여태까지 제이티가 만난 사람 중에 가장 이상한 애였다.

"쇼핑이나 뭐 그런 거. 대단한 것은 없어. 내가 너를 구한 것처럼 그가 나를 구했어. 길거리를 전전하며 노숙자로 살 뻔했는데, 나를 구해 준 거야. 나는 그에게 빚진 것이 참 많아. 게다가 그는 나를 자주 찾아오지도 않아. 와봤자, 일주일에 한 번 정도? 그렇다고 일주일에 한 번씩 꼬박꼬박 오는 것도 아니야. 너도 조금은 알고 있어야 할 거야. 너도 그를 만나 보아야 하고, 좋은 인상을 주어야지. 그래야 우리가 함께 살게 해줄 테니까."

"그가 나를 알아?"

리즌은 깜짝 놀라 물었다.

"당연히 알지. 네가 나와 함께 있어도 되는지 물어봐야 했거든."

제이티는 코가 길어졌을 것이라고 생각했다. 제이티는 이제껏 거짓말을 한다고 양심에 거리낀 적이 없었다. 하지만 지금은 조금 다른 것 같았다. 제이티 자신에게는 좋지 못할지라도 리즌에게 어떤 경고를 해주어야 하지 않을까. 자주색과 깃털에 관한 이야기를 가볍게 할 수도 있을 것이다. 하지만 리즌은 베갯속에서 깃털을 털어낼 만큼 충분히 알고 있지 않은가. 그렇다면 리즌은 열쇠를 감출 만큼 충분히 알고 있다는 것 아닌가? 리즌에게 경고할 필요도 없다는 뜻인가? 제이티는 혼란스러웠다.

제이티는 아주 가까이에서 리즌의 얼굴을 들여다보았다. 악몽에서 깨어나고 나서 리즌의 얼굴에서 경계하는 기색이 역력했다. 제이티는 지금까지 리즌에게 어디에서 왔느냐고 묻지 않았다. 그러나 리즌은 어떻게 뉴욕에 오게 되었는지 알게 된 것 같다.

리즌이 웃었다. 지금까지의 영리한 표정은 어디로 가버리고 멍청한 얼굴만 남았다. 제이티는 리즌의 얼굴에서 해맑은 눈과 자신에 대한 굳은 신뢰만 읽을 수 있었다.

'제기랄, 왜 리즌은 나와 같지 않을까? 왜 사람들이 거짓말을 할 때 리즌은 알아채지 못하는 것일까?'

리즌과 제이티는 밤늦게 집으로 돌아왔다. 이번에는 그가 있었다. 제이티는 그가 집에 있을 것이라고 생각했다. 오늘 밤 춤추러 가기는 글렀다.

후식을 먹고 나서 둘은 산책을 했다. 바람은 잦아들었고, 날씨도 그렇게 춥지 않았다. 제이티는 시간을 끌고 싶었다. 그를 만나는 것은 유쾌한 일이 아니었다. 리즌과 함께 그를 만나는 것은 특히 싫었다. 제이티는 리즌을 데리고 동네를 한

바퀴 돌며 좋아하는 음식점을 보여 주고 여름이 되면 거리 풍경이 어떻게 변하는지 이야기해 주었다. 둘은 상점과 식당 그리고 찻집 앞을 지나쳐 걸어갔다. 그전보다 리즌은 훨씬 더 말이 없었다. 질문도 하지 않았다. 뉴욕의 풍경에 몰입해 있었다.

제이티는 다시 궁금해졌다.

'리즌은 자기가 어디에 있는지 알고 있을까?'

한 노인이 석쇠 위에 밤을 구우며 불을 쬐고 있었다. 밤이라는 것을 들어 보지도 먹어 보지도 못했다는 리즌의 말을 듣고 노인은 무척 기뻐하며 군밤을 신문지에 싸서 주었다. 노인은 먹어 보고 맛이 어떤지 말해 달라고 했다.

"입술을 델 수 있으니 조심해라."

리즌은 정말 맛있다고 대답했다. 먹을 것에 관해서라면 정말로 예의 바른 소녀라고 제이티는 생각했다.

제이티는 날이 풀리면 도시가 어떻게 변하는지 이야기해 주었다. 도시 전체에 음악이 흐르고, 사람들은 보도 위에서 춤을 추고, 여름에는 날이 너무 뜨거워 아스팔트가 녹는다. 리즌은 별로 믿는 것 같지 않았다. 당연하다. 지금은 헐벗은 나무에 고드름이 열려 있고, 사람들은 모두 험상궂은 표정으로 서둘러 걸음을 옮기고 있었으니까.

제이티는 여름 이야기를 포기하고 겨울 이야기를 시작했다. 시내로 가면 록펠러 센터 앞이나 공원에서 스케이트를 탈 수도 있고, 메디슨 스퀘어 가든에서 농구 경기를 볼 수도 있으며, 매일 밤 춤을 출 수도 있다고. 뉴욕에서는 죽은 사람 숨결보다 더 차가운 날씨에도 사람들이 할 수 있는 일이 참 많다는 것을 알려 주었다.

그는 얼굴에 어둡고 사악한 그림자를 가득 드리우고 불가에 앉아 있었다. 언제나처럼 그가 있으면 아파트는 비좁아 보인다. 벽이 서서히 좁혀 들어오고 겨우 몸을 움직일 공간만 남아 있는 것 같다. 그가 제이티의 폐에서부터 숨을 도둑질해 가는 것 같다.

제이티와 리즌이 외투, 장갑, 목도리를 하나하나 벗고 있는 동안 그는 흰 이를 드러내고 웃으며 둘을 바라보고 있었다.

그의 입술이 평소보다 훨씬 빨갛다. 늑대 같다.

그가 손을 내밀자 리즌이 웃으며 손을 잡았다.

"제이슨 블레이크란다."

그가 어떤 이름을 사용할지 제이티는 궁금했다.

"이미 알고 계시겠지만 리즌 칸시노예요."

리즌이 제이티를 돌아보고 웃었다.

"제이티가 제 이야기를 했다고 하더군요."

그는 고개를 끄덕이며 말했다.

"좋은 이야기만 했지. 머물 곳이 필요하다고 들었다. 제이티에게 친구가 생겨 마음이 놓이는구나."

"동갑은 아니구요."

그때 제이티가 리즌의 옆구리를 꼬집었다.

"하지만 너희 둘 다 열다섯 살이고, 몇 달 차이는 별로 대단한 것은 아니니까."

리즌이 제이티를 뚫어지게 쳐다보았다. 제이티는 입을 꾹 다물고 속으로 그를 욕하고 있었다. 그는 빙글빙글 웃고있다. 제이티가 나이를 속였다는 것을 눈치 챘을 것이다.

"너는 제이티와 나에게 큰 기쁨을 가져다주었다. 여기에 머물다니 말이야. 정말 고맙구나. 제이티 혼자 지내는 것이 마음에 걸렸거든."

제이티는 금방이라도 토할 것만 같았다. 리즌이 순진하다 할지라도 저따위 말에 넘어가지는 않을 것이다. 제이티는 곁눈질로 그를 훔쳐보았다. 늑대라기보다 뱀에 가깝다. 의

심할 여지 없이, 필요하다면 그는 사람들을 조각조각 찢을
수도 있을 것이다.

"어이, 친구들!"

그는 흰 이를 번득이며 물었다. 마법에 관한 이야기는 입 밖
에도 꺼내지 않고.

"저녁 식사를 같이 했으면 좋겠구나. 특별한 곳에서 말이
야. 레스토랑 어떠니, 리즌?"

"모르겠어요. 언제 가보았어야지요."

리즌은 정말로 기분이 좋아 보였다. 리즌의 머릿속에는 먹
을 것 생각뿐이다. 그가 활짝 웃으며 손뼉을 쳤다.

"아주 훌륭해! 내가 한턱 쏘지. 식당을 예약해 놓았어. 아주
특별한 곳이란다. 내일 저녁 8시로 예약해 놓았으니, 20분
전에 너희를 데리러 오마."

"좋아요."

'아주 훌륭한 생각이군.' 하고 제이티는 생각했다. 24시간
이 채 가기도 전에 그를 다시 보아야 한다는 생각에 몸이 떨
렸다.

"고맙습니다. 벌써부터 내일이 기다려지는군요."

리즌이 대답했다.

진심인 것 같았다. 강하게 작용하고 있는 그의 마법 때문에 제이티는 리즌의 마음을 제대로 읽을 수 없었다. 어쨌든 리즌이 그를 그 정도로 좋아한다면 자신으로부터 그를 멀리 떼어 놓을 수 있으니 제이티에게도 좋은 일이다.

"이제 가야겠다. 시간도 너무 늦었고, 너희도 잠자리에 들어야 하니까."

그는 신발을 신고 외투를 집어 들었다.

"리즌, 만나서 정말 반갑구나."

"고맙습니다, 블레이크 선생님."

"제이슨, 제이슨이라고 불러라."

리즌이 머리를 숙이며 말했다.

"알겠어요, 제이슨."

"잘 자라, 제이티."

제이티는 말없이 고개를 끄덕였다. 어쨌든 제이슨이 생각보다 빨리 아파트를 떠났기 때문에 그것만으로도 행복했다. 제이슨은 문고리에 손을 얹어 놓고 반쯤 돌아서서 리즌을 불렀다. 별로 대단치 않은 생각이 머리에 떠오른 것처럼 뒤돌아보았다.

"작은 부탁 하나 들어 줄 수 있겠니? 리즌 네 도움이 필요하구나."

제이슨은 달콤하게 웃으며 리즌을 바라보았다.

"글쎄요. 어떤 일인지에 따라 달라요."

"어려운 것은 아니야, 함께 산책이나 하는 거지."

"어떤 종류의 산책이요?"

그때 제이슨의 얼굴은 어느 때보다 더 늑대 같았다.

"조만간에 다시 이야기하자꾸나. 그런데 얼굴은 어쩌다 그렇게 됐니?"

리즌이 코를 만지며 말했다.

"아, 별것 아니에요. 넘어졌어요."

"조심하지 않고……."

제이슨이 활짝 웃었다.

"잘 자라, 리즌."

19

마법이야

눈을 떴을 때, 나는 여전히 뉴욕에 있었다. 뉴욕, 어제 내가 새롭게 알게 된 말이다. 뉴욕, 한 번 알게 되니 사방에서 이 말이 솟아올랐다. 승강기에 붙어 있는 팻말뿐 아니라 사람들의 모자, 상점의 진열창, 트럭의 짐칸에도 '뉴욕' 이라고 쓰여 있었다. 군밤을 싸고 있던 신문지조차 뉴욕 이야기뿐이었다. 에스메랄다 침대 위에 뭉치로 놓여 있던 신문과 같았다. 뉴욕이라는 글자는 거품이 일듯 불어나서 눈길을 돌릴 때마다 발견되었다.

가만히 누워 있으려니 머리를 무겁게 만드는 다른 사실이

서서히 떠올랐다. 그 문을 통해 이곳에 오고 나서 절대 생각하지 않으려고 애썼지만 소용이 없다. 나는 절대 미치지 않았고, 기억을 잃지도 않았다. 마음 한구석에서는 이 모든 것을 이해하고 있었다.

나는 일어나 앉았다. 똑바로 방을 가로질렀다. 나는 미친 것도 아니고, 정신이 이상한 것도 아니다. 내가 지금 어디에 있는지도 알고, 어떻게 이곳에 오게 되었는지도 알고 있다. 이 세상에 마법이 실재한다는 것. 내 머리를 아프게 하는 것은 바로 그것이었다.

마법은 실재하는 것이다. 여기는 뉴욕이고, 오늘은 수요일이다. 목요일이어야 하지만 오늘은 수요일. 밤이어야 하는데 낮. 찌는 태양이 떠 있어야 하는데 얼어붙는 겨울. 마법은 실재한다. 나는 한여름에 시드니에서 한겨울의 뉴욕으로 걸어 들어왔다.

한여름과 한겨울이 그 문을 사이에 두고 있었다. 한순간에 모든 것이 바뀌었다. 마법이 정말로 있다면, 에스메랄다는 진짜 마법사이겠지. 정신 나간 할망구가 아니라 진짜 마법사일 것이다.

제이슨 블레이크는 에스메랄다와 분위기가 비슷하다. 둘에게서는 같은 냄새가 났다. 만약 마법이 실재하는 것이라면 사라피나는 거짓말쟁이다. 그리고 내가 여태껏 배웠던 모든 것이 거짓이다. 세상에는 과학으로 설명할 수 없는 것이 있다. 세상은 합리적이지 않을 수도 있다. 사라피나가 말한 그런 세상이 전혀 아니다. 연기나 거울의 장난으로 한 발짝에 수만 킬로미터를 순간이동할 수는 없다. 나는 눈속임 당한 것이 아니다.

사라피나가 내게 거짓말을 했다. 한 번이 아니고, 내 평생 매일매일 내게 거짓말을 했다. 그래서 사라피나는 미치게 되었다. 사라피나는 내게만 거짓말을 한 것이 아니라 자기 자신에게도 거짓말을 했다.

에스메랄다에게서 도망치고 그 후 수년 동안 마법은 속임수라고 스스로를 설득했다. 사라피나는 사기꾼이다. 사라피나는 자신은 마법사가 아니라고 믿었고, 그것 때문에 캐들러 파크에 가게 된 것이다. 그녀는 너무 오랫동안 자기 자신에게 거짓말을 해서 자신까지도 자기의 거짓말을 믿게 되었고, 결국 머리통이 터져 버린 것이다.

가만히 앉아 생각하니 내 머리도 곧 터지지 않을까 모르겠다. 사라피나가 거짓말을 했다는 것은 에스메랄다가 좋은 사람이라는 뜻일까? 나는 서른세 개의 이빨과 미라가 된 고양를 보았다. 몸이 부르르 떨렸다.

사라피나가 내게 해준 이야기는 모두 사실이다. 에스메랄다의 마법이 진짜라는 것을 빼고 말이다. 에스메랄라다의 집에 시드니에서 뉴욕까지 단 한 발짝에 갈 수 있는 마법의 문이 있다는 것을 빼고 사라피나 말이 맞다.

사라피나는 나를 보호하기 위해 거짓말을 했을까? 무엇으로부터 보호한단 말인가? 우리 조상들이 일찍 죽은 것과 마법이 무슨 관련이 있을까? 아니면 사라피나는 나로부터 나 자신을 보호하기 위해 거짓말을 한 것일까? 마법이 실제라면 나는 살인자가 될 수도 있으니까. 나는 그 소년이 죽었으면 좋겠다고 생각했고, 1초도 되지 않아 소년은 죽었다.

내 마음 깊은 곳에서는 내가 소년을 죽였다는 사실을 알고 있었다. 머릿속에 수많은 생각들이 우글거렸다. 하지만 어떤 것도 생각하고 싶지 않았다. 그래도 생각해야 한다. 그래야 하지 않을까? 마법이 진짜로 있다…… 생각하기에도 너무 무섭다. 차라리 나도 미쳤으면 좋겠다.

이제 더 이상 하얗지 않은 창밖을 마주해야 하는 것처럼 평범한 사실을 직면해야 하는 것도 두렵다. 마법은 사실이다.

실재한다. 원래부터 있었다.

아침을 먹고 제이티에게 나를 처음 발견했던 거리로 데려다 달라고 했다. 제이티는 아주 잠깐 이상하단 표정으로 나를 바라보았다.
"그러면 내 기억을 되살릴 수 있을지도 몰라. 사라피나는 언제나 '네가 걸어왔던 길을 되짚어 가면 기억을 되살릴 수 있다'고 말했어."
"좋아, 문제없어."
혹시 내가 제이티의 표정을 잘못 읽었나 생각했다.
바람이 다시 불기 시작했다. 걷는 것조차 힘들었다. 입김이 안개처럼 피어난다. 목도리를 단단히 감았다. 입을 열기도 힘들 만큼 추웠다. 머릿속에는 질문들이 부글부글 끓고 있었다. 제이슨 블레이크가 어떤 사람인지 알고 싶다.
어제 그가 현관을 나서며 했던 말…… 그렇게 말하는 사람 치고 좋은 사람은 없다. 그는 상어의 눈을 하고 웃는다. 그때 온몸에 소름이 돋았다. 그는 제이티에게 무슨 짓을 하고 있는 것일까?
그는 그저 순진하게 '예, 그렇게 하세요.' 하고 대답하기를 바랐을 것이다. 사라피나는 항상 '예'라는 대답을 할 때 조심해야 한다고 말했다. 사람들의 의도를 파악할 수 없기 때문이라고.

사라피나에게 배운 다른 것들에 대해서도 생각해 본다. 명상과 주술적인 물건을 다루는 방법들…… 그녀는 내게 스스로를 보호하는 법을 가르친 것이다. 사라피나는 마법이 실제로 있다는 것은 부정했지만 마법으로부터 나 자신을 보호하는 것을 가르쳐 주었다. 사라피나와 이야기하고 싶다. 왜 그랬는지 그녀에게 묻고 싶다. 숨쉬기에도 너무 추운 날씨다.

제이티가 다 왔다고 말했을 때, 나는 심장이 툭 떨어지는 것 같았다. 지금까지 걸어온 거리와 다를 것이 하나도 없었다. 모든 건물들의 벽에 철제 계단이 걸려 있다. 뉴욕시에 있는 건물들은 모두 크고 높고 빈틈없이 다닥다닥 붙어 있다. 이곳 사람들은 풀도 녹지도 없이 생선가게 정어리처럼 살고 있다.

어제저녁에 제이티가 떠벌린 것들, 겨울이 얼마나 아름다운지, 얼음조각, 불놀이 같은 것들…… 나무에 매달린 얼음

들이 반짝거리는 것을 보는 것은 정말 놀랍다. 이제 인정할 수 있다. 뉴욕의 겨울이 아름답다고 한 제이티의 말을.

그리고 달콤한 군밤…… 길거리에서 이처럼 맛있는 것을 먹을 수 있으니, 정말 좋은 일이다. 난 군밤이 좋다. 게다가 이곳에서 먹은 음식은 모두 끝내준다. 근대 뿌리와 파인애플이 없어 아쉽기는 했지만 피자도 훌륭하고 후식도 맛있었다. 하물며 이제는 카샤까지 그리워하게 되었다. 제이슨 블레이크와의 저녁 시간도 그리 나쁘지만은 않을 것 같다. 뉴욕의 고급 음식이 어떤 것인지 알아볼 수 있을 테니까.

밤새 눈이 내렸다. 20센티미터나 쌓였다며 제이티가 손을 들어 보였는데, 50센티는 될 듯했다. 길 좌우에 둑이라도 쌓은 듯 쌓여 있었다. 낮은 울타리가 둘러 있는 작은 정원 같았다.

숨 쉴 때마다 따뜻하고 축축한 김이 나왔지만 순식간에 차가워졌다.

"뭐 알아볼 수 있겠니?"

제이티가 옆에 바짝 붙어 벙어리장갑 낀 손을 비비며 물었다.

"여기가 너를 발견한 바로 그곳이야."

"잘 모르겠는데…… 문들을 다시 살펴봐야겠어. 그 문을 알아볼 수 있을 거야."

"비슷해 보여?"

"아니, 잘 모르겠어."

정말이었다. 확신할 수 없었다.

"그러면 이 블록의 첫 집부터 살펴보자. 하나라도 놓치면 곤란하니까."

제이티에게서 이 부딪치는 소리가 들렸다.

나는 고개를 끄덕였다. 확실히 말할 수 있는 것은, 내가 블록의 중간쯤에 있는 집에서 나왔다는 것. 문들은 모두 나무로 되어 있었다. 문짝마다 손이나 얼굴 모양을 한 놋쇠로 된 노커가 달려 있다. 어떤 것은 눈을 빨갛게 칠한 해골 모양이었다. 나는 아무것도 알아볼 수 없었다. 대부분의 열쇠 구멍 역시 내가 가지고 있던 열쇠가 맞을 것처럼 보였다. 나는 문을 하나씩 만져 보았다. 어떤 문도 내가 나온 그 문이 아니었다. 나는 문 위를 올려다보았다.

그 문 위에는 석조 두상이 그려져 있었다. 모든 문짝에 수호천사인 것처럼 그림이나 부조상이 있었다. 고양이나 스테인드글라스가 있는 것도 있었다. 그 문에는 스테인드글라스는 없었다. 내 기억에는 그렇다.

사라피나가 나를 뭐라고 생각할까? 사라피나는 늘 나에게 말했다. '언제나 탈출로를 염두에 두어야 한다.' 그런데 입으로 눈송이나 받아먹고 있었으니…….

집들은 모두 비슷하다. 열쇠가 주머니에 있다면 얼마나 좋을까 생각했다. 그렇다면 자물통마다 꽂아 볼 수 있을 것이다.

그래도 그 문을 직접 보면 알아볼 수 있을 것이라는 확신이 있었다. 여기에 있는 어떤 문도 그 문이 아니었다. 블록이 끝날 때쯤 제이티는 이곳이 나를 발견한 곳이고, 혹시 내가 다른 골목에서 나왔을 수도 있으니 그쪽도 살펴보겠냐고 물었다. 제이티가 나를 발견했을 때, 나는 너무 추워서 제정신이 아니었다고 했다. 나는 고개를 끄덕였다.

문 하나하나 꼼꼼하게 살펴보았다. 하지만 그 자물통이나 그 문을 발견하지 못했다. 제이티는 말없이 내 뒤를 졸졸 따라오며 발만 동동 굴렀다. 얼마나 오랜 시간이 흘렀는지 알 수 없었다. 코가 다시 욱신거린다. 되돌아갈 길을 찾지 못한다면 어떻게 할까? 나는 지금 에스메랄다로부터 멀리 떨어져 있다. 내가 바라던 것이다. 하지만 지금은 내가 누구인지, 내가 무엇인지, 내가 무엇을 해야 하는지 알아야겠다. 그런데 정말 나는 그녀로부터 멀리 떨어져 있을까? 그 문은 에스메랄다의 부엌 뒷문이었다. 그녀는 그 문을 들락거렸을 것이다. 문 옆에 걸려 있는 겨울 외투, 주머니 속에 있는 미국 동전, 뉴욕의 신문들이 증거다. 나는 지금 에스메랄다의 집에 있는 것보다 더 안전한가? 에스메랄다의 마법을 피하며 그녀와 이야기할 수 있는 방법이 있다면 얼마나 좋을까? 나는 정말 많은 것을 묻고 싶다. 그리고 그 편지들도 읽어 보고 싶다. 마법이 무엇인지도 알고 싶다. 문득 이빨과 죽은 고양이 생각이 났다. 어쩌면 나는 에스메랄다가 아니라 사라피나와 이야기해야 할 것이다.

에스메랄다는 나를 산 채로 잡아먹으려고 할 것이다. 지금 에스메랄다를 피했지만 제이슨 블레이크가 앞에 있다. 둘에게서는 같은 냄새가 난다. 어떻게 시드니로 돌아갈까? 문을 찾는다고 해도 열쇠가 없으면 문은 열리지 않을 것이다. 어떻게 돌아갈까? 에스메랄다를 기다리고 있다 데려가 달라고 할까? 생각만 해도 무섭다. 비행기를 탈까? 나는 여권도 없다. 여권을 만들기 위해서는 에스메랄다에게 연락해야 할 것이다.

맨 끝 집에서 한 걸음 물러났다. 주머니에 손을 넣어 장갑
낀 손으로 암모나이트를 꼭 쥐었다. 따뜻하지도 편안하지
도 않다. 잿빛 하늘을 올려다보았다. 해가 없다. 지금 몇 시
일까? 제이티가 밤이라고 말할 때마다 낮인 것 같고, 저녁
을 먹자고 하면 아침을 먹어야 할 것 같다. 나는 추위에 떨
고 있었다.

20

거품

수요일 밤이 되었다. 내가 생각하기로는 목요일이 아니고 수요일 밤이었다. 그가 검정 리무진을 타고 우리를 데리러 왔다. 우리가 차에 탔을 때, 그는 장례식에 가는 것처럼 검정 옷을 입고 운전사를 등지고 앉아 있었다. 맞은편에 앉으라고 손짓을 하고 샴페인 잔을 건넸다.

한 모금 맛을 보았다. 거품이 코에 튀었다. 킥킥거리며 웃었다. 책에서 읽었던 것과 똑같았다. 처음 맛보는 샴페인이었다. 가벼운 레몬 맛의 샤베트처럼 혀에서 살살 녹는다. 처음으로 내 마음에 드는 술이었다. 문을 열고 들어와서 내가 처음 만난 겨울과 눈이 좋았던 것처럼 지금 마시고 있는 샴페인도 마음에 들었다.

리무진 앞좌석은 유리로 가려져 있어서 운전사를 볼 수 없었다. 운전사 역시 우리 목소리를 들을 수 없었다. 마치 스스로 움직이는 자동차를 타고 가는 느낌이었다.

리무진 뒷좌석은 굉장히 넓어서 거실이라고 해도 될 정도다. 좌석은 부드러운 가죽으로 싸여 있고, 쿠션에 발판도 있었다. 텔레비전까지 있었다. 리무진은 마치 샴페인을 마시기 위해 설계한 것 같았다. 팔걸이에는 샴페인 잔을 고정하는 틀이 있었고, 한쪽에 샴페인을 넣어 둘 작은 냉장고도 있었다. 어쩌면 화장실도 있지 않을까? 그렇게 생각하자 갑자기 오줌이 마려웠다.

제이티가 검정 드레스를 빌려 주었는데, 통이 너무 좁아 다리를 접착제로 붙인 것 같았다. 제이티는 고급 레스토랑에는 청바지를 입고 가면 안 된다고 했다. 구두 굽이 너무 높아 걸을 때마다 비틀거렸고, 발가락이 꽉 조였다. 제이티는 오늘 저녁 걸을 일이 별로 없으니까 걱정하지 말라고 했다. 제이티도 가두리를 붉은색으로 두른 검정 드레스를 입었다. 제이티 옷장에는 검정 드레스뿐이었다. 제이티의 구두는 내 것보다 굽이 훨씬 높았고, 쇠로 되어 있었다. 걸을 때마다 굽 울리는 소리가 요란했다. 제이티는 내게도 화장을 해주었다. 나는 싫다고 했지만 제이티는 검은색 눈동자를 감추려면 화장을 해야 한다고 했다.

화장을 하니 얼굴이 근질근질하고 꽉 죄는 느낌이었다. 내 얼굴이 아닌 것만 같았다. 제이티는 예쁘다고 했다.

"이게 재미있니?"

제이티가 내 손을 꼭 잡고 대답했다.

"나중에 우리 춤추러 가자."

"이렇게 입고?"

우리가 신고 있는 우스운 구두를 가리키며 내가 말했다. 제이티가 웃었다. 하루 종일 우리는 제이슨 이야기는 꺼내지 않았다. 뭔가 물으려고 할 때마다 제이티는 말을 돌렸다. 이제 나는 긴장이 풀렸다. 사실 나도 제이티의 대답이 두려웠다. 말려들게 될 그 상황이 두려웠다.

제이티는 나에게 거짓말을 했다. 나이도 속이고, 제이슨 블레이크가 좋은 사람이라고 말했다. 그리고 또 어떤 거짓말을 했을까? 이유야 모르겠으나 거짓말에도 불구하고 나는 제이티를 믿었다. 제이티에게는 어딘지 모르게 믿음이 갔

다. 언젠가 제이티는 내게 모든 것을 말해 줄 것이다. 지금
당장은 아니나.

"우리의 새로운 우정을 위하여!"
제이슨이 말하며 잔을 높이 들어 올렸다. 우리는 건배를 하
고 샴페인을 마셨다. 머리가 핑 돌았다. 회오리바람에 떠다
니는 깃털이 된 것처럼.
"창밖을 잘 보거라! 지금 미드 타운까지 다 왔어. 타임스 스
퀘어를 꼭 봐야지."
제이티가 코웃음을 치며 말했다.
"타임스 스퀘어가 무엇인지도 모를걸요. 들어 보지도 못했
을걸요."
정말이었다. 나는 타임스 스퀘어가 무엇인지 몰랐다. 하지
만 인정하고 싶지는 않았다. 나는 창가 쪽으로 바짝 다가갔
다. 창문에서 얼음 덩어리처럼 냉기가 올라왔다. 입김 때문
에 흐려진 창문을 닦고 붉은색, 초록색, 노란색으로 휘황찬
란하게 번쩍이고 있는 거리를 내다보았다.
유리로 된 건물 한쪽 벽을 꽉 채운 커다란 텔레비전 앞을 지
나갔다. 화면에는 백사장이 펼쳐져 있고, 종려수가 있고, 지

붕 없는 빨간 자동차가 달리고 있다.

천천히 눈이 내리기 시작해 화면 속의 백사장은 언뜻 눈 쌓인 벌판 같았다. 거리에는 사람들이 부산하게 움직인다. 그 바쁜 사람들이 거리를 지배하고 있었다. 사람들을 셀 수도 없었다. 이렇게 좁은 공간에 이렇게 많은 사람들이 북적거릴 수 있다니, 상상도 못했다. 빽빽한 사람들 사이에서 어떻게 걸어갈 수 있을까? 내가 마치 군중 사이에 있는 것처럼 피부가 답답해졌다. 차 안에 있다는 것이 고맙게 느껴졌다. 만약 저기에서 사람이 곱드러지면 어떻게 될까? 그냥 밟고 지나갈까? 두터운 겨울옷 덕에 크게 다치지는 않을 것이다. 눈을 들어 위를 보자, 한 번도 보지 못한 커다란 전광판이 있었다. 숫자, 사람 얼굴, 광고 문구가 지나갔다. 전체가 환하게 번쩍이는 건물이 있다. 역시 한 번도 본 적이 없었다. 전구로 만든 동화 나라 같았다. 어떤 건물에서는 아무 규칙도 없는 빨간색 숫자들과 회사 이름이 지나갔다. 아무것도 알아볼 수 없었다.

시선이 닿는 곳에서는 언제나 섬광이 번득였다. 건물의 옆에서는 폭포처럼 불꽃이 흘러내렸다. 길가에 늘어선 하늘 높이 솟은 유리벽에 불꽃이 번쩍이며 반사되었다.

“리즌, 입 좀 다물어라.”

제이티가 웃으며 말했다.

나는 입을 다물었다.

“놀랍지 않니?”

제이슨 말했다.

나는 고개를 끄덕였다.

“한 번도 이런 거리를 본 적이 없어요.”

제이티가 더 크게 웃었다. 제이티는 이미 두세 잔을 더 마신 모양이다. 나는 맛있는 샴페인도 까맣게 잊고 거리를 구경하고 있었다.

“리즌은 ‘나 이런 것 처음 봐요.’ 이 말 밖에 몰라요. 모든 것이 리즌에게는 처음이죠.”

“리즌은 좋겠구나.”

그가 나를 보고 웃으며 말했다. 그와 나 사이에 거리가 있다는 것이 얼마나 고마운지. 조금이라도 더 가까이 앉았더라면 나는 주춤하고 물러섰을 것이다. 좋은 사람이 아니다. 나는 제이티를 흘긋 보았다. 제이티도 나와 같은 생각을 하고 있다는 것을 알 수 있었다.

탁자마다 하얀 식탁보를 깔고 번쩍이는 칼붙이와 은제 식기들을 놓았다. 특히 접시는 제이슨 블레이크의 이보다 더 하얗다. 흰색, 검은색 정장을 입은 종업원들이 접시나 물주전자를 들고 식탁 사이를 날렵하게 지나다녔다. 식당은 굉장히 넓었고, 식탁 사이 거리도 멀었다.

손님들은 하나같이 정장을 하고, 목과 귀에서는 보석이 반짝거렸다. 제이티 말이 맞았다. 티셔츠에 청바지를 입고 왔더라면 사막의 소나무처럼 보였을 것이다. 우리 셋을 포함해 쉰일곱 명의 손님이 있었다. '피보나치 10번! 좋은 징조다.' 나는 속으로 말했다.

식당 가운데는 나체의 남자와 여자가 안고 있는 검은색과 은색이 섞인 커다란 조각상이 있었다. 조각상 밑으로 흐르는 물은 검은색, 회색의 바위에 부딪혀 물살을 일으켰다.

식당 한쪽 벽은 유리로 돼 있었다. 형형색색의 불꽃이 번쩍이는 도시가 보였다. 빨간색 드레스가 복사뼈에서 사각거리는 어떤 부인이 우리를 식탁으로 안내했다. 그리고 종업원이 우리가 의자에 앉을 때 의자를 잡아 주었다. 종업원은 엄마나 되는 듯이 냅킨을 펼쳐서 우리 무릎 위에 놓았다. 그들이 냅킨을 펼쳐서 턱받이처럼 옷섶에 꽂지 않아 정말 다행이라고 생각했다.

우리는 유리벽 바로 옆에 앉았다. 차를 타고 오며 보았던 불빛의 도시가 내 앞에 양탄자처럼 깔려 있다. 우리는 47층에 있다. 거리를 걷는 사람들은 아예 보이지도 않는다. 공중을 나는 눈송이에 불빛들이 흐려진다. 현기증이 일었다. 몸을 부르르 떨었다. 추워서는 아니다. 외투 없이 소매 없는 드레스를 입고 앉아 있을 만큼 식당은 따뜻했다.

"마실 것을 드릴까요, 아가씨?"

"샴페인 주세요."

내가 말하자 제이티가 킥킥거렸다.

제이슨이 샴페인 한 병을 주문했다. 크루드라고 주문한 것 같다. 샴페인이라는 것은 톡 쏘는 거품이 있는 술을 말하나 보다. 눈 사이로 빛나는 간판들을 읽으려고 애썼다. 모든 것이 마치 물속에 신선한 물감을 풀어 놓은 것처럼 부옜다.

한 색깔에서 다른 색깔로 변하고 다시 세 번째 색으로 변해 갔다. 어떤 불빛에는 작은 무지개가 걸려 있었다. 눈발이 거세진다.

그가 내 시선을 따라 거리를 내려다보며 말했다.

"눈이 좀 더 내리면 도시가 마비될 거야."

종업원이 얼음이 가득한 작은 은색 양동이에 샴페인 병을 담아 와서 제이슨에게 병을 보여 주었다. 제이슨은 상표를 살펴보고는 고개를 끄덕였다. 이 샴페인은 크림 맛이 난다. 거품은 핀 대가리보다 작았다. 거품이 잔 밑에서부터 올라 와서, 공기 중으로 튀어 올라 내 콧속으로 들어온다. 혀를 감싸는 크림 같은 그 맛보다 작은 거품을 코로 들이마시는 것이 더 좋았다.

그 문을 열고 들어온 이후 나는 마치 거품 속에서 사는 것 같았다. 아주 투명하고 두꺼운 막이 세상과 나 사이에 있었 다. 나는 어딘가에 눌어붙어 천천히 느려진 세상에 있는데 주위 사람들은 생동감 넘치게 움직인다. 나는 거품들을 내 안으로 쏟아 넣고 있었다. 내 안으로 들어간 거품은 나를 감 싼 거품을 부수고 나를 다시 세상의 일부로 만든다. 덫과 같 이 나를 붙들고 있는 두꺼운 거품을 파괴한다. 샴페인 거품 은 세상을 아름답게 한다. 그때 제이슨이 말했다.

"다시 건배할까?"

샴페인을 마신 그의 모습은 좀 더 온화해졌다. 덜 맹수처럼 보였다. 이제 친절한 에스메랄다와 비슷해 보인다. 겉모습 은 부드럽지만 날카로운 이를 감추고 있는 에스메랄다.

"서로 돕기 위하여!"

나는 잔을 들었다. 하지만 제이티하고만 잔을 부딪쳤다. 그는 웃는 듯 마는 듯 나를 똑바로 바라보았다. 나는 다시 눈 내리는 창밖 풍경을 바라보았다.

종업원은 작은 잔이 가득한 작은 쟁반을 작은 숟가락과 함께 가져왔다.

"맛을 보시지요."

종업원이 말했다.

사람들 앞에서 웃음거리가 되기 싫어 종업원이 가고 나서 물었다.

"우리는 아직 아무것도 주문하지 않았잖아요?"

제이티가 환하게 웃었다. 차라리 입을 닫고 있었더라면 하고 생각했다. 하지만 나는 궁금증을 참을 수 없었다.

"물론 우리는 아직 주문을 하지 않았어."

제이슨이 말했다.

"이것은 맛보기 음식이라는 거야. 자기들이 추천하는 요리를 조금씩 우리에게 가져다주는 거야. 그렇게 해서 열 코스의 요리를 맛보는 거야."

"열 가지라고요?"

정말 많다고 생각했다.

세 가지 요리가 나오는 식당도 가본 적이 없다는 이야기는 할 수 없었다. 솔직히 코스 요리가 무엇인지 몰랐지만 뜻을 유추할 수는 있었다. 나는 지금까지 카페, 피쉬 앤 칩 식당, 아주 드물게 중국 음식점에 간 적이 있었다. 사라피나는 음식에 관심이 없었다. 음식이라고 하지도 않고 연료라고 했다. 우리는 닥치는 대로 먹었다. 견과류나 과일 정도로 배를 채웠다. 하지만 나는 음식을 좋아했다.

"만약 음식이 마음에 들지 않으면 어떻게 해요?"

"마음에 들지 않는다고 말하면 돼. 그러면 다른 것을 가져 올 거야."

체이슨이 대답했다.

나는 제이슨이 나를 놀리려고 농담을 하는 것인지, 아니면 진짜로 그렇다는 것인지 알 수 없었다. 제이슨과 제이티는 숟가락을 들었다. 나는 그들을 따라 했다.

고기 수프 같다. 오렌지색 거품을 떠서 입속에 넣었다. 입안에서 톡톡 터졌다. 고기 향이 강렬하게 입안에 퍼졌다. 한 번도 먹어 보지 못한 맛이다. 정말 마음에 들었다. 제이슨은 고기 수프가 든 잔을 들어 홀짝 마셨다. 제이티도

나도 그를 따라 했다. 오렌지색 거품 두 개가 입안에 남았
다. 혀와 이로 톡 터뜨렸다. 짭짤한 바다 향이 입안에 퍼
졌다.

“맘에 드니?”

제이슨이 물었다.

“정말 맛있네요!”

“연어 알은 물고기로 만든 콜라 사탕 같아.”

“야만적인 표현이구나!”

제이슨이 말했다.

“정말 그런 맛이 나니까요.”

제이티가 어깨를 으쓱하며 대답했다. 제이슨이 우리 잔을
다시 채웠다. 우리 앞에 놓인 접시를 치우러 종업원이 왔다.
제이슨은 다시 샴페인 한 병을 주문했다. 나는 오늘 밤 몇
잔이나 마셨는지 세지 못했다.

“이게 무슨 음식이죠?”

종업원이 가고 나서 내가 또 물었다. 빨간색과 초록색이 소
용돌이 치고 있는 젖빛 소스 안에 흰색, 갈색, 빨간색, 초록
색이 층층이 진 음식을 놓고 갔는데, 나는 눈보라가 치는 것
을 보느라고 종업원의 설명을 듣지 못했다. 들었다 하더라

도 알아듣지 못했을 것이지만. 예술품처럼 만들어진 음식은 낯설기만 했다.

"현대 미국식이야."

제이슨이 말했다.

"프랑스나 이탈리아에서 요리를 배우고 영향을 받았다 해도 현대 미국식이라고 할 수 있지."

"뭐라고요?"

그의 대답은 아무 설명이 되지 않았다. 동화 속에서나 나올 것 같은 음식의 이름이 '현대 미국식' 이라니 별로 매력적이지 않았다. 물론 나는 이탈리아나 프랑스에서 음식을 먹어 본 적도 없다. 세상의 여러 나라가 서로 다른 음식을 먹고 산다는 것도 지금까지 생각해 본 적이 없었다.

"내 말은 말이지, 아까 말했던 우리가 서로 도와야 한다는 이야기 말이야."

제이슨은 자기 앞에 놓여 있는 음식을 한입 떠넣고는 다시 소리를 내더니 말을 이었다.

"나는 제이티를 돕고 있지. 대단히 말이야. 난 너 또한 돕고 싶구나."

그는 제이티를 흘긋 바라보았고, 제이티는 고개를 끄덕이

더니 곧바로 고개를 숙였다. 제이티는 나와 눈을 맞추지 않
았다.

'정말일까? 그가 어떻게 제이티를 도울까?'

"내가 볼 때 너는 모르는 것이 정말 많은 것 같구나."

'정말 많은'을 강조하며 말했다. 부인할 수 없었다.

"내가 도움이 될 것 같구나. 네게 모든 것을 설명해 줄게.
네 어미도 할미도 네게 해준 적이 없는 이야기들일 거야."

21

밝혀지는 사실들

당연히 그것은 그가 자주 쓰는 속임수 중의 하나이다. 그가 진실을 말한다는 것은 거의 기대할 수 없다. 온 세상에 편도선을 자랑이라도 해보겠다는 듯이 리즌의 입이 쩍 벌어졌다. 제이티는 여름이 아니라서 참 다행이라고 생각했다 '한여름이었다면 한입 가득 파리를 물었을 거야.'

리즌은 이곳에 오고 나서부터 계속 정신을 못 차렸다. 리즌은 자기에게 닥치는 모든 일에 어떻게 대처해야 할지 알지 못했다. 그리고 거짓말을 해도 알아차리지 못했다. 오늘 아침 제이티가 엉뚱한 거리로 리즌을 데리고 갔어도 리즌은 눈치 채지 못했다.

리즌은 A가와 B가 사이의 13번지 일대의 현관을 샅샅이 살피며 그 문을 찾고 있었다. 마법의 문은 B가와 C가 사이의 3번지 근처에 있다. 리즌은 결코 그 문을 찾아낼 수 없었다.

리즌은 여전히 딱 벌어진 입을 다물지 못하고 있다. 마파람에 게 눈 감추듯 허겁지겁 놀리던 숟가락질을 멈춘 채 깜짝 놀란 눈으로 그를 바라보고 있다.

"네가 알고 싶어 하는 것을 내가 알려 줄 수 있어, 리즌. 나는 약간의 대가를 원한다. 서로 돕자는 것이지. 가는 정이 있으면 오는 정도 있어야겠지? 네 할머니는 모든 것을 가지고 있으면서 너에게 아무것도 알려 주지 않았구나."

'당신과 별로 다르지 않군요. 나쁘기는 매한가지로군.' 하고 제이티는 생각했다.

리즌은 남은 잔을 쭉 들이켰다. 제이슨이 리즌의 빈 잔을 채웠다. 리즌은 새 잔을 들어 꿀꺽꿀꺽 마셨다. 종업원이 와서 빈 접시를 치웠다. 그리고 밥이 탑처럼 쌓여 있는 요리를 가져왔다. 그 자리에 있는 누구도 종업원의 설명에 귀를 기울이지 않았다.

"너는 시드니에서 그 문을 열고 들어왔겠지."

종업원이 가고 나서 제이슨이 말했다.

"그러고 나서 너는 뉴욕에 있다는 것을 알게 된 거야. 하지만 너는 그런 일이 가능할 거라고 생각지도 못했겠지."

리즌은 고개를 끄덕였다.

"당신 말이 맞아요."

"하지만 왜 그렇게 되었는지 알아. 그것이 마법이라는 것을 너도 알고 있다. 너는 평생 동안 어둠 속에서 살았지. 평생을 숨어 지냈어. 그리고 이제 많은 것을 이해할 수 있게 되었다."

리즌의 시선이 접시 위로 떨어졌다.

"마법이 정말 있어."

리즌이 혼잣말하듯 중얼거렸다.

제이티 눈에는 금방이라도 울음을 터뜨릴 것만 같았다.

"맞아, 그렇다. 마법은 실제로 있다. 너는 그것이 마법이라는 것을 알고 있어. 하지만 그 외에는 아무것도 모르지. 그렇지?"

"맞아요. 내가 아는 것은 그것뿐이에요."

리즌이 힘없는 목소리로 대답했다.

"내가 너에게 많은 것을 알려 줄 수 있다."

그가 리즌에게 다가가며 탁자에 팔을 기댔다. 리즌을 가만히 바라보며 제이슨이 다시 말을 시작했다.

"나는 네가 누구인지 말해 줄 수 있다. 그리고 마법이 무엇인지, 그것으로 무엇을 할 수 있는지 알려 줄 수 있다. 나는 너를 가르칠 수도 도울 수도 있다. 내가 제이티를 돕는 것처럼 말이야."

'것참, 복 받았군, 제이티.' 하고 제이티는 생각했다.

제이슨이 샴페인 잔을 들어 목을 축였다. 리즌은 제이티의 얼굴을 쳐다보지 않았다.

"너에게는 선생이 필요해. 내 도움이 없다면 스스로를 상하게 하거나 더 나쁘게 만들 수도 있다."

제이슨은 동정 어린 표정으로 리즌을 바라보았다. 제이티는 그가 걱정하는 것은 진심이라고 생각했다. 녹초가 된 리즌은 그에게 도움이 되지 않을 것이다. 리즌의 얼굴이 창백해졌다. 리즌이 물었다

"당신이 어떻게 알지요?"

리즌의 목소리는 다소 진정돼 있었다.

"내가 누구인지, 우리 엄마가 누구인지, 할머니가 누구인지, 어떻게 알 수 있지요?"

"내가 네 할아버지다."

제이티의 입이 떡 벌어졌다. 두 소녀는 제이슨을 뚫어지게 바라보았다. 제이슨은 제이티에게 손톱만큼도 그런 기색을 보인 적이 없었다. 제이슨과 에스메랄다가 그렇고 그런 사이였다고? 그가 지금 하고 있는 말이 모두 사실일까? 제이티는 몸을 앞으로 내밀어서 그의 얼굴을 가만히 바라보았다. 그가 거짓말을 하는지 알아보려 했다. 제이슨이 제이티에게 눈을 부라렸다. 제이티는 뒤로 물러나 앉았다. 그렇게 하지 않더라도 알 수 있었다.

리즌은 충격을 이기지 못하고 곧 졸도할 것만 같았다. 지금 리즌의 기분은 어떨까? 리즌은 말을 잇지 못했다. 그가 만약 제이티 자신의 할아버지라면 느낌이 어떨지 제이티는 짐작도 되지 않았다.

"내가 네 할아버지다."

제이슨이 리즌을 가만히 응시하고 말했다.

"네 어머니의 아버지, 네 할아버지다."

"그러면 당신도 마법사인가요? 에스메랄다처럼 말예요?"

"그렇다. 또한 네 엄마처럼 말이야."

"그런 이야기는 한 번도 하지 않았는데……."

리즌의 목소리에는 여전히 맥이 없었다.

"재미있군."

그가 웃었다.

"네 엄마가 하지 않은 이야기가 많을 거야. 그렇지 않니?"

그렇다는 표정도 아니라는 표정도 아니었다. 리즌은 혼란에 빠져 있었다.

"사라피나를 아세요? 나는 내 아빠를 본 적이 없어요."

"사라피나와 나는 한 번 만났었지."

그가 활짝 웃었다. 제이티는 갑자기 몸이 불편해졌다. 그는 이 상황을 즐기고 있다. 리즌을 돕겠다는 것이 아니다. 그녀를 도우려고 이런 말을 하는 것이 아니다. 스스로 즐기며 스스로를 도우려고 하는 것이다.

"왜……?"

리즌은 말을 잇지 못했다

"그런데 우리 집안 모든 여자들이 왜 그렇게 젊어서 죽게 되었는지 당신은 아나요?

"그럼, 나는 알고 있다. 게다가 네 엄마가 왜 미쳤는지도 알고 있다."

그 정도는 제이티도 알려 줄 수 있었다. 보다 더 중요한 질문을 해야 했다.

"먼저 내게 허락해라. 그렇다면 네가 알고 싶어 하는 모든 것을 알려 주마. 내가 원하는 것을 내게 다오."

"무엇을 원하시는데요?"

그는 유리잔을 들어 손안에 이리저리 굴려서 유리잔 속의 소용돌이를 가만히 들여다보았다. 그리고 입으로 가져가 천천히 들이켰다.

'그가 원하는 것이 바로 저거야. 네가 바짝 마를 때까지 너를 마셔 버리려는 거야' 하고 제이티는 속으로 말했다.

"네가 가지고 있는 것, 아주 약간을 내가 취하고 싶구나. 네가 가지고 있는 마법의 힘을 아주 약간만."

"내가 가진 마법의 힘이라고요?"

"그래 너는 그것을 나에게 줄 수 있어. 한 번에 아주 조금씩 말이야. 너한테는 아무런 느낌도 없을 거다. 그렇지 않니, 제이티?"

리즌이 날카로운 시선으로 제이티를 쳐다보았다. 제이티는 애써 리즌의 눈을 쳐다보며 '정말이야.' 라고 말하려고 했다. 거짓말이었지만.

자신에게서 마법의 힘이 빠져나갈 때 그 느낌이 떠올랐다.

이제 리즌에게 그 짓을 하려는 것이다. 제이티는 그 힘을 되돌릴 수만 있다면 무슨 짓이라도 할 수 있었다. 그랬기 때문에 제이슨이 리즌을 만나기를 바랐던 것이다. 그렇게 되면 그는 더 이상 제이티의 마법을 취해 가지 않을 것이다. 리즌을 알기 전까지만 해도 그것은 아주 좋은 생각인 것 같았다.

"어떻게 할 수 있는 건데요?"

"제이티, 리즌에게 말해 주어라."

제이티는 샴페인을 마셨다. 제이티는 머릿속이 시속 수백만 킬로미터로 빙글빙글 돌았다. 취기가 올라온다. 제이티는 자신이 취했다는 것을 알았다.

"화장실에 다녀와야겠어요."

제이티가 말했다.

제이슨은 제이티에게 화를 낼 것이다. 그가 질문을 하면 반드시 대답해야 했다. 게다가 지금 그의 입에서 시디신 산 냄새가 났다. 제이티는 비틀거리지 않고 자리에서 일어났다. 그렇게 굽 높은 구두를 신고도 중심을 제법 잘 잡았다. 제이티는 허리를 쭉 펴고 당당하게 화장실 쪽으로 걸어갔다. 쇠굽이 바닥을 울리는 소리가 식당 안에 메아리쳤다. 손님들 시선이 모두 제이티를 향했다. 누군가 제이티 뒤의 뒤를 따

라왔다. 제이티는 뒤돌아보았다. 리즌이 비틀거리며 걸어
왔다. 제이티는 속으로 말했다.

'제기랄, 이제 정말로 화가 나겠군.'

대리석과 금으로 장식된 고급스런 화장실이었다. 화장실
한켠을 응접실처럼 꾸며 놓고 의자와 거울을 두었다. 제이
티는 일을 보고 손을 씻고 의자에 앉아 리즌을 기다렸다.
제이티는 입술연지를 다시 발랐다. 볼에는 홍조를 띠고
눈이 반짝였지만 눈에 핏발이 서지는 않았다. 하지만 다
음 날 아침이면 눈이 충혈되고 심한 두통이 생길 수 있다.
제이슨이 그녀에게 벌을 주기라도 한다면 반드시 그렇게
될 것이다.

리즌은 생각에 잠긴 듯했다. 제이티는 등에서 식은땀이 흐
르는 것을 느꼈다. 어서 자리로 돌아가야 한다. 리즌과는 한
마디도 하면 안 된다. 제이티는 자신이 리즌에게 빚지고 있
는 느낌이었다. 제이티는 자기가 미쳤다고 생각했다. 제이
슨은 제이티를 괴롭히지만 리즌은 제이티에게 아무 짓도
하지 않았다.

오글오글 머리를 등까지 땋아 내린 여자가 들어와 제이티

에게 눈인사를 건네고 자리에 앉아 속눈썹을 고친다. 그녀의 화장은 너무나 완벽했다. 화상을 고친 이후에 더 완벽해질 수 있을지, 제이티는 궁금했다.

리즌은 제이티의 다른 쪽 옆에 앉았다. 리즌의 얼굴에는 핏기가 없었다. 얼굴에서 피가 전부 빠져나간 것처럼 하얗게 질려 있어 리즌의 검은 눈동자가 더욱 돋보였다. 지금까지 마신 샴페인이 전부 빠져나간 모양이다.

어서 자리로 돌아가야 했다. 두 사람이 화장실에 오래 있을수록 그의 분노도 점점 맹렬해질 것이다. 제이티가 리즌에게 무슨 도움이 될 것인가?

"괜찮아?"

제이티가 물었다. 리즌은 아무 대답도 하지 않았다.

"입술을 고쳐 줄까? 볼터치도 다시 해야 할 것 같은데……."

리즌이 고개를 끄덕였다.

"하지만 여기 오래 머물 수는 없어. 그가 좋아하지 않거든."

제이티가 그 여자를 흘긋 쳐다보았다. 이제 눈썹을 말아 올리고 있다. '도대체 언제 나가려는 것일까.' 제이티는 가방에서 입술연지를 꺼내 의자를 끌어당겨 리즌에게 다가앉았다. 그러나 제이티 손은 떨리고 있었다. 그녀의 손이 미끄러졌다.

"미안해."

작은 소리로 제이티가 중얼거렸다. 가방에서 화장지를 꺼내 리즌의 볼을 문질렀다.

"이리 줘봐. 나도 할 수 있을 것 같아."

리즌은 제이티보다 훨씬 더 능숙하게 입술을 그렸다. 제이티는 리즌에게 자기 것도 고쳐 달라고 부탁하고 싶었다. 얼마나 지났을까? 그의 성난 얼굴이 눈에 선했다. 입술이 가늘어지며 눈빛이 점점 차가워지는 그의 얼굴이 떠올랐다. 땋은 머리의 여자는 화장을 끝내고 제이티에게 가볍게 인사하고 자리를 떴다.

"그가 어떻게 내가 가진 마법의 힘을 가져갈 수 있지?"

제이티는 화장품을 가방에 넣고 대답했다. 이것은 제이슨이 리즌에게 얘기해 주라고 했으니까, 여기에서 해도 될 것이다.

"그가 너의 힘을 취해도 되겠느냐고 물어보면 너는 그렇게 하라고 해. 그러면 그가 네 손에 이렇게 손을 얹을 거야."

제이티가 리즌의 손등에 손을 얹으며 말했다.

"그렇게 하면 손에 불이 붙는 것 같은 느낌이 들어. 아프거

나 고통스럽지는 않아. 그리고 네가 '그만' 이라고 말하면
즉시 멈추지."

"내가 시작하고 끝낼 수 있어?"

"그래."

"정말 아프지 않니?"

리즌은 가까이 다가와서 진실을 읽겠다는 듯이 제이티의
눈을 들여다보았다.

"아프지 않아."

'사실 고통이 없는 것은 아니야.' 하고 속으로 말했다.

"그다음 느낌은 어때? 뭔가 빠져나간 것 같아?"

제이티는 머뭇거렸다. 하지만 사실대로 말하기로 했다.

"그래, 피로감이 밀려와. 그가 많이 가져가면 가져갈수록
점점 더 피곤해져."

"그 말은 너도 마법을 쓸 수 있다는 뜻이야? 너에게서 마법
의 힘을 취한다니 말이야."

"맞아, 나도 마법을 쓸 수 있어. 너도 보았잖아."

제이티가 웃었다.

"하지만 그가 내 힘을 전부 가질 수는 없어. 내가 허락하지
않거든."

298

제이티는 자기가 생각한 것보다 자신의 말이 훨씬 그럴듯하게 들렸다.

"그렇게 나쁘지는 않아, 정말이야."

리즌의 코에 주름이 잡혔다. 제이티의 입에서 나온 '정말이야' 라는 말에는 별로 무게가 실리지 않았다.

"내 질문에 대답해 줄 수 있어? 네가 모르는 것들을 제이슨이 더 알고 있을까?"

"많을 거야. 나는 그가 네 할아버지라는 것도 몰랐어."

"그 말이 사실인 것 같니?"

괴로운 목소리로 리즌이 물었다.

제이티도 그 이유를 알고 있었다. 제이슨 같은 남자가 자신의 혈육이라는 사실을 알게 된다면 제이티도 마음이 편치 않을 것이다. 제이티의 아빠도 제정신이 아니었지만 제이슨 수준은 아니었다.

"모르겠어, 리즌. 정말 모르겠어. 네 가족에 대해서는 아무것도 몰라. 네 할머니가 강력한 마법사라는 것만 빼고는 말이야. 두 사람은 정말 잘 어울리는 한 쌍인 것 같아."

제이티가 웃으며 말했다. 하지만 웃기에는 너무 잔인한 진실이었다. 제이티도 그렇게 생각하고 있었다. 오늘 리즌은 너무 많은 것을 알았다.

이렇게 계속 앉아 있을 수는 없다. 1초, 1초가 지날 때마다 그의 분노는 점점 커질 것이다.

"돌아가야 해."

"그가 두렵니?"

제이티가 고개를 떨구고 대답했다.

"때로는."

하지만 속으로는 이렇게 말했다.

'매 순간순간 그래.'

"너에게 무슨 짓을 하지? 너는 왜 네가 가진 힘을 나누어 주는 거지?"

그때 갈색과 초록색이 섞인 촌스러운 드레스를 입은 금발의 여자가 들어왔다.

"나중에 이야기해 줄게."

제이티는 나중에 이야기해 줄 수 있을지 확신하지 못했지만 그렇게 말했다. 그리고 자리에서 일어나 리즌의 귀에 대고 말했다.

"그렇게 나쁜 것만은 아니야. 약속할 수 있어. 만약에 그것이 정말 견디기 힘들었다면 나는 그로부터 도망쳤겠지. 게

다가 대부분의 시간 그는 나를 혼자 두거든."

리즌은 아무 말도 하지 않았다.

제이티와 리즌은 의자 뒤에 걸어 놓았던 냅킨을 무릎에 올리고 자리에 앉았다. 그동안 그는 한마디도 하지 않았다. 제이티는 잔을 들어 입으로 가져갔다. 제이슨의 입에 잔뜩 고여 있는 산 냄새가 제이티는 거슬렸다.

"좋아요, 허락하겠어요."

그가 묻기 전에 리즌이 대답했다. 그의 눈을 똑바로 바라보며 제이티가 보여 준 대로 탁자 위에 손을 올려놓았다.

"내 힘을 가져가세요."

그는 팔을 뻗어 리즌의 손등에 올렸다. 그 광경을 지켜보는 제이티는 자신의 몸이 아픈 듯했으나 자신이 당하지 않는다는 사실에 안도했다.

하지만 피부가 쪼그라들고, 팔 위로 독벌레가 기어오르고, 손에 불이 붙어 천천히 타오르는 느낌이 제이티의 몸을 관통했다. '혹시 리즌이 비명을 지르지는 않을까? 뒷목에 통증을 느끼지는 않을까?' 리즌의 얼굴에 혈색이 돌아왔다. 제이티는 자기가 당하지 않는다는 사실에 안도하면서도 죄책감을 느꼈다. 제이티의 잘못도 있었다.

"그만 멈춰요."

리즌이 말했다.

그가 손을 거두었다. 제이티에게서 힘을 뽑아낼 때처럼 그의 몸이 윙윙거리지도 않았고, 리즌의 몸이 떨리지도 않았다. 그렇다 해도 그는 충분히 뽑아냈을 것이다. 그리고 리즌은 힘이 빠져나가는 느낌이 어떤 것인지 알 수 있을 것이다. 빨리 그만둔 것은 아주 잘한 일이라고 제이티는 생각했다.

종업원이 또 다른 요리를 가지고 왔다. 제이티는 안도의 한숨을 내쉬었다. 이번에는 후식이었다. 이제 곧 끝날 것이다. 종업원의 눈에 세 사람이 어떻게 보일지 궁금했다. 나이 많고 부유한 백인 남자와 나이 어린 소녀 둘…… 그들은 소녀의 까만 눈동자를 보고 실마리를 잡을 것이다. 아무도 리즌이 남자의 손녀라고는 짐작도 못하리라. 겉모습에 모든 것이 드러나지는 않는 법이다. 너무 복잡하다.

"자, 이제 말해 봐요."

리즌이 입을 열었다. 제이티는 의자에 기대앉아 잔을 손에서 굴리며 생각했다.

'교활한 제이슨은 모든 것을 말하는 듯 아무것도 말하지 않

겠지.'

"겨우 10초 가지고? 별로 공정하지 않군. 내게 허락한 양만큼 내 설명도 짧을 것이다."

그는 후식을 입에 넣었다.

"훌륭하군. 너희도 한번 먹어 보렴."

제이티는 그가 리즌의 힘을 빼앗는 것을 보고 입맛이 떨어졌다. 하지만 리즌은 배가 고팠다.

"먹어 두는 것이 좋겠어."

제이티가 리즌에게 말했다.

리즌이 내키지 않는 듯이 웃었다. 리즌이 순식간에 접시를 비우자 제이티가 자기 접시를 리즌에게 내밀었다.

"이것도 먹어."

제이티는 자신이 리즌을 도왔다는 느낌이 들었다. 리즌은 앞의 것만큼이나 순식간에 먹어 치웠다.

"네가 알고 싶은 것이 무엇이냐?"

그가 웃으며 물었다. 그는 진짜로 웃었다. 그는 이 상황을 즐기고 있었다.

"내가 알고 싶지 않은 것이 무엇이 있겠어요. 모든 것을 알고 싶어요."

리즌의 목소리가 날카롭다. 제이티는 그렇게 날카로운 목소리는 처음 들었다. 리즌의 눈시울이 붉어졌다. 제이티의 팔에 소름이 돋았다. 리즌이 자제력을 잃고 있었다. 리즌의 입에서 용암처럼 질문이 쏟아져 나왔다.

"어떻게 이런 일이 가능한가요? 나는 어떻게 그것을 사용할 수 있는 거예요? 내가 왜 마법사가 된 거예요? 그리고 당신은 왜 나의 마법의 힘을 원하는 거예요?"

제이티가 리즌의 손을 잡았다.

"진정해."

어렸을 때 제이티가 화를 참지 못하면 아빠가 제이티의 귀에다 대고 속삭이던 말이다.

"리즌, 진정해."

리즌이 천천히 안정을 찾았다. 제이티는 리즌의 손을 꼭 쥐었다. 제이티는 자신이 리즌을 돕고 있다는 사실이 기뻤다. 동시에 차라리 죽어 버렸으면 좋겠다고 생각했던 아빠의 옛 모습이 떠오르자 슬펐다.

"왜 내 것을 가져가려는 것인가요?"

훨씬 진정된 목소리로 리즌이 물었다. 그 정도는 제이티도 대답해 줄 수 있었다.

"문은 어떻게 작동하는 것인가요? 그것이 수학과 무슨 관련이 있나요?"

'수학이 아니라 수리만 있을 뿐이야.' 제이티가 속으로 생각했다. 얼마나 무서운 일인가.

"왜 그들은 그렇게 일찍 죽었죠?"

그가 손을 들어 올렸다.

"그 정도면 충분해. 그 모든 질문에 대답해 줄 수는 없다. 너는 마법사야, 리즌. 왜냐면 네 유전자가 그렇기 때문이야. 좀 더 강하게 유전되는 집안이 있지. 너희 집안은 내력이 아주 깊다. 제이티 역시 마법사의 딸이야. 제이티 부모가 그 집안에서는 처음이었다. 내력이 없는 집안에서도 마법사의 유전자가 나타나기도 한다."

제이티에게 갑자기 공중에 꽃잎이 떠다니던 장면이 떠올랐다. 제이티 부모님은 제이티에게 마법을 가르쳤고, 또 어떻게 스스로 보호하는지를 가르쳤다. 제이티 엄마는 제이티가 말을 배우기도 전에 죽었다. 제이티는 손목에 있는 가죽 팔찌를 더듬었다.

"리즌 너의 집안과 같이 강력한 마법사 집안은 거의 없다. 나는 다른 집안 출신이야. 그것은 유전이라는 사실을 기억해라. 키처럼 말이야. 네가 선택할 수 있는 문제가 아니야. 그것은 우리 유전자 속에 있다. 왼손잡이가 여자보다 남자에게 더 잘 나타나는 것처럼 남자보다 여자에게서 발현되는 수가 더 많지. 하지만 마법사의 유전자는 왼손잡이보다 훨씬 드물다.

그는 샴페인을 한 모금 마셨다.

"그리고 그것은 또 수리와 관련이 있다."

제이티가 웃으며 속으로 말했다.

'거봐, 수학이 아니라 수리야.'

"우리가 마법의 능력을 타고난 것처럼 우리 중 많은 이들이 숫자에 재능을 타고 태어난다."

제이티가 코웃음을 쳤다.

"모두가 그런 것은 아니야."

"맞아, 우리 모두가 그런 것은 아니다. 너희 집안은 유독 수리에 강하다. 다른 마법사들은 다른 능력을 가지고 있다. 그리고 마법은 사람들로부터 발생한다. 작은 마을보다 큰 도시에 더 많은 마법이 있어."

"그리고 황야에서보다도."

리즌이 머리에 떠오른 것을 말했다. 그가 고개를 끄덕였다.

"그래서 너는 황야에서 살아간 거야. 그곳에서라면 너를 찾아내기가 정말 어렵겠지. 도시에서라면 찾기가 훨씬 수월하다."

"특히 이렇게 큰 도시에서는 말이죠."

리즌은 창문 너머로 타임스 스퀘어를 흘긋 보았다. 그가 다시 고개를 끄덕였다.

"그렇다면 에스메랄다가 나를 찾을 수 있다는 뜻인가요?"

리즌의 목소리에는 두려움이 묻어났다.

"물론. 하지만 숨는 마법도 있다. 나는 언제나 그 마법을 이용하지. 그리고 네가 제이티와 함께 있다면 제이티 마법이 너에게 보호막을 치게 된다. 에스메랄다가 쫓고 있는 것은 너의 마법이다."

"에스메랄다가 나를 쫓고 있다고요?"

리즌의 눈이 동그래졌다. 리즌이 그것도 모르고 있다니, 제이티는 믿을 수가 없었다.

"당연하지. 그리고……."

그때 제이슨이 손을 들었다.

"이 정도면 충분한 것 같구나. 이 정도면 충분히 대답한 것 같다. 제이티가 너에게 나머지 이야기를 해줄 것이다."

제이슨은 다시 입을 열지 않았다. 그의 입에서 시디신 산 냄
새가 났다.

제이슨은 다시 입을 열지 않았다. 그의 입에서 시디신 산 냄

22

격류 속으로

집으로 돌아가는 차 안에는 무거운 침묵이 흘렀다. 샴페인도 거품도 없었다. 리즌은 더 이상 깜깜한 어둠 속에 있지 않았다. 제이티는 여전히 무엇을 어떻게 해야 할지 몰랐다. 제이슨은 제이티에게 오늘 무슨 일이 일어날지 한마디도 하지 않았다. 더구나 제이슨이 모든 것을 솔직하게 이야기할 것이라고는 생각하지도 않았다. 하지만 그것은 스스로를 위한 것이지 리즌을 돕기 위한 것은 절대 아니었다. 제이티는 확실히 알 수 있었다.

제이티의 머릿속에는 제이슨이 리즌에게 알리고 싶어 하지 않는 사실이 떠올랐다. 제이티 입에서 한숨이 절로 흘러나왔다.

제이티가 리즌에게 말한다면, 그가 제이티에게 물을 것이고, 제이티는 사실대로 말할 수밖에 없을 것이다. 상황이 더 나빠지게 될 것이다. 제이티는 어떻게든 리즌에게 경고할 방법이 필요했다.

리즌이 제이슨에게 속수무책으로 당하지 않게 하려면 무슨 방법이 있어야 한다. 제이티는 스스로에게 화가 났다. 저녁 식탁에서 리즌이 그랬던 것처럼 제이슨 앞에서 화를 내고 싶다. 앞으로 5년이나 남아 있을까? 지금 여기에서 그를 끝장낼 수는 없을까?

제이티는 건너편에 앉아 있는 그를 흘긋 쳐다보았다. 그리고 옆에 앉아 있는 리즌을 바라보았다. 리즌은 말없이 창밖을 보고 있었다. 두 사람 사이에 닮은 구석이라고는 없었다. 제이슨이 정말 리즌의 할아버지일까? 차가 집 앞에 멈췄다.

"며칠 있다 보자꾸나."

리즌도 제이티도 대답하지 않았다. 제이티는 '며칠' 이 늘어져 '몇 주' 가 되면 좋겠다고 생각했다. '영원' 이라면 더 바랄 것이 없을 것이다.

“집에 엉덩이를 붙이고 앉아 있을 수가 없어.”

리즌이 승강기 안에서 말했다.

“비명을 지르고 싶은 심정이야.”

리즌의 피부는 낡은 양피지처럼 생기 없이 누렇게 떠 있었다. 리즌은 문을 나와 추위에 죽도록 떨던 그날 밤보다 더 안 좋아 보였다.

“우리 마음껏 악쓸 수 있는 데로 갈까? 내가 약속했지. 춤추러 가자. 옷 갈아입고 불편한 구두도 벗어 버리고 말이야.”

리즌은 웃지 않았다. 옷을 갈아입고 거리에 나설 때까지 아무도 입을 열지 않았다. 제이티는 리즌에게 사과를 해야 한다고 생각했지만 어떻게 해야 할지 알 수 없었다. 사실 제이티 잘못도 아니었다. 제이티가 아니더라도 그는 리즌을 찾아냈을 것이다. 제이티의 마음 한구석에서 다른 생각이 떠올랐다. 제이티 자신이 그를 돕지 않았는가.

제이티가 택시를 잡고 둘은 차에 올랐다. 제이티가 기사에게 주소를 말했다. 리즌은 모자를 깊이 눌러쓰고 계속 창밖을 바라보았다.

“기분이 어때?”

“아니야.”

다른 상황이었다면 제이티는 리즌의 말꼬리를 잡고 지분거
릴 수도 있었겠지만 지금은 아니다.

"피곤하니?"

"그래, 마법이 아니라 내 기운을 모두 뽑아내었나 봐."

"마법이나 기운이나 다른 것이 아니야. 어찌되었든 우리는
벌충할 수 있어. 마법의 힘은 빠져나가는 만큼 다시 흘러들
어 와."

리즌이 제이티를 보았다. 리즌은 증오인지 무엇인지 알 수
없는 표정을 하고 있었다. 택시 기사가 난방 장치를 최대로
틀어 놓고 돼지처럼 땀을 흘렸다. 기사의 땀 냄새와 히터에
서 나는 냄새가 코를 찔렀다.

'여름이 좋아. 원하면 어디든 걸어갈 수 있고, 택시 따위 필
요도 없으니까.'

리즌은 생각했다.

그들은 정육점거리로 들어갔다. 바닥에 깔린 조약돌 표면
에 얼음이 얼어 유난히 반짝거렸다.

"조심해."

제이티가 리즌에게 말했다. 제이티는 리즌의 손을 잡고 인

페르노 입구로 걸어갔다. 그사이 리즌은 두 번이나 넘어질 뻔했다. 리즌은 아직도 빙판에서 어떻게 걸어야 하는지 알지 못했다. 하지만 빙판에서 걷는 법을 가르쳐 줄 분위기는 아니었다. 제이티가 뒤돌아보며 리즌을 끌고 문을 열고 들어갔다.

쿵쾅거리는 소리에 벽이 울리고, 발밑이 쿵쿵 울린다. 제이티가 덩치 큰 피터를 보고 웃었다.

"안녕, 제이티. 한번 흔들러 온 거야?"

피터가 먼저 인사했다.

"글쎄, 뭘 흔드느냐에 따라 다르죠."

"네 이상한 손장난 때문에 직장을 잃고 싶지는 않아."

제이티가 피터를 흘겨보았다.

"왜 그래요, 피터. 그게 통하지 않은 것은 당신뿐이에요. 잘 알잖아요."

피터가 코웃음을 쳤다.

"하지만 조심해야 할 거야. 이 친구 조심해야 해. 말썽꾸러기에 사고뭉치야."

둘은 안쪽으로 걸어 들어가서 외투, 장갑, 목도리, 스웨터를 벗어 던졌다. 손님 옷을 담당하는 아이가 옷 아래 파묻혔다.

옷 챙기는 여자아이는 제이티에게 표를 주며 생기 없이 웃었다. 둘은 티셔츠에 청바지 차림으로 아래로 내려갔다. 지금은 서늘하지만 조금만 지나면 더워질 것이다.

다음 문을 열고 들어가자 진짜 무도장이 나타났다. 문을 열자마자 뜨거운 열기와 귀청이 떨어질 것 같은 음악 소리가 몸을 때렸다. 제이티는 리즌의 손을 잡고 춤추는 무리 사이로 걸어갔다.

제이티는 군중을 잘 알고 있었다. 그들이 언제 움직이고 언제 멈춰 서고 언제 몸을 휘두를지 알았다. 밀집한 군중 속에서도 제이티는 언제나 넓은 길을 가듯 활보하고 다녔다. 무리는 이리저리 빠르고 예측할 수 없게 움직이며 강물처럼 작은 소용돌이를 만들기도 했다.

제이티가 춤추기 시작하자 리즌도 제이티를 따라 했다. 무대는 정말 넓었다. 모두가 춤을 추고 있었다. 바 뒤에 있는 사람들도 반쯤 춤을 춘다. 수백 명은 모여 있을 것이다. 벽도 땀에 젖어 미끄러워 보였다.

제이티는 눈을 감고 춤추는 사람들의 격류 속으로 자신의 몸을 맡겼다. 리즌도 무리에 휩싸여 있다. 제이티가 리즌을 흘긋 보고 씩 웃었다. 이곳이야말로 제이티의 진짜 마법이 있는 곳이다. 제이티는 이 공간을 제일 좋아했다.

제이티는 커다란 물병 두 개를 들고 돌아와서 리즌에게 하나를 건넸다.

"내가 장담하겠는데 기분이 다시 좋아질 거야. 너는 생각지도 못했겠지. 이렇게 땀을 뻘뻘 흘리면서 말이야."

제이티가 리즌의 귀에 대고 말했다. 리즌이 제이티를 돌아보고 대답했다.

"맞아, 난 이런 건 생각도 못했어. 기운이 돌아오는 것 같아. 네가 춤추는 사람들의 마법이라고 말했던 것이 바로 이거야?"

제이티는 고개를 끄덕이다 말했다.

"사실 나도 잘 몰라. 사람들 틈에서 춤추고 있으면 어떤 흐름이 내 몸속으로 흘러들어 와. 내 느낌에는 여기 모여 있는 사람들에게서 흘러나오는 것 같아. 나는 그 흐름에 몸을 열어. 그러면 내 힘이 더 강해지지. 너도 느끼니?"

제이티는 이런 이야기를 누구와도 해본 적이 없었다. 자기 입에서 나오는 말들이 자기 귀에도 이상하게 들렸다.

"맞아……."

둘은 한쪽에 있는 2층 난간에 기대어 춤추는 군중을 바라보았다. 제이티는 다시 그들 틈으로 돌아가고 싶었다. 위에서 보니 무대는 꼭 풍랑 이는 바다처럼 보였다. 모든 것이 움직인다. 이리저리 흔들리는 몸이 뒤틀리고 돌아서는 폭풍 속의 물결 같았다. 리즌이 물병 뚜껑을 따고 벌컥벌컥 들이마셨다.

"여기 들어올 때 돈은 낸 거야?"

제이티가 웃었다.

"너는 절대 돈을 내지 않잖아."

"손을 내밀고 흔들면 사람들은 내 손에서 돈을 봐. 그런데 피터에게는 통하지 않더라고. 문 앞을 지키고 있는 덩치 큰 애 말이야. 나를 좋아하니까 그냥 들여보내 주는 거야. 전에 한번 피터에게 시도했는데, 피터가 웃음을 터뜨리더라고."

제이티는 그때 상황이 눈에 그려지는지 웃음을 터뜨렸다.

"정말이야? 내 말은 그 돈 진짜 돈이냐고."

"으흠, 진짜야."

"어떻게?"

"내 마법은 사람들 사이의 관계에서 생기는 것 같아."

제이티는 이것을 한 번도 다른 사람에게 설명해 본 적이 없었다. 그리고 정확히 어떻게 작동하는지도 몰랐다.

"그것이 어쩌면 군중의 의미일 거야. 단지 그들이 모여 있다는 것이 아니라, 그들 사이에 어떤 관계가 만들어지는 것 같아. 나는 그 에너지를 빌려서 돈을 만드는 거야."

리즌이 고개를 끄덕였다. 하지만 제이티는 리즌이 제대로 이해했다고 생각하지는 않았다.

"나의 마법도 그런 식일까?"

"아마 너의 마법은 사람들보다 숫자에서 나올 거야."

"내가 그것으로 무엇을 할 수 있을까?"

제이티가 어깨를 으쓱했다.

"나도 몰라, 네가 알아내야지. 내 말은……."

제이티가 잠깐 말을 멈췄다.

"네가 알아내야 하는 거야. 모든 마법사의 마법이 다 제각각이야."

리즌도 그럴 것이라고 생각했다.

"그런데 블레이크의 신용카드는 진짜야?"

"당연하지. 그는 부자야. 그는 언제나 진짜 돈을 사용해."

제이티가 제이슨 목소리와 어조를 흉내 내며 말을 이었다.

"'그런 사사로운 일에 마법을 사용해서는 안 돼.' 하고 말하지. 그렇게 하찮은 일에는 절대 마법을 사용하지 않아. 그는 언제나 힘을 축적하기만 하지.”

“그리고 다른 사람의 힘을 빼앗는 거야.”

“맞아. 우리 다시 춤추러 가자. 우리 힘을 되찾아야지.”

리즌이 고개를 끄덕였다.

“그 남자로부터 도망칠 수 있어.”

무대로 내려가는 계단에서 리즌이 제이티에게 말했다.

“우리가 어디로 가겠어.”

제이티가 기대감을 감추며 말했다.

“오스트레일리아! 그 문을 통해서!”

리즌은 열쇠 없이 어떻게 그 문을 다룰 수 있는지 몰랐지만
그렇게 대답했다.

“나는 어디로 어떻게 숨어야 하는지, 어떻게 도망치는지 잘
알고 있어. 숨을 만한 곳도 알고 있어. 오스트레일리아의 황
야로 간다면 우리는 안전할 거야.”

“네 할머니가 너를 붙잡았잖아.”

“사라피나가 미쳤기 때문이야.”

“너와 나라면 잘해낼 수 있어.”

“지금은 춤이나 추자.”

 제이티가 말했다. 제이티는 자신의 심장이 쿵쾅거리는 것

을 느꼈다. 오스트레일리아의 황량한 대자연 속에서 살고 있는 자신을 상상했다. '캥거루, 악어와 함께…… 캥거루도 춤을 출까?' 하고 제이티는 생각했다.

"도망가는 것은 나중에 생각하자."

둘은 계단을 내려와 군중들 틈에 섞여 마법과 열기와 사람들이 이룬 격류 속에 몸을 맡겼다.

23

더 가까이

톰은 자랑스럽게 전화기를 꺼내 들었다. 손님은 얼마 없었
지만 톰은 목소리를 한껏 낮추었다.

"리즌이 여기 왔었어요."

톰이 좀 더 큰 목소리로 대답했다.

"네, 알겠어요."

톰은 메르에게 주소를 알려 주었다.

"이따 봐요."

톰은 추위에 지친 데다 배까지 고팠다.

두 시간 동안 온 동네를 휘젓고 다니며 식당과 가게를 들락

거렸다. 최대한 많은 물건을 만지고 최대한 많은 의자에 앉아 보았다. 물건을 사지도 않고 주문도 하지 않으면서 부산하게 돌아다녔기 때문에 사람들이 톰을 이상하게 쳐다보았다. 이제는 해도 지고 배가 고팠다. 춥고 지쳤다.

이곳 말고 리즌의 흔적은 어디에도 없었다. 리즌이 이 탁자에 앉았다. 희미하지만 분명 이 탁자다. 우울한 표정의 키가 큰 금발의 종업원이 커다란 물 잔과 식단표를 툭 던져 놓고 갔다. 잔에서 물이 넘쳐 탁자를 적시었다.

톰은 식단표를 들었다. 깜짝 놀라 하마터면 식단표를 떨어뜨릴 뻔했다. 리즌의 느낌이 훨씬 강했다. 리즌이 이 식단표를 들었던 것이다.

톰은 자신이 눈 속에 얼어 있는 리즌의 환영을 보았다는 것을 믿을 수 없었다. 메르가 안심하라고 했지만 소용없었다.

"커피 드려요?"

종업원이 퉁명스럽게 물었다. 처음 듣는 말투였다. 확실히 미국인은 아니다. 독일계일까? 톰은 그녀에게 리즌에 대해 물어보려 했지만 곧 단념했다. 종업원은 톰이 무엇을 마시고 싶어 하는지에도 무관심했고, 목숨이 왔다 갔다 하는 사람이 있더라도 신경 쓸 것 같지 않았다. 톰은 그녀가 이 세상에서 가장 슬픈 사람일 것이라고 생각했다.

"아니에요, 고마워요. 베이컨과 계란을 좀 주세요."

건너편 탁자에 한 남자가 커피를 홀짝거리며 신문 너머로 톰을 흘긋 바라보았다. 그는 얇은 자줏빛 세로 줄무늬 정장을 입고 있었다. 보통 옷보다 옷깃이 조금 더 넓었다. 톰은 그의 넥타이를 넋 놓고 바라보았다. 짙은 자주빛, 금빛 점이 찍혀 있었는데 다른 정장이었더라면 끔찍하게 촌스러울 뻔했다. 톰은 만져 보지 않고도 고급 옷감이라는 것을 알 수 있었다.

'메리노 울일 거야.'

"계란 어떻게 해드려요?"

톰을 쳐다보지도 않고 주문표를 들여다보며 종업원이 물었다.

"프라이요."

"어떤 프라이요?"

도대체 무슨 말일까, 톰은 알 수 없었다.

"버터에 해주세요."

틀린 대답이었다. 종업원은 천천히 눈을 들어 톰을 쳐다보았다. 바보를 바라보는 슬픈 표정이었다.

"완숙이요? 서니 사이드 업이요?"

"서니 사이드 업이요."

톰은 그 이름이 훨씬 따뜻하게 들렸고, 먹으면 기운이 날 것처럼 느껴졌다.

"토스트는 어떻게 해드려요? 찰라, 브라운, 호밀, 칠곡, 특별조제 호밀, 순밀, 어떤 거요?"

그녀의 말이 한꺼번에 쏟아져 나왔기 때문에 지금까지 수백 번 반복해 질문했다는 것을 알 수 있었다.

"찰라로 주세요."

뭐가 뭔지 모르겠지만 맨 처음 말한 것으로 정했다.

"해슈, 브라운, 홈프라이, 카샤, 어떤 걸로?"

"해슈 브라운이요."

톰은 무조건 제일 먼저 나온 것을 골랐다.

"마실 것은요?"

"오렌지 주스요."

톰은 그 여자가 더 이상 질문하지 않기를 바랐다.

"소, 중, 대 어떤 거요."

톰은 한숨을 내쉬었다.

"휴……."

그리고 종업원이 되묻지 않도록 할 방법이 없다는 것을 깨달았다.

"대로 주세요."

종업원은 리즌의 기운에 흠뻑 젖은 식단표를 가지고 돌아갔다. 톰은 그 식단표를 빌려 가도 되겠느냐고 묻고 싶었지만 그럴 틈도 없었다. 손바닥에서 땀이 났다. 물을 한 모금 마시고 윗도리를 벗었다.

미국식 식사 주문이라는 어려운 관문을 통과한 것에 안도의 한숨을 내쉬었다. 만약 미국 사람들이 달걀과 베이컨을 이토록 어렵게 요리한다면 고급 식당에서 주문하는 것은 얼마나 힘들까 하고 생각했다.

"선택할 것이 너무 많다……."

한쪽에 앉아 있던 여자가 톰을 보지도 않고 혼잣말을 했다. 그녀는 커다란 노트북 컴퓨터를 들여다보며, 가끔 손을 멈추고 노트에 무엇인가 적고 있었다. 그녀의 옷은 처음부터 끝까지 검정이었다. 아주 짙은 검정이었다. 마치 큰 통 속에 검은색 염색약을 풀고 풍덩 빠졌다가 나온 것 같았다. 모든 빛을 빨아들일 것같이 검정이어서 어디까지가 윗도리이고 어디서부터가 아랫도리인지 알 수 없었다. 여자가 다시 말했다.

"세상은 우리에게 엄청나게 많은 선택지를 던져 놓지. 왜냐하면 정말 중요한 것이 무엇인지 알지 못하게 하려는 거야. 결국 우리에겐 선택이 없는 거지. 음, 전혀 없어."

그녀는 공책을 펴고 연필을 들어 미친 듯이 갈겨썼다.

'좋아, 뭐라 하시든…… 마음대로 말하세요.' 하고 톰은 생각했다.

다른 한편에 있는 남자를 보았다. 누가 그 정장을 디자인했는지 물어봐도 될까 망설였다. 시드니였다면 처음 보는 사람에게 말을 거는 것은 전혀 어색한 일이 아니다. 하지만 이 도시에서는 미친 사람 취급을 받을 수도 있다.

톰은 탁자 위에 손을 올려놓고 메르가 빨리 도착하기를 바랐다. 리즌의 흔적이 점점 흐려지고 있다. 톰의 머릿속에는 필로메나 꼭대기에서 시드니를 바라보며 박쥐 똥 냄새에 감탄하던 리즌의 모습이 남아 있다. 톰의 눈가에 이슬이 반짝였다. 톰은 눈을 깜박여 눈물을 훔쳤다.

곧 리즌을 만나게 될 것이다. 리즌의 바지를 만들기 시작해야 하나? 리즌이 다시 돌아온 선물로 훌륭할 것이다. 톰 마음대로 옷감을 정해도 리즌은 마음에 들어할 것 같았다. 아주 튼튼한 면이면 될 것이다. 갈색이나 올리브그린이 좋을 것 같았다. 검은색은 확실히 안 된다. 톰의 눈앞에 리즌의 침대 위에 놓여 있는 주머니 많이 달린 바지가 보였다.

종업원이 식단표를 가져가지 않았다면 얼마나 좋았을까? 얼마나 이상한 우연인가? 리즌이 앉았던 식탁에 톰이 앉았고, 리즌이 만졌던 식단표가 톰의 손에 들어왔다. 리즌이 왔다 간 시간까지 계산할 수 있는 방법이 있지 않을까? 그것은 메르가 알아내기를 바랄 뿐이다.

다른 종업원이 와서 오렌지 주스를 탁자에 놓고 갔다. 그녀 역시 웃지 않았다. 톰은 주변을 둘러보았다. 어디에도 웃는 사람은 없었다. 종업원들도 웃지 않는다. 가게 주인이 포악하고 심술궂은 사람일지도 모른다고 생각했다.

메르가 들어왔다. 언제나처럼 단정하고 매력적인 모습. 저지 옷감 석탄재 빛의 회색 검정 땡땡이 정장은 톰이 만든 것이다. 메르가 움직일 때마다 우아하게 따라 움직인다. 톰의 눈에는 메르도 멋지고 옷도 멋지다.

그 옷을 만들 때 톰은 일주일 내내 저지 옷감 위에서 잤다. 옷감과 오래 접촉하면 할수록 옷에 톰의 기운이 스며든다. 제시카 창의 옷을 만들 때는 자신의 힘이 점점 사라지나 메

326

르의 옷을 만들 때는 힘이 더 강해진다. 메르의 체형이 어떻게 변하든 저 저지 옷은 항상 잘 어울릴 것이다.

그렇게 멋진 옷도 메르 얼굴에 드리워진 피로감을 지울 수는 없었다. 톰이 여태까지 본 모습 중에 가장 지친 모습이었다. 메르의 눈밑에 그늘이 짙었다. 톰은 자신도 메르만큼 눈 그늘이 짙을까 생각했다.

메르가 톰의 볼에 입 맞추고 맞은편에 앉았다. 그때 톰의 달걀이 나왔다. 맛있는 냄새가 톰의 콧속으로 파고들었다. 톰은 난민처럼 배가 고팠다. 메르가 와서 앉자, 얼마 지나지 않아 옆에 앉았던 남자는 신문을 접고 발목까지 내려오는 외투를 입고 자리에서 일어났다. 카멜 모헤어인 것 같았다. 상당히 고급이었다. 남자가 톰에게 고개를 끄덕이자 톰도 고개를 끄덕였다. 톰은 '옷에 관해 물어볼걸.' 하고 후회했다. 외투는 믿을 수 없을 만큼 완벽한 선이 나왔다.

메르는 장갑을 벗고 탁자에 손을 얹었다.

"맞구나, 정말 그렇구나."

메르가 웃으며 말했다. 안심이 되는 모양이다. 메르 역시 자신의 말을 믿지 않았던 것이다.

"네가 옳았다."

메르가 톰의 손을 꼭 쥐었다.

"정말 잘했다, 톰. 뉴욕에서 우리가 처음 발견한 리즌의 흔적이야."

톰은 너무 자랑스러웠다. 메르의 칭찬은 반짝이는 햇살 같았다.

"아주 최근이로구나. 오늘인 것 같아. 네 생각은 어떠니?"

"그것까지는 잘 모르겠어요."

톰이 대답했다. 하지만 메르가 이런 일을 자신과 상의한다는 것이 자랑스러웠다.

"식단표는 훨씬 강했어요."

톰은 고개를 가로저었다.

"하지만 모르겠어요."

"너무 걱정하지 않아도 돼. 우리는 반드시 리즌을 찾을 거야. 장담할 수 있어. 달걀 먹어라. 얼어붙겠다."

톰은 달걀을 입에 쑤셔 넣었다. 냄새만큼이나 맛있었다. 찰라는 입안에 들어가자 이상하게 달콤한 빵이 되어 살살 녹았다. 헤쉬 브라운은 길게 자른 감자를 묶어 튀긴 것이고, 서니 사이드 업이란 평범한 계란 프라이였다. 톰은 게걸스럽게 먹었다. 자기가 틀리지 않았다는 데에 기분이 좋았다.

메르가 커피를 주문했다. 커피는 주문하자마자 바로 나왔
다. 한 모금 마시고는 미간에 주름을 잡았다.

"나쁘지는 않군. 달걀은 어때, 톰?"

톰이 엄지를 치켜 올렸다.

옆에 있는 여자가 시선을 돌리지 않고 말했다.

"달걀이란 닭장에 갇힌 쇠약하고 병든 닭들이 내는 고통의
신음 소리지. 닭들은 자기 똥과 자기 새끼를 먹어. 그 모든
것이 달걀로 나오지."

그녀는 펜을 들어 연필을 꽉 잡고 미친 듯이 갈겨쓰며 자기
만의 깊은 세계 속으로 빠져 들어갔다. 톰과 메르가 시선을
교환했다. 메르의 얼굴은 비쩍 여위어 있었다. 쇠약한 기운
이 역력했다. 메르의 미소는 피로만을 도드라지게 할 뿐이
었다.

"누나랑은 어때? 누나네 집에서 지내는 것은 괜찮아?"

메르가 물었다.

톰은 약간 제정신이 아닌 것 같은 여자의 입에서 누나의 사
회적 위치가 어떻고 하며 통렬한 비판이 나오기를 기대했
다. 하지만 여자는 무언가 쓰느라 정신이 없었다. 톰이 메르
를 향해 고개를 끄덕였다.

톰은 정말 무슨 일이 일어나고 있는 것인지 캐스에게 털어
놓고 싶었지만 메르도 아빠도 좋은 생각이 아니라고 했다.

"방법이 있을 거야."

메르가 옆에 앉은 여자를 살짝 흘겨보고 목소리를 낮춰 말
했다.

"네게 보여 주지 않은 것이 있다. 우리가 더 많은 것을 알게
될 것 같아. 리즌이 어디로 갔는지, 어디에 있는지 알 수 있
을 것 같다."

톰의 눈이 휘둥그레졌다.

"그런데 그걸 여기서 할 수 있나요? 우리가 어떻게 할 수 있
다는 거죠? 그렇게 해도 괜찮아요? 이번 주에 저는 이미 한
번 썼는데요."

"그래, 괜찮아. 지금 여기에서 할 수 있어. 도구가 필요하지
않아. 도구 없이 할 수 있는 마법이 몇 개 있지. 훨씬 고급의
기술이야."

"정말요?"

여태까지 메르가 가르쳐 준 것은 생명이 없는 사물을 이용
하는 안전한 마법이었다. 그 문이나 메르가 톰에게 준 은 목
걸이에 마법을 싣는 것이다. 아직도 톰은 배워야 할 것이 많

았다.

"톰, 손을 올려 봐."

"어떤 손이요?"

"어떤 손이든 상관없어."

식당은 손님이 가득 차 있지 않았지만 꽤 붐비었다. 종업원이 바쁘게 오가고 남자 직원 몇 명은 탁자를 닦고 손님의 물잔을 채우며 돌아다녔다. 마법을 쓰기에는 너무 공개된 장소이다.

"괜찮아, 톰. 아무도 볼 수 없을 거야. 그리고 볼 만한 것도 없어."

"좋아요."

톰은 오른손을 탁자 위에 올려놓았다.

"리즌이 느껴지니?"

톰이 고개를 끄덕였다. 메르와 같이 앉으니 리즌의 흔적이 훨씬 강했다. 메르가 톰의 눈을 들여다보았다.

"내 손을 네 손 위에 얹을 거야. 괜찮겠니?"

"네."

메르가 고개를 끄덕였다.

"네 마법의 힘을 내게 나눠 주겠니?"

"네, 그렇게 할게요."

두 마법사가 함께 마법을 쓸 수 있다는 사실은 알고 있었지만 그것은 굉장히 드문 경우이고, 두 마법사의 신뢰가 대단해야 했다. 톰은 몸을 부르르 떨었다. 메르가 자신을 그렇게까지 신뢰한다고 생각하지 못했다.

메르가 톰에게 손을 대자 톰은 손에 불이 붙은 것 같았다. 배 속이 엉키는 듯하고, 조금 시간이 지나자 토할 것 같았다. 톰은 정신을 집중하고 참된 모습을 보는 데 집중했다. 눈앞에 삼각형, 사각형, 원형, 도형들이 떠다녔지만 어느 것도 참된 모습은 아니었다. 팔에서 열기가 타고 올라왔다. 어깨까지 뜨거워진다. 뭔가 잘못 되고 있는 듯했다. 톰은 메르의 눈을 쳐다보았다.

반짝이는 메르의 눈은 톰의 눈 속에서 훨씬 먼 데를 응시하고 있었다. 메르가 손을 뗐다. 톰은 얼마나 오랫동안 그렇게 있었는지 알 수 없었다.

갑자기 어지럽고 주저앉을 것 같고 그 자리에 쓰러져 잠들 것 같았다. 고통 덕분에 시차 적응 문제는 다 날아갔다.

"먹으렴."

메르는 뒤로 물러나 의자 깊숙이 몸을 묻었다. 그녀의 표정은 먼 곳에 있었다. 메르의 표정은 톰보다 훨씬 나빴다. 톰은 마법을 나눈다는 것이 이렇게 무서운 일인지 몰랐다. 톰은 한입 가득 빵을 베어 물었다. 눈앞에 반짝이던 별들이 천천히 사라진다. 톰의 접시에는 빵가루 하나 남지 않았다. 그래도 톰은 배가 고팠다.

"같은 걸로 하나 더 주세요. 머핀과 블루베리도 주세요."

종업원이 되묻지 않게 하고 싶었지만 톰은 그녀를 이길 수 없었다.

"데워 드려요?

"네."

"버터를 바를까요?"

"네."

톰의 패배였다. 종업원은 고개를 끄덕이고 접시를 가져갔다. 머핀은 빨리 나왔고 톰은 달려들어 씹을 틈도 없이 삼켜버렸다. 메르는 멀리에서 돌아온 것 같았다. 정말 힘들어 보였다.

"어떻게 되었어요?"

"정말 잘했다, 톰."

톰은 얼굴을 붉혔다.

"리즌이 오늘 왔구나. 확실히 오늘 왔어. 이 근처에 있어, 이스트 빌리지를 떠나지 않았네."

메르가 웃으며 눈을 치켜떴다. 피로가 완전히 가신 표정이었다. 톰도 기진해 있었지만 다시 웃을 수 있었다.

"곧 리즌을 찾을 거야."

메르가 굳은 약속처럼 고개를 끄덕였다. 메르가 물었다.

"지금 기분은 어떠니?"

근심 가득한 부드러운 목소리.

24

첫눈에 반하다

제이티가 원하는 대로 했다면 무대에 있는 사람들의 얼굴을 다 익힐 때까지 춤을 추었을 것이다. 다리는 후들거렸고, 땀을 뻘뻘 흘리고 있었다. 물병이 비었다. 당장 앉지 않으면 곧 죽을 것만 같다.

제이티는 아직도 무대에서 신 내린 무당처럼 몸을 흔들고 있었다. 제이티의 눈은 어딘가에 초점이 맞춰져 있지만 그녀만 볼 수 있는 어떤 것을 응시하고 있다.

제이티는 너무 빨리 움직여서 움직임의 잔상만 볼 수 있었다. 좀 앉아야겠다고 말하려고 했지만 제이티가 춤에 너무 몰입해 있어 그냥 군중 사이를 빠져나왔다.

제이티가 내 손을 잡고 사람들 틈으로 들어갈 때는 비단 이불 속으로 들어가는 것처럼 사람들을 피해 부드럽게 들어갔지만 나 혼자 나오려니 발과 팔꿈치의 바다에서 표류하는 느낌이었다. 밟고 부딪치고 떠밀리며 수십 번 미안하다고 말해야 했지만 아무도 들으려고 하지 않았다.

화장실에 도착해서야 안도하며 물병을 채웠다. 철제 계단을 올라 무대가 한눈에 내려다보이는 난간 옆에 자리를 잡았다. 딱 한 자리가 남아 있었다. 물병과 함께 앉았다. 뜨겁고 습하고 끈적거리는 공기가 폐로 밀려들었다.

이렇게 오랫동안 이렇게 미친 듯이 춤춘 적은 없었다. 귀에서는 윙윙 소리가 나고, 녹초가 되어 곧 죽을 것만 같았다. 혈관에 흐르는 피보다 더 빠르게 어떤 힘들이 몸속으로 밀려드는 것을 느꼈다. 눈을 감았을 때 피보나치 나선이 눈앞에 그려졌다. 음악 소리가 쿵쿵댈 때마다 나선은 맥동하며 내 주위로 퍼져 갔다.

침대에 눕는다 하더라도 이대로는 잠들 수 없을 것이다. 난간에 팔을 기대자 곧 미끄러졌다. 난간 역시 땀으로 젖어 있었다. 윗도리로 땀을 닦고 팔을 기댔다.

그가 손을 올렸던 내 오른손을 보았다. 아무 흔적이 없다는 것이 놀라웠다. 어떤 상흔이 있어야 하지 않을까. 바늘로 콕콕 찌르는 느낌은 여전하다. 에스메랄다에게 내 힘을 빼앗기지 않은 것이 정말 다행이라고 생각했다. 그녀가 내 몸에 손대지 못하게 한 것도 잘한 일이라고 생각했다. 다시는 제이슨 블레이크도 내 몸에 손대지 못하게 할 것이다.

나는 물을 한 모금 마시고 군중을 바라보았다. 칠백여든 명이 있었다. 칠백여든세 명이었지만 새로 들어온 사람, 떠나는 사람, 마실 것을 사는 사람, 화장실에 가는 사람 때문에 몇 초 사이에 숫자가 달라졌다.

마치 뱀들의 춤처럼 부드러운 물결이 인다. 무대는 펄펄 끓고 있었다. 엄청나게 많은 뱀이 모여 있는 것 같다. 나는 그들의 패턴을 살폈다. 바람에 날리는 모래가 그러하듯 유연하게 형태가 변했다.

숫자와 사람들과 마법 사이에는 어떤 관계가 있는 것일까? 그들 사이에 서 있는 제이티가 눈에 들어왔다. 그녀를 둘러싼 공기가 뜨겁게 달궈지고 있었다.

주변에 둘러선 사람들은 제이티의 춤에 매혹되어 그녀를 바라보며 동작을 따라 하고 있었다. 하지만 제이티의 동작은 너무 빠르고 민첩해서 사람들이 흉내 낼 수 없었다. 제이티가 주위에서 자신을 바라보고 있는 사람들의 시선을 느끼고 있는지 궁금했다.

나에게 힘을 주고 내 기운을 강하게 했던 것은 제이티의 마법일까? 아니면 나의 것일까? 나는 나의 마법으로 무엇을 할 수 있을까? 그것은 내가 발견해야 한다고 했다. 말은 쉽다. 제이티는 이미 자신에 대한 모든 것을 알고 있다. 우리는 동갑이지만 나는 아무것도 모른다.

사람을 죽이는 것 말고 다른 일도 할 수 있을까? 소년을 죽이려고 내가 무슨 짓을 한 것은 아니었다. 하지만 내 안에서 소년을 죽이고 싶다는 마음이 생겼으니 별로 다르지 않다. 그리고 소년은 죽었다.

아무것도 가진 것 없이 추접하게 꼬무락거리는 인생을 살다 가기 위해 태어난 것처럼 그 소년은 죽었다. 왜냐하면 내가 마법사였기 때문이다. 하지만 그때 나는 내가 마법사라는 것을 몰랐고, 나는 감정을 다스리지 못했다. 사라피나는 언제나 말했다.

"감정을 잘 다스려야 해. 절대 분노를 터뜨리면 안 돼."

내가 왜 그래야 하는지 사라피나에게 묻고 싶다. 나는 생각

338

을 털어내려고 머리를 흔들었다. 마법이란 것이 꼭 사람을 죽이는 것만 있는 것이 아닐 것이다. 제이티는 마법으로 돈을 만들기도 했다. 나도 그렇게 할 수 있을까? 왜 제이슨 블레이크는 자신의 마법을 사용하지 않으려고 할까? 왜 다른 사람의 힘을 빼앗기만 할까? 만약 마법의 힘이 무한한 것이라면 그런 것은 설명되지 않는다.

"멋지지 않아!"

한 소년이 귀에 대고 큰 소리로 말하며 내 옆에 앉았다.

"놀랍지 않니?"

난 고개를 끄덕이고 고개를 돌려 그를 쳐다보았다. 정말 잘생긴 소년이다. 지금껏 보았던 남자 중 가장 멋있었다. 커다란 갈색 눈동자, 짧은 고수머리, 피부는 제이티보다 살짝 더 어두웠다. 소년은 땀에 젖어 있었다.

이 소년도 이곳에 춤추러 온 것일까? 소년도 마법사일까? 혹시 이 소년이 내게 사랑의 마법을 걸었나? 이것이 사랑의 주술일까? 보자마자 나는 소년을 바라게 되었다. 이전에는 어느 누구에게도 이런 느낌을 가지지 못했는데. 분명히 마법의 일종일 것이다.

소년이 웃었다. 정말 멋있다. 부드러운 눈과 하얀 이, 윗니가 살짝 앞으로 튀어나왔는데 순간적으로 나는 그것을 사랑하게 되었다. 나는 그가 또 나에게 가까이 기대기를 바랐다.

"춤추는 것 좋아하니?"

그의 입술이 내 귓볼에 닿았다. 아직 열이 식지 않았는데 그가 다가오자 내 몸은 더 뜨거워졌다. 나는 다시 고개를 끄덕였다. 얼굴 근육이 갑자기 긴장되었다.

나는 멍청해 보일까 봐 웃지 않으려고 애썼지만 점점 환하게 미소 짓고 있었다. 무슨 말을 해야 할지 모르겠다.

"여기서 잠시 쉬려고 하는 것이지?"

나는 고개를 끄덕였다. 어쩌면 갑자기 말문이 막힌 것을 그가 알아챘을까?

"너무 성내지 마!"

나는 고개를 가로저었다. 그리고 아까처럼 환하게 웃고 말았다.

"여기 자주 오니? 너를 유혹하려는 게 아니야. 네가 줄리에 타와 춤추는 것을 보았어."

"줄리에타?"

"제이티 말이야. 내 여동생이야. 내 이름은 데니야."

나는 눈을 동그랗게 뜨고 그를 바라보았다. 갑자기 모든 것이 보였다. 키가 크고, 각진 얼굴에 눈도 더 크고, 눈썹이 길었지만 둘이 똑같이 생겼다. 입 모양도 눈 모양도 똑같다. 웃는 모습도 똑같다. 바로 알아볼 수 있었다. 제이티의 얼굴이다.

순간 몸이 얼어붙는 것 같았다. 그렇다면 이 소년도 제이티처럼 마법사라는 말인가? 그가 내게 손을 내밀었지만 나는 머뭇거렸다.

‘내 힘을 빼앗으면 어떻게 하지?’

소년이 웃었다. 하지만 제이슨의 웃음과는 전혀 달랐다. 나는 모험을 해보기로 했다. 그와 악수를 하는 동안 나는 속으로 ‘안 돼, 안 돼, 안 돼!’ 하고 외쳤다.

“오빠가 있다는 이야기를 듣지 못했는데……”

나는 가까이 다가가서 다시 말했다.

“오빠가 있다는 이야기는 한 번도 하지 않았어. 형제나 자매가 있다고 말한 적도 없어.”

제이티의 또 다른 거짓말이다.

“놀랄 일도 아니지. 제이티는 가출했거든.”

“왜 도망쳤는지 알아?”

“대충은 알아. 아빠와 관련이 있지. 제이티가 너에게 뭐라고 했지?”

나는 무슨 말을 하려다 입을 다물었다.

“괜찮아. 제이티를 배신하라는 게 아니야. 제이티의 비밀을 캐내려는 것도 아니야. 내가 제이티를 만나고 싶다고, 할 이야기가 있다고 전해 줘.”

소년은 무대에서 정신없이 춤추고 있는 제이티를 보고 있었다.

“제이티는 춤을 좋아했어. 제이티는 이런 곳을 좋아해. 성충권의 비피엠(BPM) 그리고 사람들이 많은 공간.”

‘비피엠?’

나는 그것이 무슨 뜻인지 모른다.

“아주 어렸을 때부터 그랬어.”

데니가 말을 이었다.

“나는 언젠가 이런 곳에서 제이티를 만날 수 있을 것이라고 생각했어.”

데니가 나를 돌아보았다. 몸이 녹아 버릴 것 같다.

“내 전화번호를 줄 테니 나중에 제이티에게 전해 주렴.”

“그럴게.”

아무 생각 없이 대답했다. 마법과 숫자가 관련이 있다는 생각이 떠올랐다. 혹시 그 숫자로 제이티에게 무슨 짓을 하려는 것일까? 제이티를 해치려는 것일까? 그 숫자가 제이티를 데니에게 데려가는 것일까? 아니면 그 숫자로 데니가 제이티를 추적할 수 있는 것인가?

"너 연필 있니? 여기에서 잠깐만 기다려. 아래 내려가서 연필을 가져와야겠어. 내 친구가 여기에서 일하거든."

"괜찮아."

내가 말했다.

그의 시선은 무대 위에서 춤추고 있는 제이티를 따라가고 있었다.

"말만 해. 내가 기억할 테니."

데니가 눈을 가늘게 뜨고 나를 바라보았다. 너무나 멋지게 보였다.

'이 소년이 너무 잘생겼기 때문에 판단력이 흐려진 것일까? 아니면 내게 마법을 걸었나?'

배 속에 나비라도 있는 것처럼 꿈틀거리고, 속이 울렁거렸다.

"너 정말 기억할 수 있어?"

"걱정하지 마. 나는 숫자에 강해."

"열자리 숫지도 괜찮아?"

나는 고개를 끄덕였다. 그가 내 귀에 대고 말했다.

"들었니?"

917로 시작한다. 피보나치 33번 수열이다. 그렇다면 이것이 좋은 것일까, 나쁜 것일까? 피보나치수열은 언제나 나에게 마법과 같았다. 그리고 이제 나는 그것이 정말로 마법이라는 것을 알았다.

혹시 데니가 자기 여동생에게 마법을 걸려고 하는 것일까? 먼저 제이티에게 알려야 한다.

내가 번호를 말하기 전에 제이티에게 물어봐서 그것이 좋은 뜻인지 나쁜 뜻인지 알아야 한다. 혹시 말로 하는 숫자에 종이에 적힌 숫자보다 강한 마법이 있을까? 그 숫자를 외워버린 나는 어떤 영향을 받는 것일까? 하지만 별다른 느낌은 없었다.

"피보나치수열 33번!"

"뭐라고?"

"피보나치수열의 서른세 번째 숫자라고!"

다시 세어 보았다. 맞다, 피보나치수열 33. 그가 고개를 끄덕였다.

"넌 정말 기억력이 좋구나. 이름이 뭐야?"

"리즌."

"리사?"

나는 그의 귀에 대고 큰 소리로 말했다.

"리―즌―!"

내 입술이 데니의 귓불에 닿았을 때 온몸에 찌릿하고 전기가 올랐다.

"내 이름은 리즌이야!"

"'이성적인' 할 때 리즌?"

내가 고개를 끄덕였다.

"맞아!"

"너처럼 예쁜 여자에게는 어울리지 않는 이름이로구나."

데니는 내가 아니라 자기 여동생만 바라보고 있었다.

"사람들이 다 그렇게 말해."

"네가 예쁘다고?"

환하게 웃으며 나를 보고 말했다.

"너무 염두에 두지 마."

내 얼굴이 빨개졌다.

"내 말은, 내 이름이 이상하다고 그런다고."

말을 해놓고 나자 내가 정말 바보 같다는 생각이 들었다. 그도 알고 있을 것이다. 그는 장난을 친 건데 나는 진지하게 대답한 것이다.

"제이티는 잘 지내? 사는 곳은 괜찮고? 밥은 잘 먹니?"

나는 고개를 끄덕였다.

제이슨 이야기를 해주고 싶었지만 제이티가 원하는지 원하지 않는지 알 수 없었기 때문에 미주리고주리 이야기할 수는 없었다. 제이티는 나에게 거짓말을 많이 했다. 그런데도 여전히 제이티는 친구처럼 느껴진다. 나는 친구가 별로 없으니까. 제이티와 톰이 내 친구이다.

"내가 찾고 있다고 전해 주겠어? 걱정을 많이 하더라고 말이야. 이제 상황이 예전 같지 않다고 전해 줘. 이전과는 많이 달라졌다고…… 이젠 집에 돌아와도 안전하다고 전해 줘."

나는 다시 고개를 끄덕였다. 그가 내 손을 잡았다. 아주 짧은 순간이었다. 그는 또 사람들 너머로 자기 동생을 바라보았다. 사람들이 소용돌이치는 가운데 천천히 춤추며 천천히 어디론가 가고 있다. 제이티는 팔꿈치에도 팔에도 부딪치지 않고 사람들 사이를 빠져나간다. 데니가 자리에서 일어나서 내 귀에 대고 말했다.

"제이티와 이야기를 해야겠어. 하지만 나를 피해 다시 도망친다면 내가 했던 이야기를 제이티에게 전해 줘. 그리고 내 전화번호를 알려 줘."

"그렇게 할게."

난 암모나이트를 꼭 쥐었다. 강한 힘이 느껴졌다. 나는 한 번도 이것을 잃어버린 적이 없었다. 언제나 찾아냈다. 사실 찾아낸 것이 아니다. 나는 그것이 어디에 있는지 아는 것이다. 암모나이트의 나선이 밖으로 퍼져 나간다. 황금 나선이 퍼져 나간다.

문득 이 돌에는 마법의 힘이 있다는 것을 알게 되었다. 나는 순간 그것을 데니에게 주었다.

"잠깐만, 이것 가져가."

이상하다는 표정으로 데니가 나를 바라본다. 데니는 암모나이트와 내 얼굴을 번갈아 보았다.

"행운이 있을 거야."

목소리가 떨렸다.

그가 나를 이상하다는 듯 한참 바라보고 있었지만 나는 다른 생각을 할 수 없었다. 그는 암모나이트를 받아서 주머니에 넣었다. 그의 주머니 속에 따뜻한 내 암모나이트를 느낄 수 있었다. 달아오르며 강한 신호를 내보내고 있었다. 이제 나는 그가 어디에 있는지 알 수 있다. 만약 제이티를 납치하거나 못된 짓을 한다면 나는 그를 찾아낼 것이다.

하지만 그가 그러지 않을 것이라는 것을 잘 알고 있다. 데니는 제이티를 정말로 걱정하고 있었다. 단지 내가 제이티에게 말을 전하기를 바라는 것이다. 어쩌면 그것이 나쁜 일이 될 수도 있다. 하지만 지금은 그렇게 느껴지지 않는다. 데니는 제이슨 블레이크와는 다르다.

무대를 가로지르는 데니가 보였다. 제이티 쪽으로 똑바로 가고 있다. 그의 주머니 속에서 달아오르고 있는 암모나이트를 느꼈다. 제이티는 화장실 쪽으로 간다. 멀지 않은 곳에 데니가 뒤따르고 있다. 저 빽빽한 군중 속을 어떻게 저렇게 쉽게 헤쳐 나갈 수 있을까?

데니는 키가 크기는 했지만 제이티는 작아서 사람들 틈으로 들어가면 눈에 쉽게 띄지 않는다. 마법이다! 아마도 비슷할 것이다.

"염병!"

만약 그가 마법사라 할지라도 그가 나쁜 사람이라는 뜻은 아니지 않은가? 나도 마법사이고 제이티도 마법사이다. 나는 난간을 잡고 걸었다. 무리 속에서 움직이고 있는 그들을 눈으로 좇으며 천천히 걸었다.

아래 내려서자 시선에서 그들을 놓쳤지만 암모나이트가 어디에 있는지 알 수 있었다. 나는 그것을 느낄 수 있다. 데니는 여자 화장실 앞에 서 있다. 계단 중간에서 망설였다. 그들에게 가보아야 할지, 아니면 이곳에서 계속 감시해야 할지.

그때 입구 쪽에서 내게 손을 흔들고 있는 제이티를 보았다. 언제 저기까지 갔을까? '이것이 군중의 마법이로구나.' 하고 나는 생각했다. 데니는 여전히 여자 화장실 앞에서 기다리고 있었다.

계단을 내려가서 최대한 빨리 무대를 돌아 제이티에게 다가갔다. 사람들과 이리저리 부딪히면서 발을 밟고……. 나는 제이티와 같은 마법은 쓸 수 없나 보다. 제이티가 내 팔을 붙들었다. 손톱이 팔을 파고들었다. 내 귀에 대고 이제 가야 한다고 말했다. 그리고 나를 끌고 문으로 갔다.

우리는 옷을 찾아 서둘러 입었다. 나는 손이 떨려 단추를 제대로 채울 수 없었다. 제이티가 와서 단추를 채워 주었다. 데니와 내 암모나이트는 여전히 화장실 앞에서 제이티를 기다리고 있다.

우리는 거리로 나왔다. 동이 튼다. 나는 약간 충격을 받았다. 아침이다. 우리가 얼마나 오랫동안 그 안에 있었던 것일까? 추위는 살을 애는 듯했지만 대기는 깨끗했다. 해가 떠오른다. 마지막으로 해를 본 것이 언제였을까? 사흘 전 아니면 나흘 전 시드니에서였다. 나는 날짜 감각을 잃었다. 아니, 낮과 밤에 대한 감각을 잃었다.

커다란 트럭에서 남자들이 짐을 부리고 있다. 빙판 위를 민첩하게 움직이며 일하고 있다. 하지만 나는 한 발 내디딜 때마다 고꾸라지려고 한다.

이제 하루가 시작되고 이 사람들은 일터로 나가는데 우리는 침대로 간다. 나는 언제쯤 다시 시간 감각을 되찾을 수 있을까?

제이티와 나는 택시를 잡아탔다.

제이티가 운전사에게 주소를 알려 주고 좌석 깊숙이 몸을 파묻었다.

"아침 먹으러 가자."

내가 뭐라고 말하려고 했지만 제이티가 성난 듯한 목소리로 내 입을 막으려고 했다. 제이티는 눈을 꼭 감고 있다. 한마디만 더하면 나를 때릴 것 같았다.

"배고파, 가서 뭘 좀 먹어야겠다."

택시가 출발하고 암모나이트의 기운은 점점 흐려졌다. 마침내 완전히 사라졌다.

25

우리는 친구야

접시를 반쯤 비우고 난 후에야 제이티는 한숨 돌릴 수 있었다. 리즌은 한마디도 하지 않고 피로기, 키엘바사, 카샤를 입에 밀어 넣었다. 하지만 리즌이 묻고 싶어 몸이 달아 있다는 것을 제이티도 알고 있었다. 리즌의 질문이 귀에 들리는 것만 같았다. 다만 리즌의 질문에 대답하기에 제이티는 너무 지쳐 있었다. 제이티는 '리즌을 떼어 놓고 혼자 있을 수 있다면 얼마나 좋을까.' 하고 생각했다. 리즌도 제이슨도 없는 곳에 혼자 있고 싶었다.

'제기랄.'

하지만 제이티는 한 번도 뉴욕을 떠난 적이 없었다. 하물며 그다지 멀지 않은 뉴욕의 다른 자치구에도 가본 적이 없었다. 스테이튼 아일랜드도 제이티에게는 시드니만큼이나 낯선 공간이었다. 이전에 리즌이 마법의 문을 통해서 오스트레일리아의 오지로 숨어들어 가자고 했다. 제이슨이 그렇게 하도록 내버려 두기만 한다면 그것도 좋은 생각이다. 마녀를 따돌린 것처럼 그를 따돌릴 수 있다면 얼마나 좋을까.

제이티는 베이컨 조각을 들었지만 배 속에서 뭔가 치밀어 올라 다시 내려놓았다. 속이 쓰려서 아무것도 삼킬 수 없었다. 달걀노른자를 터뜨리자 접시에 노른자가 흐르며 다른 음식을 적셨다. 접시가 차가운 노른자로 흘러넘쳤다. 제이티는 아직도 못 견디게 배고팠으나 식사를 계속할 수가 없었다. 제이티는 아빠가 죽어 버렸으면 좋겠다고 수백 번도 넘게 생각했다.

리즌은 접시를 거의 다 비우고 의아한 표정으로 제이티를 바라보았다. 제이티는 더 이상 입을 다물고 있을 수가 없었다. 제이티가 한숨을 쉬었다. 속에 치미는 분노를 다스리려 애썼다.

'분노를 터뜨리면 안 돼. 절대로 자제력을 잃으면 안 돼.'

"그 무도장에서 말이야."

더 이상 리즌의 질문을 피할 구멍이 없다고 생각하고 제이
티가 입을 열었다.

"거기에 누가 있었어. 우리 아빠가 보낸 거야."

"너희 오빠, 데니 말이야?"

리즌은 손을 멈추지 않고 대수롭지 않다는 듯 말했다.

제이티가 리즌을 뚫어지게 바라보았다.

"네가 어떻게 데니를 알지?"

그밖에 또 뭘 알고 있을까, 제이티는 궁금했다.

"데니가 말을 걸었어."

리즌은 미소를 지으며 대답했다. 제이티가 보기에 리즌은
상황의 주도권을 쥐고 즐기려는 듯했다.

"널 찾으러 가기 전에…… 그런데 비피엠이 뭐야?"

"비트 퍼 미니트!"

제이티는 반사적으로 대답했다.

"뭐라고? 데니가……."

제이티는 주먹을 쥐며 생각했다.

'그 똥파리 같은 게 어떻게 그럴 수가 있어? 어떻게 리즌과

나를 이간질할 수가 있지? 리즌을 자기편으로 만들어서 나를 잡으려는 거야. 믿을 수가 없어.'

"너는 뭐라고 말했어? 설마 우리가 어디에 사는지 말하지는 않았겠지?"

제이티는 몸이 부르르 떨렸다.

"도대체 무슨 생각을 하는 거야. 어떻게 처음 만난 사람에게 그런 이야기를 미주리고주리 할 수 있겠어? 나는 한마디도 안 했어."

"미안해."

제이티는 '도대체 미주리고주리가 무슨 뜻일까?' 생각했다. 제이티는 리즌이 표준말을 쓰면 좋겠다고 생각했다.

"걱정하지 마. 그런데 말이야, 네 오빠도 마법사야?"

'무슨 바보 같은 질문일까?' 제이티는 속으로 생각했다.

"아니야."

'리즌은 정말 아무것도 모르는 것일까, 아니면 아무것도 말하려고 하지 않는 것일까? 아니야, 리즌은 정말 몰라서 묻는 거야.'

제이티는 점점 혼란스러워졌다.

"왜 그런 생각을 했어?"

리즌이 안도의 한숨을 내쉬며 말했다.

"뭐, 그냥……."

"도대체 믿을 수가 없어, 너에게 말을 걸다니. 데니가 뭐라고 말했는지 내게 말해 봐, 뭐라던?"

제이티가 물었다. 다시 장이 엉키는 것 같았다.

"집안 상황이 좀 바뀌었다고 그랬어. 그리고 이제 집은 안전하다고, 그리고 너를 사랑하고 보고 싶다고. 네가 잘 지내는지, 끼니는 거르지 않는지, 깨끗한 집에서 살고 있는지 물었어. 데니는 정말로 네 걱정을 하고 있었어. 그리고 나에게 전화번호를 주었어."

"제기랄."

제이티는 포크를 떨어뜨리더니 머리털을 쥐어뜯었다.

"그런데 네 오빠, 정말 마법사 아니야?"

"아니라고 말했잖아. 그런데 왜 자꾸 그걸 묻는 거야? 데니는 마법사가 아니야, 알겠어? 농구에 천재적인 재능을 타고났어. 나는 마법을 타고났고."

"아하, 그렇구나. 왼손잡이는 아니야?"

뜬금없는 질문에 제이티는 터지는 웃음을 참을 수 없었다.

"맞아, 왼손잡이는 아니야."

리즌도 제이티를 따라 웃었다. 리즌이 제이티 손을 꼭 잡았
다. 리즌이 분노를 이기지 못할 때 제이티가 해주었던 것처
럼. '우리는 친구야.' 라고 말하는 것이다. 제이티는 '맞아,
우리는 친구야.' 라고 생각했다. 그리고 순간 제이티는 깜짝
놀랐다. 과정이 어찌되었든 지금 둘은 친구가 되었다.

"좋은 사람인 것 같던데."

제이티는 이제 진정을 찾고 있었다. 장이 꼬이는 느낌도 가
라앉았다.

"하지만 오빠는 아무것도 몰라."

"아빠 때문에 네가 도망쳤다고 그러더라. 네 오빠도 뭔가
알고 있어."

"오빠가 그렇게 말했다고?"

제이티가 리즌을 똑바로 바라보았다. 리즌은 설거지한 것
처럼 깨끗한 접시를 바라보며 고개를 끄덕였다. 리즌의 배
속에서는 아직도 꼬르륵 소리가 났다. 리즌이 허겁지겁 먹
어 치운 음식의 양을 생각하니 웃음이 나왔다. 하지만 밤을
새워 춤춘 것을 생각하면 리즌의 식성이 그다지 대단한 것
도 아니었다.

"제기랄."

제이티가 말했다.

제이티는 갑자기 식욕이 당기었다. 끈적끈적한 노란 진창이 된 음식을 다 먹었다.

"그리고 또 뭐라고 말했어?"

"별로 한 이야기가 없어."

"너를 찾아다녔대. 네가 그런 장소를 좋아하니까, 너를 찾으려고 그런 곳만 다녔대. 내가 보기에는 좋은 사람처럼 보이던걸."

"맞아, 좋은 사람이야."

"아빠가 변했을 때 오빠는 집에 없었어. 그러니 아무것도 알 턱이 없지."

"집에 없었다고?"

"기숙학교에 다녔어. 농구 특기생으로 뽑혀서 기숙사에 있었어."

"왜 오빠에게 그런 이야기를 하지 않았어?"

어떻게 그런 이야기를 오빠에게 할 수 있을까. 오빠가 제이티의 말을 믿을 턱이 없었다. 아빠는 자상하고 가정적인 사람이었다. 제이티는 고개를 가로저었다.

"오빠가 아빠 얘기는 안 했어?"

“아빠 때문에 네가 도망쳤다는 말만 했어.”

리즌이 웃는 얼굴로 제이티를 바라보았다. 제이티는 아빠의 상태가 좀 나아진 모양이라고 생각했다.

“내 생각에 데니는 아빠 편이 아니라 네 편인 것 같아. 그러니 데니에게 전화를 걸어야 해.”

제이티가 식당 밖으로 끌어내 두들겨 패기라도 할 것처럼 리즌을 노려보았다.

“그 몹쓸 사람이 오빠를 시켜 나를 잡아오라고 했을 거야.”

“그렇지 않을 거야. 데니가 말하기를 집안 상황이 바뀌었다고 했어.”

“하지만 충분히 바뀌었는지는 알 수 없어.”

“일단 네가 전화를 걸면…… 어떤 상황인지 알게 될 거야. 사태를 더 자세히 알게 될 거야. 그렇지 않겠어? 그 정도면 별로 두려워할 일이 아니야.”

“네가 어떻게 알아!”

제이티가 성난 목소리로 말했다. 제이티의 분노가 리즌을 향했다.

“너는 우리 가족에 대해 아무것도 모르잖아!”

“맞아, 나는 아무것도 몰라. 하지만 너는 우리 집안을 아주 잘 아는 것 같더라고."

제이티는 말문이 막혔다. 자신이 비열한 인간이 된 것 같았다. 제이티의 집안 문제는 리즌의 책임이 아니었다. 리즌이 종업원을 향해 손을 흔들었다. 그리고 으깬 감자와 마카로니, 치즈를 주문했다.

"너도 먹을래?"

"미안해."

종업원이 가고 나서 제이티가 말했다.

"괜찮아. 난 네가 처한 상황에 대해 아는 것이 없어."

"내 말은 그게 아니라…… 전부 미안하다고. 내가 그 사람을 도왔고…… 무슨 말인지 알지? 나는 다만 그자가 나에게 더 이상 그 짓을 못하게 하고 싶었어."

제이티는 리즌의 눈을 똑바로 바라보지 못하고 턱께를 보고 말했다.

"괜찮아, 너무 신경 쓰지 마. 내가 너였더라도 똑같이 했을 거야."

제이티는 리즌의 말을 믿지 않았다.

"우리 도망치자. 이 상황에서 벗어나야 해. 제이슨 블레이크로부터, 네 아버지로부터, 내 할머니로부터 도망쳐야 해."

제이티가 리즌을 바라보았다.

"아주 쉬운 일이야."

"그렇지 않아."

"우리는 마법사니까, 우리 힘을 합친다면 뭔가 할 수 있을 거야. 그러니까 우선 데니에게 전화하는 것에서 시작하자."

리즌은 제이티가 데니에게 전화할 수 없다는 것을 이해하지 못하고 있다. 제이티는 무슨 말인가 하려고 입을 열었다. 그때 리즌이 제이티의 손을 꼭 쥐었다.

"잘 생각해 봐. 너랑 제이슨이 어떻게 그렇게 쉽게 나를 붙잡을 수 있었다고 생각해? 내가 아무것도 몰랐기 때문이야. 오스트레일리아의 황야를 헤매고 다니다가 마법의 문을 열고 뉴욕이라는 큰 도시로 들어온 시골 촌닭이었기 때문이야."

제이티는 정말 수치스러웠다. 리즌 말이 맞다. 무슨 일이 일어날지 리즌에게 먼저 알려 줄 수도 있었다. 하지만 제이티는 무슨 짓을 했나? 이스트 빌리지는 웨스트 빌리지의 동쪽이라고 고장난 녹음기처럼 반복하기만 했다.

"할 수 있는 한 모든 것을 알아내야 해. 그리고 너희 집에 무슨 일이 일어났는지, 무엇이 어떻게 바뀌었는지 알아야 돼. 어쩌면 데니가 우리에게 도움이 될 만한 것을 알고 있을 지도 몰라. 그냥 전화 한 통 하는 거야. 데니는 마법사가 아니라면서? 그렇다면 전화 한 통으로 사람을 해칠 수는 없을 것 아니야?"

"미안해."

미안하다니 얼마나 바보 같은 말인가. 제이티는 죄책감과 수치심을 느꼈다. 제이티는 리즌을 도울 수 있었다. 하지만 그렇게 하지 않았다.

"네 마음은 잘 알고 있어. 자, 이제 전화할 거지?"

제이티가 고개를 끄덕였다.

"하지만 먼 데로 가서 할 거야. 여기에서 아주 먼 데로."

그때 두 번째 주문한 음식이 도착했고, 둘은 정신없이 달려들었다.

제이티는 리즌에게 이런 모습이 있을 것이라고는 생각도 못했다. 전혀 당황하지 않았고 단호하고 자신감이 넘친다. 어쩌면 리즌이 엉망진창인 삶에서 제이티를 구원할지도 모른다. 아빠도 제이슨도 에스메랄다도 따라올 수 없는 곳으로 제이티를 이끌어 줄 것만 같았다. 그 순간 제이티는 리즌에게 무한한 신뢰를 느꼈다.

택시를 잡아타고 워싱턴 하이츠까지 올라가서 공중전화를 찾았다. 그 정도면 제이티에게는 오스트레일리아만큼 먼 거리였다. 그래 봤자 188가지만.

제이티가 운전사 어깨너머로 손을 내밀어 어머니의 가죽 팔찌를 쓰다듬었다. 그러자 돈이 나타났다.

 둘은 택시에서 뛰어내려 공중전화 부스로 우겨 들어갔다. 지대가 높았기 때문에 상당히 추웠고, 시내보다 바람도 훨씬 강했다. 제이티는 옷소매로 송화기를 닦았다.

"그래도 소용없어. 세균은 그대로거든."

제이티는 그 말이 리즌의 엄마가 리즌에게 하던 말이라고 확신했다.

"맞아, 하지만 더러운 침이 끈적끈적한 것보다야 낫지."

"네 소매에 다 묻었잖아."

"입에 묻는 것보다 낫잖아. 전화번호가 뭐야?"

정말로 추운 날이었다. 빨리 끝내고 집으로 돌아가고 싶었다. 하지만 이런 변두리에서는 신의 도움 없이는 택시를 잡을 수 없을 것이다. 시내의 그 많던 노란 택시들은 한 대도 보이지 않았다. 택시는커녕 자동차 한 대 지나가지 않았다. 제이티는 그것도 생각해야 했다. 트리베카에서 멀지 않을 것 같았다.

"번호는 917……."

"뭐라고? 왜 진작 말하지 않았어. 휴대전화 번호잖아. 그러면 아빠가 받을 가능성이 없잖아."

"그게 손전화인 줄은 몰랐어."

리즌이 눈을 데굴거리며 말했다.

"손전화?"

제이티가 중얼거렸다.

리즌이 상황을 주도하고 있어서 제이티는 리즌이 촌닭이라는 사실을 잊었다. 리즌은 어제 제이슨을 만나고 나서부터 훨씬 당당해졌다. 둘은 언제부터 깨어 있었던 것일까? 제이티는 빨리 가서 자고 싶었다.

"나머지 번호를 말해 봐."

"잠깐만 기다려, 좀 더 세야 해. 피보나치수열 33번이거든."

"뭐라고 숫자를 세고 있는 거야?"

리즌은 당연하단 표정으로 대답했다.

"난 머릿속으로 항상 숫자를 세고 있어."

둘은 수화기를 가운데 두고 얼굴을 가까이 했다. 제이티가 단추를 눌렀다. 제이티는 속으로 아무도 받지 않고 자동응

담기로 넘어가기를 간절히 바랐다. 굵은 목소리가 들렸다.

아빠 목소리였다. 제이티는 놀라 얼결에 전화를 끊었다.

"무슨 짓이야, 데니란 말이야."

"정말이야? 아빠 목소리처럼 들렸어. 오빠는 겨우 열일곱 살, 아니 열여덟 살이야."

제이티는 며칠 전에 오빠 생일이 지났다는 것이 떠올라 고쳐 말했다.

"언제 오빠 목소리가 이렇게 변했지?"

"다시 전화 걸어. 추워 죽겠다."

발을 동동 구르며 리즌이 말했다.

"코가 떨어져 나가겠어. 네가 전화를 걸어야 빨리 끝내고 집에 갈 수 있지."

"너 정말 할머니처럼 말하는구나."

"어서 네 오빠에게 전화를 걸어라, 줄리에타!"

제이티가 리즌을 째려보았다. 너무 추워서 밖으로 끌어내 두들겨 팰 수도 없었다. 제이티는 다시 동전을 넣고 리즌이 불러 준 숫자를 눌렀다.

"여보세요?"

데니가 대답했다.

제이티는 목소리를 듣자마자 온몸이 얼어붙었지만 수화기
를 내려놓지는 않았다.

"여보세요?"

저쪽에서 다시 목소리가 들려왔다.

리즌이 머리를 들이밀며 말했다.

"안녕, 데니! 리즌과 제이티야!"

제이티는 리즌의 머리통을 때릴 뻔했다.

"맞아, 나야."

제이티가 말했다. 제이티의 목소리가 떨렸다.

"줄리에타와 리즌?"

"그래, 리즌은 옆에 있어."

"반갑구나."

목이 멘 소리가 들렸다. 울고 있는 것 같았다.

제이티도 목이 메었지만 심호흡을 하고 목소리를 가다듬
었다.

"정말 오빠야?"

"맞아, 나야. 만날 수 있을까? 보고 싶어. 상황이 많이 달라
졌어."

"어떻게? 뭐가 달라졌는데?"

제이티의 목소리가 갈라졌다.

"말해 줄게, 만나자!"

"지금 말해. 지금 말하지 않으면 오빠를 만날 수 없어. 아빠에게 돌아가지도 않을 거야. 무슨 말인지 알아?

"아빠 생각은 이제 안 해도 돼. 아빠 만날 일은 없을 거야."

"어떻게 그걸 장담하지? 오빠 뒤를 쫓았으면 어떻게 해."

수화기에서는 침묵이 흘렀다. 데니는 숨을 고르고 있었다.

"아빠는 이제 너를 만날 수도 뒤쫓을 수도 없어. 아빠는 죽었어."

제이티는 그냥 수화기를 내려놓았다. 갑자기 피로감이 몰려왔다.

배 속이 울렁거리고 속이 뒤집혔다.

"이제 가자. 너무 춥고 너무 졸려."

리즌이 뭐라고 말하려고 할 때 제이티는 리즌의 입을 막으려는 듯 리즌을 째려보았다. 길로 나섰지만 눈에 보이는 것이 없었다. 제이티는 몸이 춥기도 하고 뜨겁기도 했다. 피부가 얇은 종이 한 장이 된 것처럼 세상으로부터 자신을 보호할 수 없을 것 같았다. 바로 그때 검정 무면허 택시가 나타났다.

'바로 이런 것이 마법이지.'

제이티는 집에 돌아와 오빠에게 다시 전화를 걸었다. 통화를 하면서도 그에게 들키지 않도록 방어막을 쳤지만 집 안 전체에 그가 마법을 걸어 놓았기 때문에, 성공할지 확신할 수 없었다. 모퉁이 식당에서 1시에 만나기로 했다. 리즌이 가까운 데에서 만나야 한다고 주장했기 때문이다.

지금 시간은 9시 30분, 리즌도 제이티처럼 졸도할 것 같았다. 네 시간 정도 눈을 붙일 수 있다. 제 시간에 일어날 수 있기를 바랐다. 제이티는 베개에 머리를 대자마자 잠 속으로 빨려들어 갔다. 죽은 아버지도 생각하지 않았고, 아무것도 생각하지 않았다. 그리고 아무 꿈도 꾸지 않았다.

26

죽고 싶지도 미치고 싶지도 않아

"스물네 시간이라고!"

톰은 놀라움을 감추지 못했다.

"몇 시나 된 거야?"

"스물네 시간이 아니라 스물여섯 시간에 가깝지."

캐스의 동료, 자기 욕실 용품에 누가 손댈까 봐 안달하는 친구가 말했다. 톰은 피부에 그렇게 신경을 쓰는 사람이라면 제법 근사한 옷을 입을 것이라고 생각했다. 하지만 그는 노란 윗도리에 갈고리로 바느질을 했는지 엉망으로 재단된 청바지를 입고 있었다. 톰은 피부에 신경을 쓰면서도 그 피부에 닿는 옷을 그렇게 엉망으로 입을 수 있다니 이해할 수가 없었다.

앤드류가 말을 이었다.

"너도 알겠지만 이 안락의자는 텔레비전을 보려고 여기에 놓았거든. 네가 거기에서 스물여섯 시간을 자고 있었지. 이건 침대가 아니야."

"너도 알겠지만…… 내 동생이 좀 아프거든. 그래서 잠을 좀 자야 했어."

케이스가 친구의 말투를 흉내 내며 말했다.

"네 남자친구도 네 동생도 마치 여기에 혼자 사는 것처럼 행동한단 말이야."

앤드류는 못마땅하단 표정을 지었다. 목의 혈관이 툭 불거졌다.

"네 동생이 집세를 대니, 아니면 생활비를 대니?"

"제기랄, 앤드류! 이제 방금 잠에서 깨어난 애한테 어쩜 그럴 수 있니? 좀 쉬게 내버려둬, 이야기는 나중에 다시 하면 되잖아."

앤드류는 자리에서 일어나 성난 눈으로 캐스를 한참 노려보다 쿵쾅거리며 자기 방으로 들어가서 거칠게 문을 닫았다. 애석하게도 문이 닫히며 삐걱 하는 소리만 났다.

문 소리가 의도했던 것만큼 크게 나지 않았기 때문에 앤드류는 더 화가 났을 것이라고 톰은 생각했다.

"지금 몇 시야?"

캐스가 시계를 보았다.

"저녁 8시."

"스물여섯 시간이라니…… 미안해. 그렇게 오래 잘 생각은 없었어."

톰은 자리에서 일어나 눈을 비볐다.

"네 잘못이 아니야. 너는 잠을 좀 자야 했어. 들어올 때 네 모습은 정말 무서웠거든. 네가 깨어난 것이 고마울 지경이야. 메르는 걱정하지 않아도 된다고 했지만 내가 볼 때 너는 정말 죽은 것 같았어."

캐스가 몸을 떨었다.

"미안해, 누나."

"더 이상 미안하다고 말하지 마. 어쨌거나 집을 옮길 궁리를 해야겠어. 앤드류 성깔이 저 모양이니."

캐스가 한숨을 내쉬었다.

"이제 많이 나아 보이네. 기분은 좀 어때?"

"아주 더럽지는 않아. 이만하면 된 거지. 그런데 배가 너무 고프다."

"머핀이라도 좀 가져다줄까? 씻고 밖에 나가서 뭘 좀 먹자. 그게 실속 있겠어. 그래도 괜찮겠어? 나갈 수 있겠어?"

톰은 만족한 표정으로 고개를 끄덕였다.

캐스는 부엌으로 가서 무섭게 생긴 머핀을 가지고 왔다. 아기 머리통만 했다.

'어쨌든 곡식으로 만들었을 테니까.'

톰은 계속해서 되뇌었다.

'괜찮아, 이것도 음식이야. 먹을 수 있어.'

"이제 솔직히 말 좀 해봐. 진짜로 무슨 일이 일어나고 있는 거야?"

캐스가 물었다.

톰이 먹을 만한 음식을 먹겠다고 해서 캐스는 톰을 데리고 피자집에 갔다. 톰은 정체불명의 잡종 피자를 늑대가 고기 뜯듯 하고 있었다. 톰은 모든 재료를 다 넣어서 만들어 달라고 했다. 캐스는 톰과 마주 앉아 드레싱 없이 야채만 먹고 있었다. 캐스는 그것이 이런 데서 먹을 수 있는 음식 중에 그나마 안전하다고 생각했다.

"왜 뉴욕에 왔어? 아빠한테 전화했는데 정말 이상하더라고. 엄마는 괜찮은 거야?"

"별일 없어. 누나, 엄마는 원래 별일 없잖아."

"새로운 것도 없어?"

톰도 캐스에게 사실을 털어놓고 싶었다. 아빠도 마법사가 아니지만 톰이 마법사라는 것을 알고 있다. 그렇다면 마법사가 아닌 캐스가 알아도 되는 것 아닌가? 톰은 비밀을 싫어했고, 특히 캐스에게는 마법을 제외한 모든 일을 털어놓았다.

"새로운 것도 없어. 아빠가 좀 우울한데 아빠 나이에 비하면 자연스러운 것이라고 생각해. 이제는 아빠도 엄마가 정상으로 돌아올 수 없다는 것을 인정하기 시작한 것 같아."

"그러면 무슨 일이야."

캐스가 톰에게 바짝 다가갔다. 그리고 강렬한 눈빛으로 톰을 빤히 바라보았다. 톰이 누나에게 모든 것을 말하게 되는 것은 바로 이 눈빛 때문인지도 모른다. 캐스가 그렇게 바라볼 때면 톰은 아무것도 숨길 수 없었다.

"메르가 말하기를 네가 아프다고 하던데, 언제부터 아팠어?

그리고 요새 왜 그렇게 말수가 줄었어? 도대체 무슨 이유로 메르가 너를 뉴욕에 데리고 온 거야? 그것도 한겨울에 몸이 아픈 애를 말이야. 톰, 이건 전혀 말이 되지 않아. 그리고 톰 야브로가 밖에 나갔다 손에 천조각도 밑그림도 없이 들어왔다는 것이 도대체 말이 돼? 왜 이렇게 점점 이상한 행동을 하는 거야? 정말 수상하잖아."

"알잖아, 아파서 그래."

"무슨 병인데?"

"독감이야."

톰이 알고 있는 유일한 병이었다.

톰은 잘 아프지도 않았고, 병원에 간 적도 없었다. 마지막으로 아팠던 것이 언제였는지 기억도 나지 않았다.

"아빠 말로는 선열이라던데?"

"같은 거야."

톰은 독감과 선열이 같은 것이기를 바랐다. 사실 톰은 선열이라는 말도 처음 들어 보았다.

"독감이랑 증상이 비슷하다고."

"너는 정말 형편없는 거짓말쟁이야. 아빠라고 더 나은 것도 아니야. 자, 이제 말해 봐. 내가 언제 너에게 비밀이 있었어?"

"그 잘난 체하는 놈과 우글우글한 남자친구는 어때?"

톰은 보기 좋게 받아쳤다고 생각하며 안도했다.

"누구 말하는 거야?"

"그 녀석 이름이 뭐더라…… 딜런이던가? 어떻게 나에게 한 마디도 하지 않을 수가 있어?"

톰은 누나 문제로 화제를 돌리려고 애썼지만 누나는 눈 하나 깜짝 안 했다.

캐스의 눈썹은 진하고 두터워서 쉽게 속내가 드러나지 않는 반면 톰의 눈썹은 톰의 피부만큼이나 투명했다. 어쨌거나 톰은 캐스가 주춤하게 하는 데는 성공했다. 톰은 눈을 부라리며 누나를 쳐다보고 있었지만 그다지 강렬하진 않았다. 톰은 언젠가 눈썹과 머리털을 꼭 염색하겠노라고 다짐했다. 고등학교를 졸업하기 전에 반드시 그렇게 해야 한다.

"그냥 만나 보는 거야."

캐스는 톰의 눈을 똑바로 쳐다보지 못하고 대답했다. 거짓 말하고 있다는 확실한 증거였다.

"그렇게 심각한 관계는 아니야. 난 아직도 남자친구라고 생 각하지 않아."

"하지만 누나가 나를 그놈에게 소개할 때 그렇게 불렀잖아. 둘이 만난 지 얼마나 되었어?"

"석 달."

"석 달이라고! 지금까지 사귀었던 남자들 중에 제일 오래 사귀었잖아. 그러면서 나에게 비밀이 있네, 없네 할 수 있는 거야!"

"스티브가 훨씬 길었어. 5개월 정도 사귀었으니까."

"스티브, 온몸에 벽지를 바른 것처럼 문신을 하고 있던 그 자식!"

톰이 얼굴을 찡그렸다.

"역겨운 놈이었어."

"그 정도는 아니야."

"역겨운 놈 맞아."

"그 자식 코딱지를 파서는 식탁 아래 발라 놓다 나한테 걸렸단 말이야."

"아니야, 그런 짓까지 할 애는 아니야."

"아니긴 뭐가 아니야, 내가 봤는데."

캐스가 무섭게 노려보았으나 톰은 기죽지 않고 말했다. 톰이 정말 목격한 것이었으니까. 톰은 망각에 대한 공포가 있어 세세한 것 하나하나를 모두 기억해 둔다.

"우리 식탁 밑에는 무섭게 생긴 형형색색 코딱지가 붙어 있었지."

"그래, 네 말이 맞아. 그 녀석이 좀 더럽기는 했어. 하지만 난 그때 열다섯 살이었어."

"나도 지금 열다섯 살이야."

톰이 어른스런 목소리로 누나를 꾸중하듯 말했다.

"하지만 다른 집 식탁 밑에 코딱지를 붙이지도 않고, 그런 짓을 하는 놈이랑은 절대 사귀지 않아."

"아, 그러셔. 우리 교양 넘치는 남동생께서는 데이트를 해본 적이라도 있어?"

"없어, 기술적인 측면에서 그런 적은 없어. 하지만 나도 여자랑 입 맞춰 봤어."

"내 귀여운 남동생께서 여자랑 뽀뽀도 해보았다고!"

캐스의 목소리가 높았기 때문에 근처의 손님들이 톰과 캐스를 돌아보았다. 가까이에 있던 소녀 하나가 웃었다. 톰은 얼굴이 뜨거워져서 주먹으로 캐스의 어깨를 쳤다. 하지만 의도했던 것만큼 세게 때리지는 못했다.

가끔 톰은 하얀 피부를 타고난 것이 원망스러웠다. 캐스는 절대 얼굴 붉어지는 일이 없었다.

'어떻게 나는 나쁜 유전자만 타고났을까?' 톰은 억울했다.

"내가 세계적으로 유명한 디자이너가 되면 여자애들이 내 앞에 줄을 설 거야."

"아하, 그러셔. 그럼 두 번째 뽀뽀를 하려면 상당히 오래 기다려야겠네."

"그만해, 이제 그만해."

톰이 때리면 캐스도 받아 때렸다. 톰도 지지 않고 다시 때렸고, 캐스도 지려 하지 않았다.

"내 남동생과 입 맞춘 그 행운의 여자아이는 누구야?"

"두 번째 뽀뽀에 성공하면 그때 이야기해 줄게."

"아니, 지금 당장 말해."

캐스의 눈에서 레이저 광선이 나올 것 같았다.

"제시카 창이야. 내가 만든 드레스가 너무 예쁘다고 제시카 창이 내게 뽀뽀했어."

"혀도 집어넣었어?"

톰은 다시 얼굴이 뜨거워졌다. 이건 19금이다. 톰 얼굴이 제시카 창에게 만들어 주었던 그 드레스 색으로 변했다.

캐스가 킥킥댔다.

"좋아, 톰. 더 이상 묻지 않을게. 그러니까 이제 무슨 일인지 말해 봐."

톰이 고개를 가로저었다.

"말할 수 없어. 내 권한 밖의 일이야."

캐스가 몸을 굽혀 톰에게로 바짝 다가왔다.

"캐스, 정말 말 못해. 만약 내 마음대로 할 수 있는 것이었다면 벌써 누나에게 말했겠지. 누나도 알잖아, 그렇지?"

"좋아, 알았어. 그러면 네가 아빠와 메르를 설득해서 나도 당신들과 비밀을 공유할 수 있도록 만들어."

"알았어, 그렇게 해볼게."

"내 생각에는 말이야, 그것이 엄마와 무슨 관련이 있을 거야. 그리고 메르가 우리를 그렇게까지 돕고 있는 이유하고도 관련이 있을 거야"

"우리 다른 이야기 하면 안 될까?"

캐스가 한숨을 내쉬었다.

"영화 보러 갈까?"

"좋아, 그렇게 해. 나도 그러고 싶었어."

영화를 볼 때 캐스는 종교 의식을 치르는 것처럼 절대 입을 열지 않았다.

최소한 그 시간 동안 톰은 안전하다.

"대신 멋진 옷이 많이 나오는 영화라야 해."

1950년대 영화인 것 같았다. 이야기의 흐름을 쫓아가기가 정말 어려웠다. 그래도 멋진 옷이 많이 나왔기 때문에 용서할 수 있었다.

톰은 캐스에게 모두 말하고 싶었다. 리즌을 얼마나 애타게 찾고 있는지, 그리고 자신이 마법사라는 것과 또 그것이 얼마나 무서운지, 전부 말하고 싶었다.

톰은 캐스를 보았다. 캐스는 넋을 잃고 화면을 바라보고 있었다. 입도 반쯤 벌리고 있었다. 화면 속 그림들이 캐스의 눈 속에 반사된다.

마법이라는 저주를 받고 태어나지 않았으니 누나는 얼마나 축복받은 것인가. 톰은 일찍 죽고 싶지도 않았고, 미치고 싶지도 않았다. 엄마를 만날 때마다 자신의 미래를 보는 것 같았다. 그때마다 톰은 온몸이 떨렸다.

캐스가 킥킥대고 웃었다. 그러더니 갑자기 톰에게 말을 걸었다.

"저 여자 옷은 정말 괜찮다. 그렇지?"

"주름 장식에 금실 가장자리를 다듬은 푸스라는 거야, 친애하는 누나."
톰이 전문가인 양 말했다.
"주름 장식에 금실로 가장자리를 다듬었군."
뒤에 앉은 사람이 남매를 바라보며 조용히 하라고 했다. 둘은 킥킥대다 입을 다물었다.

자정이 지나서야 톰은 안락의자 위에 있는 침낭 속으로 기어 들어갔다. 자르지도 못하고 바느질도 할 수 없는 이탈리아 파르추먼트 린넨으로 메르의 정장을 만들어야 하는 꿈을 꾸었다.

27

따돌리다

제이슨이 나를 바라보고 있었다. 눈을 감고도 느낄 수 있었다. 다시 배 속이 차가워졌다. 혹시 내가 자고 있는 동안 내 몸에 손을 댔을까? 혹시 내가 잠결에 내 힘을 가져가도 좋다고 대답했을까? 여전히 뼈가 녹을 것처럼 피곤했지만 한숨 자고 나니 훨씬 나아졌다. 내 힘을 빼앗지 못했을 것이다. 그렇지 않기를 바란다.

"네가 깬 것을 안다."

나는 눈을 떴다. 그리고 일어나 앉아서 아무렇지도 않은 듯이 그를 바라보았다. 이 사람이 정말 내 할아버지가 맞을까?

"뉴욕 사람들은 노크할 줄도 모르나요? 지금 내 방에서 뭘 하는 거죠?"

"엄밀하게 말해서…… 이 아파트는 내 아파트이고, 그러니 이 방도 내 방이라 할 수 있지."

할 말이 없었다. 애써 웃고 있었지만 씁쓸했다. 제이티는 얼마나 오랫동안 제이슨에게 붙들려 있었을까? 어떻게 참았을까? 제이티의 아빠는 정말 엄청난 괴물인가?

"너희를 데리고 나가서 점심을 먹으려고 한다. 우리 사이에 정리할 것이 남은 것 같구나. 좀 더 세부적인 것들 말이야."

그가 문으로 돌아섰다.

"30분을 주겠다. 정장을 하지 않아도 좋다."

그리고 나를 쳐다보았다. 그의 미소는 네게 대단한 친절을 베푸니 자기와 점심을 먹는 것에 감사해야 한다고 말하고 있었다. 그리고는 문을 닫고 나갔다.

나는 다시 눈을 감았다. 희미하지만 느낄 수 있었다. 데니 주머니 속 암모나이트가 느껴졌다. 아직 12시 10분이지만 벌써 집 근처의 식당에 와서 우리를 기다리고 있다. 좋은 일이다. 내 예감이 맞았다.

암모나이트를 건네준 것은 잘한 일이다. 하지만 창문에는 쇠창살이 질러 있고, 제이티는 다른 방에 있다. 그렇다고 당황할 필요는 없다. 이전에도 이런 일을 겪었다. 꼼짝없이 붙잡혀 있을 때도 우리는 언제나 도망쳤다. 물론 그때는 사라피나가 함께 있었다. 우리는 경찰, 검찰, 사립탐정으로부터 도망쳤다.

그들은 마법사는 아니었다. 그러므로 지금은 새로운 상황이라고 할 수 있다. 하지만 나는 할 수 있다. 이제는 내가 마법사라는 것을 안다. 하지만 그것이 이 상황에 도움이 될까? 나는 마법을 어떻게 사용해야 하는지도 모르고 있다. 마법을 써서 쇠창살을 빠져나가는 법도 알지 못하고, 제이티에게 텔레파시를 보낼 줄도 모른다.

그다음에 어떻게 해야 하는지도 모른다. 그는 왜 갑자기 우리를 데리고 나가 점심을 먹으려는 것일까? 분명히 그날 밤 며칠 있다 다시 보자고 했다. 그가 무슨 낌새를 챈 것인가? 그렇지 않다면 왜 그가 이곳에 있다는 말인가? 구체적인 것은 알지 못하기를 바랄 뿐이다.

샤워도 하지 않고 외투 주머니에 모자와 장갑을 넣어서 거실로 나갔다. 어젯밤에 제이티와 탈출 계획을 세웠더라면 얼마나 좋았을까. 그가 다시 나타났을 때 어떻게 할지 그것만이라도 얘기해야 했다. 하지만 둘 다 제이티의 아빠 소식을 듣기 전부터 너무 지쳐 있었다.

머릿속에 아파트 평면도를 그렸다. 앞쪽의 현관과 부엌의 비상구가 유일한 탈출로다. 걸쇠가 걸려 있을까? 그러면 부엌의 비상구로 탈출하는 것은 어떨까. 계단에 얼음이 얼어 상당히 미끄러울 것이다. 이 모든 것을 제이슨의 주의를 끌지 않고 해낼 수 있을까? 불가능하다. 현관에 걸려 있는 수많은 빗장과 걸쇠들을 생각하면 현관이 더 나을 것도 없다. 제이슨이 화장실에 간 틈을 이용하면 어떨까? 그럴 가능성도 없어 보인다.

어쩌면 가장 좋은 방법은 제이슨을 순순히 따라나서서 길에서 도망치는 것일지도 모른다. 그를 빙판길 위에서 밀어 넘어뜨리는 방법을 생각해 보았다. 하지만 제이티가 얼마나 빨리 뛸 수 있을지 알지 못했고, 나도 빨리 뛸 수 없다. 나는 빙판 위를 간신히 걸어다니는 정도니까. 사용할 수 있는 무기도 없었다.

제이슨은 나보다 30센티미터는 더 컸고, 몸무게는 두 배가 넘을 것이다. 힘도 나보다 훨씬 세겠지, 망할!

그들이 거실에 있었다. 제이티는 무릎 위에 외투를 올려놓고 앉아 바닥을 보고 있었다. 고개를 들어 나에게 슬픈 미소를 지었다. 침묵은 너무나 무거웠다. 세상 모든 소리들이 빨려 나간 것 같다. 마치 세상의 어느 누구도 말을 꺼낸 적이 없는 것 같다. 제이슨도 웃지 않았다. 제이슨이 자리에서 일어나 개를 부르듯 내게 손짓했다.

"그만하면 됐어요."

내 귀에 내 목소리가 들렸다.

"제이티와 나는 오늘 당신과 점심 먹을 생각이 없어요."

도대체 이런 말이 어디에서 나오는지 알 수 없었다. 오랜 옛날 깊은 구덩이에서 흘러나오는 것 같았다. 제이슨이 눈을 치켜 떴다. 정말로 놀랐나 보다.

"내가 제대로 일러주지 못한 것 같구나. 점심은 선택이 아니다. 너희가 이 아파트에 머물고 내 보호 아래 있겠다면, 너희는 나와 함께 점심을 먹어야 해."

"우리는 그럴 생각이 없어요."

내 목소리는 크고도 당당했다. 제이티는 얼굴이 노랗게 변해서 놀란 토끼처럼 눈을 동그랗게 뜨고 나를 바라보았다.

"우리는 당신의 아파트도 점심도 보호도 필요 없어요. 그렇지, 제이티?"

386

나는 제이티를 보고 웃었다. 그리고 제이티에게 손을 내밀었다. 제이슨이 현관에 버티고 섰다. 우리가 현관을 향해 걸어가도 그는 꼼짝하지 않고 떡 버티고 섰다.

'그가 우리에게 무슨 짓을 할 수 있을까? 여러 가지를 할 수 있겠지. 특히 나쁜 일들을……'

"만약 너희가 이 문을 나선다면……"

문을 가로막고 서서 그가 말했다.

"그 여자가 너희를 찾아낼 것이다. 너희가 이 문을 걸어 나간다면 아무도 너희를 숨겨 줄 수 없어. 그러면 그 여자가 곧바로 너희를 찾아낼 것이다. 난 그 여자를 느낄 수 있어. 게다가 멀지 않은 곳에 있다."

난 우뚝 멈춰 섰다. 제이슨과 나는 10센티미터쯤 떨어져 있었다. 제이티의 손이 내 손안에서 떨리고 있었다.

"그 정도 위험은 감수하겠어요."

에스메랄다에 대한 공포가 내 몸속으로 밀려들어 왔음에도 내 목소리는 여전히 당당했다.

"길을 비켜요."

"너희는 떠날 수 없어."

마치 날이 추우니까 밖에 나가서 놀면 안 된다는 말투였다.

하지만 표정이 변했다.

"너희 둘 모두 위험하다. 네 할머니는 사악한 마녀다."

"당신과 에스메랄다 사이에서 선택해야 한다면, 그건 선택도 아니지요. 나는 어느 쪽도 선택하지 않겠어요."

"아직 이해하지 못하고 있구나, 리즌. 그것은 선택이 아니야. 너희는 어리고 무지하다. 보호도 받지 못하고 있어. 너희는 악한 마법사의 먹이가 될 것이다. 너희에게 유일한 선택이란 보호자를 찾는 거야. 물론 그 대가로 무언가를 제공해야겠지. 나는 너희를 보호할 수 있다. 하지만 에스메랄다는 너희에게 아무것도 줄 수 없다. 너희가 잘못된 선택을 하는 것을 방관할 수 없다. 너와 제이티에게 일어날 일들이 눈앞에 그려지는구나. 몹시 걱정스럽단다."

나는 웃음을 터뜨리지 않을 수 없었다.

"하하하, 제발, 그만 웃겨요."

경찰도 나에게 똑같은 말을 했다. 경찰이든 제이슨이든 내가 무엇을 원하는지 알지도 못하고 상관하지도 않는다. 내가 누구인지도 모른다. 단지 일이니까 나를 찾아다니었을 뿐, 그렇게 해서 먹고살 뿐이다. 제이슨이, 그가 우리를 보살피는 것도 같다. 우리는 마법의 양식을 가지고 있으니까.

제이슨 블레이크는 늑대고, 우리는 그저 먹이일 뿐이다. 그의 눈 속에서 읽은 것이 바로 그것이었다. 그렇기 때문에 그는 우리를 보내 줄 수 없다.

내가 그를 떠밀고 지나가려 하자, 그는 한 손으로 내 팔을 붙들어 몸 쪽으로 밀고 다른 손으로 내 목을 졸랐다. 나는 숨을 헐떡였다. 온 힘을 다해 그의 정강이를 걷어찼다. 제이슨은 꿈쩍도 하지 않았다. 목을 더 세게 조를 뿐이었다. 내 안에 분노와 공포가 끓어올랐다. 그는 우리에게 마법을 사용하지는 않을 것이다. 그래야 자기가 악당이라는 것만 증명할 뿐이니까. 나는 더 세게 그의 정강이를 걷어찼다. 제이티가 비명을 지르며 그에게 달려들었다.

제이슨은 나를 공중에 들고 제이티를 향해 휘둘렀다. 제이티가 허공을 날아 거실 바닥에 쓰러졌다. 제이티는 꼼짝하지 않았다.

"이 더러운 자식!"

내가 소리쳤다. 만약 제이티가 다쳤다면 나는 이 작자를 죽여 버릴 것이다. 내 안에서 무엇인가 살아나기 시작했다. 뭔가 끈적끈적한 액체 같은 것이, 피부 속 깊은 곳에서부터 점점 차오른다. 천천히 풀려 나온다. 샴페인 거품이 터지듯이 순간 피부 밖으로 터져 나왔다. 제이슨은 내가 불덩이라도 되는 것처럼 나를 떨어뜨렸다. 그렇다, 나는 불덩이가 되었다.

"그러지 마라."

나는 그를 노려보았다. 하지만 제이슨이 보이지 않았다. 내 눈에는 제이슨 몸속의 혈관들이 뚜렷이 보였다. 이리저리 얽혀 있는 혈관들과 빨간 액체를 밀어내는 주머니가 보였다. 심장이다.

나는 심장이 천천히 뛰는 것을 상상했다. 내가 열 살 때 쿠나바라브란에서 소년에게 했던 것과 똑같이. 그 녀석은 검둥이라며 내게 몹쓸 짓을 하려고 했다. 그때 나의 분노는 점점 커졌고, 내 안에서 어떤 비명 같은 것이 올라오더니 나의 분노가 밀물처럼 몸 밖으로 퍼져 나갔다. 순간 내 눈에서 빨간 불이 번쩍했다. 내가 기억하는 것은 거기까지다.

눈을 떴을 때 소년은 바닥에 쓰러져 죽어 있었다. 경찰에게 들은 말로는 심장에 피가 엉키었다고. 하지만 나는 그것이 나 때문이라는 것을 알고 있다. 지금도 그때와 똑같은 느낌이다. 기분이 점점 좋아진다.

"하지 마라."

제이슨의 목소리가 먼 곳에서부터 들리는 듯하다. 이자를 죽일 수 있을까? 공중을 나는 느낌이다. 나는 심장이 쪼그라든다고 생각했다. 그렇게 심장이 멈추어야 한다고 생각했다. 그의 얼굴이 자줏빛으로 변했다.

"하지 마!"

제이슨이 아니었다.

"리즌, 그만해!"

어슴푸레 제이티 목소리를 알아들었다. 황홀했다. 환각제를 먹기라도 한 것처럼……. 평생토록 잊지 못할 느낌이다. 그때 내 얼굴을 치고 지나가는 날카로운 느낌이 들었다. 나는 비틀거렸다.

"뭐야?"

황홀한 느낌은 점점 가라앉는다.

"안 돼! 리즌! 그러면 안 돼! 그러다 네가 죽어!"

이상한 현상이 멎었다. 황홀함도 어디론가 가버렸다. 몸이 비틀거렸다. 견딜 수 없이 피곤했다. 제이티가 나를 부축해 문을 빠져나왔다. 문이 거칠게 닫히는 소리가 들렸다.

28

세상에! 리즌이

“리즌, 너는 절대로 분노해선 안 돼!”

리즌이 말을 듣고 있는 건지 알 수 없었다.

“너는 자제력을 잃었단 말이야. 너희 어머니가 한 번도 말해 주지 않았단 말이야.”

리즌이 고개를 끄덕였다. 리즌의 시선에 초점이 없었다. 제이티는 리즌의 꿈속에 나타난 죽은 소년이 궁금해졌다.

‘리즌이 그 소년을 죽였을까? 어떻게 지금까지 리즌에게 절대 분노하면 안 된다고 말해 준 사람이 없었단 말인가. 어떻게 지금까지 오스트레일리아에서 살아남았을까?’

"리즌! 말 좀 해봐!"

제이티가 리즌의 어깨를 세차게 흔들었다. 제이티는 리즌을 잃을까 봐 두려웠다.

"그만해, 네 말 다 들려. 나 제정신이야."

리즌이 제이티의 왼쪽 어깨를 쓰다듬었다.

"제이슨이 따라올까?"

제이티가 고개를 끄덕였다.

"아마도 그렇겠지. 나올 때 움직이기 시작했어. 네가 무슨 짓을 할지 그가 예상하지 못했기 때문에 네가 그를 잡을 수 있었던 거야."

리즌이 몸을 가누지 못했다. 제이티는 리즌의 볼을 때렸다. 제이티가 손을 들어 리즌의 볼을 감싸고 눈을 들여다보며 말했다.

"정신 똑바로 차리고 있어. 제이슨이 우리를 뒤쫓을 거야. 약이 아주 바짝 올랐을 거야. 아까 네가 제이슨에게 달려든 것은 정말로, 정말로 바보 같은 짓이었어. 너도 완전히 지쳐 있겠지. 제이슨 말이 에스메랄다가 근처에 있다고 했어. 거짓말일 수도 있지. 하지만 사실일 수도 있어. 만약 사실이라면……."

승강기 문이 열렸다. 둘은 승강기를 걸어 나와 밖을 내다보았다. 날은 흐리고 지독하게 추운 것 같았다. 길을 가는 사람 모두 옷깃을 잔뜩 여미고 종종걸음치고 있었다.

"장갑을 줘봐."

제이티가 말했다.

둘은 문을 열고 밖으로 나갔다. 리즌이 제이티를 바라보았다.

"외투는 어디에 있어?"

"가지고 나오지 못했어."

"염병!"

리즌이 제이티에게 모자와 장갑과 목도리를 주었다.

제이티가 말했다.

"네 외투는 크니까 둘이 들어갈 수 있을 거야."

리즌은 빙판길에서 계속 비틀거렸다. 제이티가 리즌을 부축했다.

"한 블록만 더 가자. 외투를 사고 식당으로 가는 거야. 그때까지 괜찮겠어? 아직도 걷기가 힘든 거야?"

리즌이 고개를 끄덕였다. 리즌의 갈색 피부가 백지장처럼 하얗게 질렸다.

제이티는 데니가 숨을 만한 곳을 알고 있었으면 했다. 하지만 제이슨으로부터 피할 수 있는 방법이 없다는 것을 제이티도 잘 알고 있었다.

식당에 발을 들여놓았을 때, 톰은 리즌이 아주 가까이 있다는 것을 알았다. 마치 바로 옆에 있는 것처럼 톰은 리즌의 체취를 느꼈다. 너무 늦기는 했지만 일단 아침을 먹기로 했다. 1년은 더 침대에 있어야 할 것처럼 피로감이 심했다. 리즌을 감지했던 어제 그 식당이다. 혹시 다른 흔적은 없을까? 톰은 탁자 하나하나 식당 구석구석을 살폈다. 화장실에 갔을까? 아니면 방금 식당을 나간 것일까? 몸을 돌렸을 때 건너편에서 강한 느낌이 오고 있었다. 톰은 벽에 걸려 있는 흑백 사진을 보러 가는 척하며 기운이 발산되는 쪽을 향해 갔다.

커피를 마시는 소년에게서 리즌의 기운이 느껴졌다. 그는 신경이 곤두선 표정으로 계속해서 문밖을 살피고 있었다. 소년은 몸이 달아 있었다. 이 녀석이 리즌과 함께 있었던 것이 분명하다. 오랫동안 함께 있었던 것이다. 어쩌면 리즌이 이 녀석과 함께 지내는지도 모른다. 톰은 가장 가까운 곳에 자리를 잡았지만 그다지 가깝다고는 할 수 없었다. 그래도 녀석을 감시할 수는 있었다.

우울한 표정의 종업원이 톰에게 식단표를 가져왔다. 식단표 위로 녀석을 훔쳐보았다.

소년은 손가락으로 책상을 두드리며 홀짝홀짝 커피를 마시며 간절한 눈빛으로 문을 바라보았다. 톰은 메르에게 전화를 걸어 리즌이 바로 근처에 있다고 말했다. 그제야 안정이 되는 것 같았다.

메르가 오기 전에 소년에게 접근해야 할까? 식탁 때문에 그의 바지를 볼 수는 없었지만 윗도리는 별 볼일 없었다.

'조금만 신경 쓰면 정말 멋질 텐데.' 톰은 생각했다.

의자 뒤에 걸려 있는 그의 외투는 세련됨이라고는 찾아볼 수 없이 멍청한 외투였다. 리즌이 저 녀석을 어떻게 만났을까? 어떤 관계일까? 갑자기 무서운 생각이 들었다. 하지만 추악한 늙은이는 아니다. 솔직히 말하면 잘생기고 사람 좋게 생겼다.

'리즌은 예쁘니까……'

리즌의 기운은 그 소년에게서 오고 있었다.

톰은 찬물을 벌컥벌컥 들이켰다. 머릿속에서 무서운 생각을 씻어 내리려는 듯이.

종업원이 와서 톰 앞에 섰다. 금발 머리 종업원은 무한히 슬픈 표정으로 톰을 내려다보았다. 톰은 돌아서서 식단표를 바라보았다. 주문을 빨리 끝낼 수 있는 식단을 찾고 있지만 머릿속이 백지장같이 하얘졌다.

종업원은 옆에 서서 마치 또 자기가 지어야 할 십자가를 바라보는 것처럼 톰을 우두커니 보고 있었다.

"뭐 먹을래?"

"칠면조 샌드위치요."

톰이 얼결에 대답했다.

"빵은 어떤 걸로? 찰라, 브라운……."

"찰라요."

톰이 잽싸게 대답했다.

"수프는 뭘로 할래?"

"수프요?"

"닭고기, 러시언, 렌즈콩, 야채……."

"닭고기 수프요."

톰은 질문을 최대한 짧게 끝내는 방법을 찾아냈다. 종업원이 식단표를 들고 자리를 뜨자 톰은 만족스런 웃음을 지었다. 그럭저럭 잘해내었다. 자신이 자랑스러웠다.

"톰!"

갑자기 톰을 부르는 목소리가 들렸다. 톰이 눈을 들었다. 세상에! 리즌이 거기에 있었다.

29

도망쳐!

두 번째 문을 열고 들어섰을 때, 내 눈에 처음 들어온 것은 톰이었다. 나는 우뚝 멈춰 섰다.

"톰!"

나는 크게 소리 쳤다. 어떻게 톰이 여기에 있는 걸까!

"빨리 들어가, 추워 죽겠어."

톰이 자리에서 일어났다.

"리즌!"

"너 여기에서 뭘 하는 거야?"

"널 찾고 있었어!"

“하지만 어떻게……”

제이티가 내 옆에 있는 것을 깨달았다.

“톰, 이쪽은 제이티야. 제이티, 이쪽은 내 친구 톰이야. 톰은 시드니에 사는 내 친구야.”

그때 저쪽에서 데니가 우리를 향해 손을 흔들었다. 제이티가 마주 손을 흔들었다. 나는 바보처럼 웃으면서 손을 흔들었다. 한낮에 보니 더 멋있다.

“메르도 여기 와 있어.”

톰이 행복한 표정으로 말했다.

“뭐라고!”

톰의 말을 제대로 알아들은 것인지 귀를 의심했다. 몸을 돌려 문 쪽을 보았다. 메르가 우리에게로 걸어오고 있었다. 톰이 나를 배신했다. 제이티도 고개를 돌려 그 여자를 보았다.

“마녀다!”

제이티가 낮게 외쳤다.

“도망쳐야 해.”

제이티가 내 손을 붙잡고 거리로 달렸다. 뒤에서 톰이 소리친다. 뼈가 녹을 만큼 피곤했다. 달릴 수 있다고도 생각하지 않았다.

"어디로 달리는 거야!"

넘어질 듯 비틀거리며 제이티 뒤에서 물었다.

제이티는 매우 빨랐다. 사람들 틈에서도 바람 소리가 날 정도로 빨랐다.

"숨을 만한 데가 있어!"

걸음을 늦추지 않고 제이티가 고개를 끄덕였다. 내 손이 제이티의 손에서 빠져나왔다.

"날 따라와. 잘 따라와야 해!"

제이티가 말하고 거리로 달려갔다. 나도 최대한 힘을 내서 달렸지만 미끄러지고 사람들에게 부딪혔다. 다리가 너무 무거워서 한 발 들어 올리는 것조차 나에겐 고문이었다.

몇 초 만에 제이티는 반 블록쯤 앞섰다. 제이티를 놓칠까 봐 더럭 겁이 났다.

"제기랄!"

뒤에서 데니의 목소리가 들리더니 튼튼한 손이 나를 붙들었다. 나는 그 자리에 멈춰 섰다.

"도대체 무슨 일이야? 왜 제이티가 나를 보고 도망치는 거야? 나를 만나러 온 것이 아니었어?"

"맞아, 널 만나러 온 거야. 너에게서 도망치는 것이 아니라 우리 할머니에게서 도망치는 거야.”

데니는 미친 게 아니냐는 듯 바라보았다.

“너희 할머니? 그 정도면 내가 상대할 수 있을 것 같은데.”

“너는 아무것도 몰라. 제이티가 어디로 달려가는지 모르겠네. 제이티를 놓치면 안 돼!”

제이티 모습이 막 사라지려고 하는 곳을 바라보았다.

“가서 잡아야지.”

공기가 너무 차가워서 허파까지 시렸다. 그 자리에 주저앉아 자고 싶었다.

“리즌!”

누군가 뒤에서 나를 불렀다. 톰이었다.

“염병!”

나는 다시 달리기 시작했다. 미끄러져 넘어지려 할 때 데니가 나를 붙잡았다. 그리고 마치 새끼 고양이나 되는 것처럼 나를 들어 올렸다.

“염병!”

데니는 제이티가 사라지는 쪽을 보다 다시 나를 보며 말했다.

“이러다 놓치겠어.”

데니는 나를 어깨에 들쳐 멨다. 내가 뭐라고 한마디하기도 전에 제이티의 뒤를 쫓아 빠르게 달렸다.

"하지 마, 그만해!"

엄밀하게 말하면 나는 데니가 아니라 나를 이상하게 쳐다보고 있는 뒷사람들을 향해 외친 것이다. 데니는 대답도 없었다. 나는 아무것도 들을 수도 볼 수도 없었다. 데니 어깨에 짓눌려서 내장이 찢어지는 것만 같았다. 고개를 들면 더 아팠다.

어디로 가고 있는지 알고 싶었지만 내가 볼 수 있는 것은 가게 현관의 발판과 사람들의 다리 그리고 순식간에 시야에 들어왔다 나가는 데니의 다리였다. 길바닥의 더러운 눈 무더기와 주차된 차도 보였다. 자동차 경적 소리가 요란해 차도를 건너고 있다는 것은 알 수 있었지만 아무것도 보이지 않았다. 똑바로 서 있다고 해도 여기가 어디인지는 알지 못할 것이다. 나는 이 도시에 겨우 며칠 머문 것뿐이니까.

머리가 무겁고 눈앞이 흐려졌다. 눈꺼풀이 무거웠지만 눈을 뜨고 있으려고 애썼다. 나는 완전히 지쳐 있었다. 피를 순환시키고 심장을 뛰게 하고 감각을 예리하게 하는 어떤 것이 빠져나갔다. 마법의 힘이 빠져나갔을까.

게다가 아래위로 쿵쾅거리며 어깨에 매달려 가며 정신 차리고 있기란 정말 어려운 일이었다. 허리가 두 동강 날 것 같았다. 그래도 생각하려고 애썼다.

톰이 눈에 들어왔다. 도대체 무슨 의미일까? 톰은 여기에서 무엇을 하고 있을까? 에스메랄다를 기다리고 있었던 것일까? 내가 거기에 가려고 했다는 것을 알고 있었을까? 어떻게?

머릿속이 쿵쾅 울렸다. 공기가 너무 차서 눈이 아팠다. 눈물이 나왔다. 못 견디게 잠이 온다. 깨어 있어야 하는데 잠이 온다. 나는 피보나치수열로 달려들었다.

데니의 주머니 속에 있는 내 암모나이트를 느낄 수 있었다. 눈을 감고 있었지만 내 암모나이트가 똑똑히 보였다. 단단한 나선, 바다 돌의 아름다운 모습, 오래전 돌이 된 바다 조개의 아름다움.

나는 그 돌에서 뻗어 나오는 나선의 궤적을 따라갔다. 하나의 나선은 앞의 두 나선의 면적의 합과 같다. 나선은 점점 더 커진다. 나보다도 커지고 자동차보다도 커진다. 우리가 달리고 있는 거리만큼 커진다. 깨끗하게 돌아 나오는 나선의 소용돌이 속으로 나는 뛰어든다. 내 몸은 소용돌이 위에 떠 있는 나뭇잎 같다. 데니는 지치지도 않고 계속 달린다.

30

앞으로도 뒤로도 갈 수 없는

제이티는 달리는 것이 좋았다. 학교에 다닐 때도 제이티보
다 빠른 아이는 없었다. 제이티는 하루 종일이라도 달릴 수
있었다. 학교에서 달리기를 할 때는 코치가 제이티를 향해
외쳤다.

"무릎 들어! 팔꿈치 안으로 넣어!"

이제는 달릴 때마다 코치의 목소리가 들린다.

달리는 것도 좋지만 춤추는 것만큼은 아니었다. 춤 출 때는
그저 춤을 출 뿐이다. 그녀에게 이래라저래라 하는 사람도
없다. 제이티는 춤추는 법을 알고 있다.

달리기 시작하면 제이티는, 사람들 사이의 틈과 열린 길을 볼 수 있다. 어느 쪽으로 돌아 어떻게 나갈지 알 수 있다. 빙판과 버려진 쓰레기를 피하고 사람들의 발을 밟지 않고 달릴 수 있다. 이렇게 춥지 않고 눈도 없다면 훨씬 즐겁게 달릴 수 있을 것이다. 그리고 바람이 뒤에서 분다면 훨씬 수월하게 달릴 수 있을 것이다. 달리는 동안은 체온이 식지 않을 것이다.

제이티가 뒤를 돌아보았다. 데니가 리즌을 어깨에 메고 달려온다. 순간 지난 시간들이 그리움으로 밀려왔다. 아빠가 그렇게 미치기 전 행복했던 시절이 떠올랐다. 제이티는 그 자리에 딱 멈춰 데니에게로 달려가 꼭 끌어안고 싶었다. 하지만 그럴 수 없다. 지금까지 있었던 일을 죄다 설명해야 할 텐데 오빠는 믿지 못할 것이다.

7번가다. 제이티가 왼쪽으로 꺾어 들었다. 제이티는 그 문을 향해 달리고 있다. 만약 리즌이 열쇠를 감추었다면—몸에 지니고 있거나 훨씬 영리해서 문 근처에 감추었다면—그들은 문을 통해 시드니로 갈 수 있다. 어쩌면 에스메랄다가 들어오지 못하도록 문을 잠글 수 있는 방법을 찾아낼 수도 있다. 리즌은 오스트레일리아의 황야에 숨는 방법을 알고 있으니 캥거루와 함께 들판에서 살 수 있다. 캥거루와 함께 사는 삶은 정말 멋있을 것이라고 생각했다.

톰은 달리면서 장갑과 목도리 순서대로 벗어 길에 떨어뜨려 놓았다. 에스메랄다가 뒤따라올 수 있도록. 에스메랄다는 비틀거리며 따라오고 있었다.
"서둘러, 톰! 아직 가까이 있어."
톰은 장갑을 벗어 땅에 던졌다. 리즌이 넘어질 것처럼 비틀거렸다. 데니가 나타났다. 데니는 톰을 추월해 리즌에게 달려갔다.
톰은 더 빨리 달렸다. 그가 리즌에게 무슨 짓을 하기 전에 잡아야 했다. 리즌의 얼굴에 공포가 스쳤다. 톰은 계속 미끄러졌다. 리즌도 마찬가지로 눈길 위에서 힘들어하고 있다. 데니가 리즌을 따라잡았다. 리즌을 잡고 세차게 흔들며 뭐라고 외친다.
"리즌!"
데니는 리즌을 들쳐 메고 다시 달리기 시작했다. 톰은 더 힘껏 달렸다. 그들을 놓칠 수는 없었다.
그는 그 집 현관 계단에 다리를 꼬고 마치 친한 친구를 기다리는 것처럼 앉아 있었다. 친구가 아무리 늦더라도 상관치 않고 기다리겠다는 듯 자리를 지키며 빙글빙글 웃고 있다. 하얀 이가 징그럽게 반짝인다.

제이티가 그를 발견했을 때는 이미 늦었다. 그는 문 앞에서 제이티를 보고 환하게 웃고 있었다. 길 위에 그의 차가 서 있었다. 제이티는 너무 무서워서 꼼짝할 수 없었다. 제이티 는 제정신이 아니었다.

"넌 아무 데도 갈 수 없어. 제이티, 그렇지?"

제이티 몸이 돌처럼 굳어진 것을 알고 있는 것처럼 말했다.

'난 당신이 무섭지 않아.'

제이티는 속으로 외쳤지만 무서웠다. 제이티는 리즌이 아 니었다. 다시는 강제로 힘을 빼앗기고 싶지 않았다. 생각만 해도 심장이 짓눌리는 것 같다.

그때 차가 급제동하는 소리가 들렸다. 제이슨 차 뒤에 택시 한 대가 서고 뒷문이 열렸다. 에스메랄다였다. 에스메랄다 는 천천히 제이슨에게 다가갔다. 제이슨은 더 이상 제이티 에게 관심이 없는 것 같았다. 그는 적수를 발견한 맹수처럼 똑바로 에스메랄다를 바라보았다.

둘 사이에서 공기가 찢어지고 있었다. 온몸에 소름이 돋았다. 온 세상이 덜덜거리는 것 같다. 마치 공기가 녹아내리는 것처럼 아무것도 움직이지 않았다. 두 사람의 얼굴은 작은 근육도 움직이지 않는다.

제이티는 눈을 동그랗게 뜨고 바라보았다. 제이슨과 에스메랄다는 눈도 깜박하지 않았다. 마치 석상처럼 딱 굳어 버린 것처럼. 제이티는 두 사람 모두 그 자리에서 그렇게 영원히 굳어 버렸으면 좋겠다고 생각했다.

길 저쪽에서 쿵쾅거리는 발소리가 들렸다. 데니 어깨에서 리즌의 몸이 덜렁덜렁 흔들린다.

"굉장히 아플 텐데……."

제이티가 중얼거렸다.

데니가 숨 가빠하며 일그러진 표정으로 제이티를 보고 웃었다.

"여전히 빠르구나."

데니가 리즌을 내려놓았다. 리즌은 제대로 서 있지도 못했다. 가까스로 고개를 들어 제이슨과 에스메랄다를 보았다.

"염병!"

31

두 마법사

공기를 통해 무엇인가 전해지고 있는 느낌을 받았다. 피부가 떨리고 온몸의 털이 쭈뼛했다. 쉿소리 같은, 새된 바람 소리가 내 머릿속을 뚫고 지나갔다. 정신이 멀쩡해졌다.

"염병!"

에스메랄다와 제이슨 블레이크는 꼼짝 않고 우뚝 서서 서로를 응시하고 있었다. 죽은 사람들처럼 보였다. 두 사람을 감싸고 있는 공기는 불꽃처럼 피어올랐다.

발밑의 땅이 크게 흔들리고, 한여름날 아지랑이처럼 뜨거운 열기에 땅과 대기가 부글부글 끓어오른다.

"그런데 무슨……."

우리는 데니를 바라보고 동시에 말했다.

"쉿!"

제이티와 나는 '염병할 일이군.' 하는 표정으로 마주 보았다. 나는 움직이고 싶었지만 그럴 수 없었다. 제이슨과 에스메랄다에게서 시선을 떼는 것도 불가능했다.

"도망가면 되잖아, 그렇지 않아?"

제이티가 말했다.

"넌 도망갈 수 있겠어? 난 발이 떨어지지 않거든. 발이 콘크리트 속에 박힌 것 같아."

제이티도 고개를 가로저었다. 그리고 데니에게 말했다.

"나중에 다 설명해 줄게, 약속해."

"아냐, 지금 설명해 봐. 왜 날 피해 도망치는 거지?"

"아니야, 우리는 저 두 사람을 피해 도망친 거야."

데니가 둘을 바라보았다.

"도대체 뭐하는 사람들이야?"

나는 데니의 눈에 무엇이 보일지 궁금했다. 전기가 흐르는 것 같은 이 공기를 느낄 수 있는지, 제이슨과 에스메랄다에게서 흘러나오는 웅웅대는 소리를 들을 수 있는지 궁금했다.

"대체 저 사람들은 누구야?"

"나도 몰라."

제이티가 고개를 가로저었다.

"우리 할머니야."

내가 조용히 말했다.

"그냥 가자."

데니가 제이티를 내려다보고 말했다.

"저 사람들을 피해서 도망쳤다며? 일단 도망치자. 그리고 무슨 일이 일어나고 있는 건지 나중에 말해 줘. 왜 나를 피한 거야."

데니가 팔을 뻗어 제이티의 손을 붙잡았다. 그리고 제이티를 와락 끌어안았다. 제이티는 울음을 터뜨렸다.

"우리 어떻게 하지?"

나는 주변을 살피느라 제이티에게 아무 대답도 하지 못했다. 제이슨과 에스메랄다는 나를 뉴욕으로 데려온 그 문 앞에 서 있다.

문 위쪽에 남자의 조각상이 있다. 콧수염과 눈썹은 칠이 거의 다 벗겨졌다. 생각했던 것보다 콧수염이 훨씬 컸다. 꾹 다문 입술에서는 어떤 비밀도 새어 나올 것 같지 않았다. 부조상의 표정은 곧 울음이라도 터뜨릴 것처럼 슬펐다.

어쩌면 두 사람에게서 퍼져 나오는 열기 때문에 고통스러워하는지도 모른다. 나 또한 두려움에 빠져 있지 않은가. 문은 육중한 나무로 되어 있었다. 반원형의 스테인드글라스에는 떠오르는 태양이 그려져 있었다. 이전에는 보지 못한 것이었다. 하지만 내가 나온 그 문이 바로 이 문이라는 것은 확실히 알 수 있다.

거리를 살폈다 비상구, 철제 난간들…… 나는 이 거리를 알아볼 수 있다. 어제 제이티는 나를 엉뚱한 곳으로 데려간 것이다. 또 하나의 거짓.

"너 열쇠 가지고 있어? 아니면 이 근처 어디에다 감추어 두었어?"

제이티가 데니의 품속에서 낮은 목소리로 물었다.

"우리 저리로 달아날 수 있을까?"

"무슨 열쇠?"

데니가 물었다. 나는 고개를 가로저었다.

"잃어버렸어. 아마도 문을 열고 나오면서 떨어뜨렸나 봐."

"제기랄."

제이티는 내게 다가와서 말했다.

"혹시 내가 그 열쇠를 가지고 있다 해도 어떻게 저 두 사람을 지나 문까지 갈 수 있지?"

제이슨도 에스메랄다도 꼼짝하지 않았다. 그들의 시선은 서로를 불사르려는 것 같았다. 눈이 내리기 시작했다. 문을 나와 내가 처음 보았던 하얀 눈송이가 허공에 흩날리고 있다. 두 마법사의 머리와 어깨에 천천히 떨어진다.

부인이 강보에 싼 아기를 유모차에 태우고 지나간다. 이상하다는 듯이 우리를 쳐다본다. 제이티가 웃어 주었다. 하지만 걸음을 재촉할 뿐이다. 아마도 우리 모두 미쳤다고 생각할 것이다.

데니는 발을 동동 굴렀다. 우리는 아주 오랫동안 긴 이야기를 들려주어야 할 것이다. 나는 머릿속에서 쿵쾅대는 소리가 멈추기를 바랐다. 두개골이 오그라들어 뇌를 압박하고 뇌가 눈과 코로 곧 쏟아져 나올 것 같았다. 제이티도 나와 똑같은 느낌일까?

제이티는 울음을 그치지 않고 오빠에게 뭔가 설명하고 있지만 설명하면 할수록 데니를 더 혼란스럽게 만들 뿐이었다. 이 소리와 이 압력을 느끼는 것은 나뿐일까. 도망 갈 수도 없고 밀려오는 압력과 고통을 멈출 수도 없다. 비명을 지르기 직전이었다. 나는 한 발 떼려고 했다. 그러나 발이 움직이지 않았다.

누군가 내게로 달려왔다. 톰이다. 나는 톰을 보고 활짝 웃었는데, 고통 때문에 웃는 표정을 지을 수가 없었다.

톰이 에스메랄다를 보고 행복해하던 장면이 떠올랐다. 판단하기가 너무 어렵다. 너무 복잡하다. 잠깐이라도 주저앉아 자고 싶었다. 나는 아무것도 생각할 수가 없다.

"톰이야, 내 친구야."

데니에게 말했다. 솔직히 정말 그런지 알 수 없었다.

"이쪽은 데니."

둘이 인사를 했다. 뉴욕의 추위 속에 티 파티를 열고 있는 느낌이었다. 두 마법사는 침묵 속에서 치열한 결투를 벌이고 있고, 그 때문에 거의 마비되어 있었다. 제발 내 머리통이 터지기 전에 둘 다 서로를 불태워 버렸으면 하고 바랐다. 데니가 제이티를 바라보았다.

"정말 웃기지. 이제야 간신히 네가 사는 곳을 찾아냈어. 아빠의 유산이 상당해. 당연히 네 몫도 있지."

"잠깐 입 좀 다물 수 없어, 오빠!"

제이티가 귀를 막으며 소리쳤다. 제이티 역시 듣고 있는 것이다. 톰이 허리를 굽히고 헐떡인다.

"괜찮아?"

톰이 물었다

데니는 제이티에게 투덜거리고, 톰이 고개를 들어 나를 보았다. 인상을 잔뜩 찌푸리고 있었다.

"똥 씹은 얼굴이야!"

"곰답, 친구!"

톰은 두 마법사의 영향을 받지 않나 보다.

"나를 찾아 에스메랄다와 함께 이곳에 온 거야? 에스메랄다는 마녀야."

"나도 알아. 하지만 메르는……"

톰은 제이슨과 에스메랄다의 모습을 발견하고는 말을 맺지 못했다. 그리고 목소리를 낮춰 말했다.

"도대체 무슨 일이야? 누구야? 도대체 이건 무슨 소리야? 혹시 저 남자는……"

"나쁜 놈이야. 아주 나쁜 놈이지."

데니가 나를 보았다.

"저자가 너에게 무슨 짓을 한 거야?"

데니가 제이티에게 물었다. 제이티가 뭐라 말하려고 했지만 곧 입을 다물었다. 에스메랄다와 제이슨은 불 속에 있는 것처럼 보였다. 나는 그것이 그냥 느낌인지 아니면 정말로 불타고 있는 것인지 알 수가 없었다. 발밑에 있는 보도까지 뜨겁게 달아오르는 것 같았다.

제이슨과 에스메랄다가 서 있는 땅에서 잔잔한 물결이 일었다. 원자와 분자가 풀어진 것처럼. 우리가 서 있는 인도 쪽으로 물결이 일었다. 변압기 밑에서 나는 것 같은 윙윙대는 소리가 훨씬 강해졌다. 비명을 지르지 않기 위해서는 정신을 집중해야 했다.

"저 남자가 그렇게 나쁜 사람이라면 우리가 메르를 도울 수는 없을까?"

톰이 당연하다는 듯이 말했다.

제이티가 몸을 떨기 시작했다. 데니가 팔을 뻗어 제이티를 외투 안으로 끌어당겼다. 나는 귀가 너무 시려워 땅바닥에 엎드려 귀를 좀 덮었으면 좋겠다고 생각했다. 바닥은 여전히 제이슨과 에스메랄다로부터 퍼져 나오는 열기에 뜨겁게 달아 있었다. 소음은 점점 커졌다. 아무것도 생각할 수 없었다. 그러나 그 소리도 멈출 수 없었다.

"이 이상한 현상은 뭐야? 이 땅 말이야."

데니도 느끼고 있다. 그렇다면 이 열기는 진짜다. 우리 모두 에스메랄다와 제이슨을 바라보았다.

톰과 제이티에게 물었다

"저거 보여? 저 형태들 말이야."

"응."

톰이 대답했다.

"발밑에 불타오르는 것 보여?"

불타오른다는 것은 정확한 표현은 아니었다.

"아니."

톰이 대답했다. 제이티도 고개를 가로저었다.

"난 느낄 수 있어. 그리고 다 들려. 둘이 싸우다 모두 죽어버렸으면 좋겠어."

"안 돼, 메르는 내 친구야. 메르는 좋은 사람이라고."

톰이 겁먹은 표정을 하고 강한 어조로 말했다.

"저 여자가 너를 쪽쪽 빨아 마셔도 그렇게 말할 수 있어?"

제이티가 물었다. 제이티의 입술이 파르르 떨렸다.

"뭐라고?"

톰이 다시 물었다. 데니는 어쩔 줄 몰라 하고 있었다.

"누가 너를 빨아먹었다고?"

"메르는 한 번도 그런 적이 없어."

톰이 역시 강한 어조로 말했다.

"마신다고?"

제이티가 고개를 끄덕이며 제이슨을 손가락으로 가리켰다.

"저 인간은 흡혈귀나 다름없어."

데니가 제이티와 나를 번갈아 보았다.

"톰, 에스메랄다가 너에겐 어떻게 했지?"

내가 물었다.

내 입에서 소리가 난다는 것이 놀라울 지경이었다. 내 목소리는 크고 날카로웠다. 몸이 녹아 버릴 것만 같았다. 땅도 녹아 흐물흐물해졌다. 땅의 껍질이 가루가 되어 흩어진다. 그 밑에서 맨틀이 드러나고 뜨겁고 빨간 용암이 솟아오를 것 같았다. 우리를 둘러싸고 있는 건물들에서도 가루가 떨어진다. 어쩌면 우리 모두 녹아 없어질지도 모른다. 하지만 아무도 볼 수 없고 내 눈에만 보이는 것이었다. 이것이 나의 마법과 관련이 있는 것일까? 숫자와 피보나치수열······.

"메르는 나에게 아무 짓도 하지 않았어. 메르는 내 선생님이야."

톰이 데니를 흘긋 보더니 말을 이었다.

"메르는 나에게 그것을 가르치고 있어. 어떻게 안전할 수 있는지, 어떻게 최대한 적게 사용하는지, 어떻게 생명을 연장하는지, 어떻게 미치지 않을 수 있는지. 내게서 그것을 빼앗는다고? 메르는 저녁 식탁에서 포도주 한 잔을 마시는 것도 허락하지 않았어."

제이티가 물었다

"에스메랄다가 한 번도 너의 힘을 빼앗지 않았다고?"

톰이 고개를 가로저었다.

"뭘 빼앗는다는 거야. 도대체 무슨 말인지 모르겠어."

"적당한 때가 될 때까지 살을 찌우고 있는 것일까."

주변의 환영 같은 것들이 아닌 내 친구들을 바라보려고 애쓰며 내가 말했다.

"옛이야기 속에 나오는 마녀처럼 말이야."

나는 헨젤과 그레텔을 생각했다. 에스메랄다의 집이 과자와 초콜릿으로 지어지지는 않았지만 사람을 유혹할 수는 있었다. 땅은 점점 뜨거워진다.

"제이티, 가자."

데니가 말했다.

"나는 가지 않겠어. 나는 리즌과 함께 있을 거야."

나는 숨을 깊이 들이쉬었다.

"데니, 내 암모나이트 가지고 있어?"

사실 물어 볼 필요도 없었다. 느끼고 있었으니까. 데니가 주머니에서 암모나이트를 꺼냈다.

"앗, 뜨거!"

데니가 깜짝 놀라서 외쳤다. 나는 불타는 돌을 받아 들었다. 내 손안에 있는 암모나이트로부터 나선이 뻗어 나온다. 제이슨과 에스메랄다로부터 들리는 진동과 소음이 더 커진다. 나는 나선을 다시 감아 들였다. 콘크리트가 녹아 버린 것처럼 이제 발이 움직이기 시작한다.

"괜찮아?"

나는 고개를 끄덕였다. 하지만 별로 괜찮지 않았다.

"톰, 너는 에스메랄다가 좋은 사람이라고 장담할 수 있어?"

"당연하지! 나는 메르를 전적으로 신뢰해."

"진실을 말하고 있어."

제이티가 말했다.

"리즌, 그가 우리에게 말했던 것을 기억해 봐. 그가 말하기를 우리가 선택해야 한다고 했어. 만약 네 할머니가 우리를 가르칠 수 있다면 말이야. 공정하고 순수하게 말이야."

"그럴 수 있을까?"

"당연하지!"

톰이 대답했다.

"메르가 나를 구했어. 그리고 리즌, 너도 구하려고 했던 거야. 우리는 메르를 도와야 해."

우리는 눈에 덮여 있는 두 사람을 향해 걸음을 옮겼다.

나는 그들의 머리털과 피부를 이루고 있는 세포를 볼 수 있었다. 그들의 혈관과 혈관 속에 돌고 있는 피와 피가 흐르며 내는 소리와 몸속의 기관이 움직이며 내는 소리를 모두 들을 수 있었다. 땅이 흔들리듯 모든 것이 물결친다.

둘은 꼼짝도 하지 않았다. 눈도 깜박이지 않았다. 그들에게서 나는 소음 때문에 머리통이 터져 버릴 것 같았다. 공기가 찢어지는 것 같다.

땅이 점점 뜨거워진다. 에스메랄다를 구하고 싶은 생각은 없다. 내가 발견한 이빨과 죽은 고양이…… 그리고 사라피나의 말들. 에스메랄다가 남자들의 생기를 훔치고 동물을 희생하고 갓난아기를 잡아먹는다는 것, 사라피나가 내게 가르친 그 모든 것은 마법으로부터 나를 지키기 위한 것이었다. 사라피나는 단 한 가지만 거짓말을 했다. 마법이 존재하지 않는다고.

"데니와 함께 도망치자."

데니가 고개를 끄덕였다.

"당연히 그래야지. 너희 둘 다 말이야."

"그런데 만약 또 제이슨 블레이크 같은 사람이 있다면?"

제이티가 내게 말했다.

"우리는 아무것도 모르고, 우리 자신을 보호하는 방법도 몰라. 아무것도 모르는데, 우리가 어떻게 스스로를 보호할 수 있지? 네가 그렇게 말했잖아, 리즌. 우리는 더 알아내야 해. 만약 에스메랄다가 제이슨처럼 변한다면 그때 도망쳐도 늦지 않아."

데니가 뭐라 말하고 톰도 뭐라고 했다. 웅웅대는 소리에 너무 고통스러웠다. 이제 내 머릿속에서 나는 것 같았다. 견딜 수 없다. 나는 정신을 집중했다. 사라피나가 내게 가르쳐 주었던 것처럼 하늘에 떠 있는 별들을 그렸다. 한 발 내디뎠다. 그리고 또 한 발 내디뎠다.

땅이 꺼지지는 않는다. 지구의 핵 속으로 굴러 떨어지지는 않을 것이다. 세 사람이 나를 따랐다. 데니만 아무렇지

424

않았다.

"좋아."

내가 말했다. 내가 무엇을 하고 있는지도 모르면서 나는 손을 내밀었다. 톰이 내 손을 잡았다. 그리고 제이티가 톰의 손을 잡았다. 데니가 제이티 허리를 감싸 안았다. 데니가 무슨 생각으로 우리를 따라 나서는 것일까?

속이 뒤집혔다. 난 팔을 내밀어 암모나이트 쥔 손을 내밀어 에스메랄다의 손을 잡았다. 흰 불꽃이 일었다. 그리고 찬란한 빛이 손안에서 퍼져 나왔다.

윙윙대는 소리가 내 몸속으로 들어왔다. 혈관을 타고 흐르며 심장 속으로 들어와서 혈관을 타고 다시 흘러 나가 팔에 닿는다. 그리고 암모나이트로 들어간다. 더 이상 고통스럽지 않았다. 고통이 멎더니 기분이 좋아졌다. 나선이 보인다. 하지만 피보나치 나선이 아니다. 훨씬 산만하고 복잡하다. 패턴이 마치 꽃잎처럼 내 몸을 감싼다. 그 형태를 읽어내려고 했지만 알아냈다고 생각할 때마다 나선들은 변한다. 더 길어졌다, 짧아졌다, 날카롭게 더 넓게 변한다.

그리고 에스메랄다와 제이슨 블레이크의 패턴이 눈에 선명하게 보인다. 그들 안에 있는 마법의 힘을 나는 맛볼 수 있다. 혀에 느껴진다. 씁쓰레하고 텁텁한 맛, 녹슨 금속의 맛이다. 담배처럼 텁텁했지만 빛나고 있었다. 아니다, 금속이 아니라 흙 맛이다.

두 사람 모두에게서 흐릿하고 날카로운 패턴이, 피부와 머리털과 근육과 피, 몸의 모든 세포에서 물결치는 패턴이 보인다. 그리고 내게 훨씬 익숙한 것, 내 어머니의 것과 같은 패턴이 그들 모두에게 있다. 이제는 제이슨이 내 할아버지라는 것을 확신할 수 있다. 이것이 바로 나의 마법이다.

남자의 비명 소리가 들렸다. 나는 고개를 들어 제이슨의 눈을 바라보았다. 그 속에서 혼란과 고통을 읽었다. 더 이상 패턴은 없었다. 혼돈뿐이다.

우리 모두 비틀거렸고, 제이슨이 머리를 감싸 쥐고 주저앉았다.

"네가, 네가!"

에스메랄다가 먼저 움직였다.

"고마워요."

에스메랄다는 그를 지나쳐 문을 열었다. 톰, 제이티, 데니 그리고 내가 그 뒤를 따랐다. 하지만 에스메랄다의 부엌에 들어섰을 때 그 자리에 데니는 없었다.

426

나는 다시 시드니로 돌아왔다. 낯익은 부엌 싱크대가 내 눈
에 들어왔을 때, 나는 비틀거리다 그 자리에 쓰러졌다.

32

뉴욕에서 시드니로

우리는 차와 물과 오렌지 주스를 앞에 놓고 식탁에 둘러앉
았다. 지금은 밤이다. 내가 그렇게 군침을 흘렸던 패스추리
도 없고, 시나몬 롤도 없다. 에스메랄다의 표정은 창백했지
만 생각했던 것만큼 무서운 얼굴은 아니었다. 우리 네 사람
중에 나만 지금 당장이라도 고꾸라질 것 같았다.

에스메랄다는 얼음주머니로 이마와 코를 찜질하라고 했다.
덕분에 열이 내렸다. 화끈거리던 코도 진정이 되었지만 피
로감은 여전했다. 얼마쯤 지나자 얼음주머니에서 흘러나온
물이 내 얼굴을 타고 흘렀다. 기분이 나쁘지는 않았다.

나는 마법의 문에서 눈을 뗄 수가 없었다. 뉴욕에서 본 것처럼 육중한 목재 문이었다. 하지만 문 위에 스테인드글라스도 떠오르는 태양도 없었다. 물론 커다란 수염을 기른 슬픈 얼굴의 남자도 없었다.

문 옆에는 에스메랄다의 외투와 우리 셋의 외투가 같이 걸려 있고, 그 옆에 장갑과 목도리가 걸려 있다. 바닥에는 눈이 녹은 물을 닦아 내려고 커다란 수건을 깔아 놓았다. 바닥에 흥건한 물웅덩이만이 문 건너편에 있는 뉴욕과 겨울이 남긴 유일한 흔적이다.

다시는 그리로 돌아가고 싶지 않았다. 하지만 데니는? 데니는 괜찮을까? 머리를 터뜨릴 것처럼 웅웅거리던 소리는 사라졌지만 여전히 골이 울리는 것만 같았다.

그는 문을 통과할 수 없었다. 데니는 어디에 있을까? 주머니에 손을 넣었다. 암모나이트가 없다. 다른 쪽 주머니에도 없다. 한시름 놓였다.

"예상은 했어."

공항에서 나를 데려올 때처럼 차분한 목소리로 에스메랄다가 입을 열었다.

"그는 우리와 달라. 그렇다면 문을 통과할 수 없지. 그에게는 잠긴 문이야. 뉴욕에 남아 있겠구나."

"하지만 만약…… 그가 데니를 해치면 어떻게 하지요?"

제이티가 물었다.

"정말 그가 데니를 해칠까요?"

내가 물었다.

"네 할아버지는 지금 아무것도 할 수 없을 거야."

에스메랄다의 얼굴에 피곤한 미소가 번졌다. 제이슨 블레이크가 내 할아버지라는 사실을 내가 당연히 알고 있다고 생각하는 것 같았다. 어떻게 알 수 있을까? 톰의 입이 떡 벌어졌다.

활짝 열린 창문으로 따뜻한 바람에 박쥐 냄새와 자스민 향기가 실려 왔다. 나무에서 찌익 하는 소리를 들은 듯했다. 사실 귀가 따끔거렸기 때문에 소리를 제대로 들었는지 알 수 없었다. 창밖이 천천히 밝아진다. 불과 몇 분 전에는 한낮의 뉴욕에 있었는데, 이제 새벽이 밝아 오는 시드니에 있다. 오늘이 무슨 요일일까, 갑자기 궁금해졌다.

"톰은 당신이 우리를 도와줄 것이라고 했어요."

모두 내가 입을 열기를 기다리는 것 같아 말문을 열었다.

"우리에게 마법을 가르쳐 줄 수 있다고요. 하지만 제이슨 블레이크와 달리 우리에게서 마법의 힘을 빼앗아 가지 않을 것이라고 했어요."

에스메랄다가 차를 한 모금 마셨다. 그리고 우리 셋을 바라보았다.

"너는 누구니?"

에스메랄다가 제이티에게 물었다.

"제이티예요. 리즌의 친구예요."

제이티는 나를 바라보았다. 모르는 새 나는 얼굴 근육이 아프도록 활짝 웃었다.

"저도 마법을 배우고 싶어요."

에스메랄다는 고개를 끄덕였다.

"당연히 그렇겠지."

"리즌에게서 힘을 빼앗지 않을 건가요?"

제이티가 물었다.

"대답해 줄게."

에스메랄다가 말했다. 그리고 진지한 눈으로 제이티와 나를 번갈아 보았다.

"먼저 너희가 무엇을 알고 있는지 알아야겠다."

"마법에 관해서요?"

제이티가 물었다. 에스메랄다는 고개를 끄덕였다. 톰은 말 없이 눈을 동그랗게 뜨고 우리를 바라보았다. 제이티는 부엌을 둘러보다 과일 바구니를 발견하고 뚫어지게 쳐다보았다. 털이 숭숭한 그 과일이 도대체 무엇인지 궁금했던 것이다. 나도 역시 궁금했다.

아침이 되면 반드시 먹어 봐야겠다고 작정했다. 설마 독이 들어 있지는 않겠지. 이제 나는 에스메랄다가 주는 음식을 먹을 수 있게 되었다. 과일 바구니에는 커다란 망고도 있었다. 망고 향기가 달콤했다. 제이티는 창밖에서 달빛에 창백하게 빛나는 필로메나를 바라보고 있었다. 나는 뉴욕에도 필로메나 같은 무화과나무가 있는지 궁금했다. 뉴욕에서 내가 본 것은 뼈만 앙상한 나무들이었다.

"마법은 위험해요."

내가 먼저 대답했다. 입을 열고 혀를 움직일 힘이 아직도 남아 있다는 사실이 놀라웠다.

"모든 사람이 자기가 가진 것보다 더 많이 가지려고 해요. 그리고 마법은 유전돼요. 왼손잡이처럼 말이죠. 그리고 내가 자제력을 잃으면……"

나는 말을 멈추었다.

"위험에 빠져요."

제이티가 고개를 끄덕였다.

"저주와 같은 것이에요."

에스메랄다가 슬프게 웃었다.

"톰에게 알려 준 것을 너희에게도 얘기해 주마. 내가 아주 어렸을 적 우리 어머니가 해주신 이야기야. 마법의 힘은 누구에게나 있지. 전화벨 소리만 듣고도 누가 전화했는지 아는 것, 그것도 마법의 일종이다. 뒤에서 누군가 나를 바라보고 있을 때 그것을 느낄 수 있는 것, 그것도 마법이야. 아주 낮은 수준의 마법이지. 보통의 사람들에게 있는 마법이야. 도시에서는 마법으로 공기가 갈라진다. 어떤 물체에 마법의 힘이 쌓여 있기도 해. 예를 들면 저 문처럼 말이야."

나는 내 암모나이트를 생각했다. 문 건너편에서 떨어뜨렸다면 좋겠다. 그리고 데니가 그것을 주웠으면 좋겠다.

지금은 암모나이트가 느껴지지 않는다. 수천 킬로미터 밖에 있으니까. 그것이 내 손안에서 마법으로 뜨거워졌을 때의 느낌을 잊을 수 없다. 데니에게서 암모나이트를 건네받았을 때, 거기에는 데니의 느낌도 섞여 있었다. 그것도 잊을 수 없다.

"이 세상에 우연은 없어. 모두 마법의 힘인 거야. 그리고 낮은 수준의 마법만 있는 것이 아니야. 천재적인 운동선수나 천재적인 음악가가 자기 분야에서 발휘하는 재능처럼 우리도 마법의 재능을 타고난 거야. 세상 사람 중 얼마간은 말이야. 연습을 많이 하지 않아도 잘하는 수가 있어. 하지만 절대로 훌륭하게 될 수는 없지. 더 많이 공부하고 훈련해야 힘을 통제할 수 있단다. 음악이나 운동의 재능과는 달리 마법에는 끝이 있어. 마법은 너에게서 나오고 너의 힘은 마법에서 나와. 마법을 사용하면 할수록 너희 생명 에너지가 줄어들지. 너희가 마법을 많이 사용하고 더 강한 마법사가 될수록 너희 생명은 짧아진단다. 리즌, 우리 가문의 추모탑을 보았지?"

에스메랄다는 나를 바라보았다. 하지만 나는 너무 지쳐 말을 할 수도 고개를 끄덕일 수도 없었다.

"우리 가문 사람들은 스물다섯 살을 넘기지 못한다. 마흔 살까지 산다는 것은 놀라운 거야. 내 나이가 마흔다섯이다, 리즌. 나는 매일 아침 눈을 뜰 때마다 감사의 기도를 한다. 내가 만약 쉰 살까지 산다면 그것은 정말 기적일 거야."

제이티가 끼어들었다.

"왜 우리는 지치지 않는 걸까요? 그러니까 왜 리즌만 녹초가 되었고, 우리는 별로 지치지 않은 거죠? 당신과 그 남자와의 무서운 싸움에 우리 모두 끼어들었는데, 우리는 왜 지쳐 떨어지지 않은 거죠?"

"우리는 우리가 가진 것밖에 사용할 수 없어. 싸움은 천천히 진행된다. 시간이 오래 걸리지. 하지만 너희가 끼어들면서 균형이 깨진 거야. 작은 차이라도 균형을 깰 수 있지. 너희가 거의 마법을 사용하지 않았더라도 말이야. 지금 느낌이 어떠니?"

"별로 나쁘지 않아요. 리즌을 찾기 위해 메르와 함께 마법을 썼을 때보다 훨씬 덜 피곤해요."

톰이 대답했다.

"피곤하긴 하지만 마법의 힘이 빠져나갔을 때의 피곤함은 아니야."

제이티가 말했다.

바로 그것이었다. 그때 내가 느꼈던 것은 바로 그것이었다. 샴페인을 마시던 밤, 레스토랑에서 그가 아주 작은 양이지만 내 힘을 빨아들였을 때 내가 느꼈던 그것은 마법이 빠져나가는 피로감이었다. 이제 나는 영원히 자고 싶었다. 나는 눈을 뜨려고 애썼다.

"하지만 리즌은 왜 저렇게 힘들어 보이죠?"

톰이 물었다.

"리즌은 누군가를 마법으로 죽이려고 했기 때문이야."

제이티가 말했다.

"아직까지 살아 있다는 것이 행운이지."

톰은 무언가 말하려 했지만 곧 입을 다물었다.

"네 할아버지를 죽이려고 했니?"

제이티가 대신해 고개를 끄덕였다.

나는 무슨 일이 있었는지 지금은 이야기하고 싶지 않았다.

"그런데 일찍 죽고 싶지 않다면 왜 마법을 사용하죠?"

내가 물었다. 하지만 나는 이미 답을 알고 있었다.

"네 엄마처럼 그리고 톰의 엄마처럼 마법사로 태어난 사람
이 마법을 사용하지 않으면 미치게 돼."

나도 알고 있었다. 사라피나는 나에게 아주 작은 마법을 가
르쳐 준 것이다. 피보나치 나선을 펼치는 법을 가르쳐 주었
고, 그 외에는 다른 어떤 것도 가르쳐 주지 않았다. 사라피
나는 마법을 사용하지 않았고, 그래서 지금 미쳤다. 나는 사
라피나가 보고 싶었다. 하지만 한편으로는 그녀를 다시 만

나는 것이 두려웠다. 마법을 사용하지 않아서 사라피나는
내가 알아볼 수 없는 다른 사람으로 변해 가고 있다.

나는 어서 가서 자고 싶었다. 더 이상 듣고 싶지 않다. 나는
블레이크에게 그랬던 것처럼 그 소년을 죽였다. 얼마나 오
랫동안 제이티는 쓸데없는 것을 위해 돈을 만들어냈을까?

"그래서 블레이크는 너희 둘로부터 마법을 빨아들이려는
거야. 아주 적은 양의 마법을 사용하기 때문에 미치지 않을
수 있고, 계속 마법의 힘을 빨아들이기 때문에 더 오래 살
수 있지. 누구도 죽기를 바라지는 않아. 그리고 누구도 미치
고 싶어 하지 않아."

에스메랄다는 차를 한 모금 마시고 우리를 둘러보았다. 우
리도 에스메랄다를 빤히 바라보고 있었다.

"바로 그래서, 내가 너희 힘을 빼앗지 않겠다고 약속할 수
없단다."

에스메랄다가 나를 바라보았다. 사라피나처럼 갈색 눈썹이
예뻤다.

"그것이 사라피나가 도망친 이유 중 하나이기도 해. 나는
한 번도 사라피나에게 거짓말을 한 적이 없었어. 마법이
어떤 것인지, 나는 모든 것을 솔직하게 가르쳤다. 하지만

결정적으로 내 어머니가 나에게서 마법의 힘을 빼앗으려
고 했어.”

에스메랄다가 잠시 말을 멈추었다.

“사라피나는 그 어떤 것도 견딜 수 없었던 거야. 사라피나
는 너를 그렇게 키운 거야. 사라피나는 마법이 존재하지 않
기를 바랐어. 내가 사라피나를 먹이로 삼지 않고, 사라피나
또한 리즌 너를 먹이로 삼지 않기를 바랐지.”

톰은 숨쉬기가 거북해 보인다. 하지만 제이티는 미동도
없다.

“나 또한 일찍 죽기를 바라지 않는다.”

에스메랄다가 말을 이었다.

“나도 리즌의 할아버지를 몹시도 미워한다. 하지만 나는 이
해할 수 있단다. 너희가 제이슨이나 그와 비슷한 사람들로
부터 스스로를 보호할 수 있도록 최선을 다하고, 또한 너희
가 나로부터 스스로를 보호할 수 있도록 모든 것을 가르치
겠다. 하지만 너희는 기억해야 한다, 내가 너희 힘을 빼앗을
수도 있다는 것을.”

톰은 고개를 가로저었다. 하지만 제이티와 나는 그녀의 마
지막 말을 믿었다. 내 머릿속에는 수많은 질문들이 솟아올

랐다. 하지만 나는 입을 열 수 없었다. 눈을 뜨고 있을 수도 없었다. 에스메랄다가 나를 보고 웃었다. 하지만 그녀의 표정에서 아무것도 읽을 수 없었다.

눈을 떴을 때, 침대 끝에 다리를 꼬고 앉아 있는 제이티가 제일 먼저 눈에 들어왔다. 톰은 책상에 앉아 있었다. 둘 다 나를 보며 활짝 웃었다.

비몽사몽 중에 제이티를 사라피나로 착각했다. 사라피나가 내 침대 끝에 앉아 있는 줄 알았다. 그녀에게 달려들어 질문을 퍼부을 뻔했다. 나는 사라피나에게 화가 많이 났지만 동시에 사라피나가 보고 싶었다. 다시 사라피나를 만나게 되면 내가 마법에 대하여 알고 있다고 말해 주리라. 사라피나는 혹시 나에게 리즌이라는 이름을 지어 준 것을 후회할까?

"마흔두 시간! 리즌, 네가 내 기록을 깼어."

톰이 박수를 치며 말했다.

"이런 건 기록이라고 할 수 없어. 아무도 그렇게 오랫동안 잘 수는 없어. 식물인간이 아니라면 말이야. 일단 뭘 좀 먹여야겠어."

톰은 패스추리가 가득한 쟁반을 가지고 나에게 왔다.

"시나몬 롤이야. 사악한 마녀의 음식을 먹을 준비가 되어 있어?"

나는 활짝 웃었다. 나는 에스메랄다가 사악한 마녀라고 생각하지는 않았다. 하지만 그렇지 않다고도 믿지 않았다. 내가 먹는 이유는 단지 시나몬 롤을 좋아하기 때문이다. 그리고 그녀가 사악하든 그렇지 않든 나는 빵을 먹을 것이다. 나는 일어나 앉아 한 입 크게 베어 물었다. 설탕, 계피, 버터 맛이 났다. 천국이다!

어디에선가 녹이 슨 쇠가 입에 들어온 것 같았다. 담배처럼 텁텁한 느낌이다. 제이슨 블레이크와 에스메랄다에게서 나던 그 냄새다.

이 방 안에는 톰과 제이티만 있다.

나는 그들의 패턴을 볼 수 있다. 그리고 그들 안에 있는 마법도 내 눈에 보였다.

톰의 것은 아주 신선했고 깨끗했다. 하지만 제이티는 아주 텁텁했다.

"왜 그래?"

제이티가 물었다.

"아무것도 아니야."

나는 눈을 감았다. 제이티는 제이티일 뿐이다. 제이티를 이상한 맛이나 냄새로 판단할 수 없다.

"오늘 무슨 요일이야?"

"일요일 아침!"

톰이 대답했다. 제이티와 톰이 웃음을 터뜨렸다.

"하지만 내가 뉴욕을 떠날 때가 목요일이었어……."

나는 말끝을 흐렸다. 날짜를 계산하고 있었다. 일주일 전 일요일에, 나는 더보에서 이곳 시드니로 왔다. 그리고 딱 일주일이 지났다. 머릿속이 혼란스러웠다. 제이티가 킥킥대며 말했다.

"우리가 목요일에 뉴욕에서 문을 열고 들어왔어. 하지만 우리가 문턱을 넘었을 때 시드니는 금요일 아침이었어. 그리고 너는 금요일 하루 종일, 토요일 내내, 일요일 아침까지 잔 거야. 간단하지, 수학 천재? 나는 옆방에 있어."

제이티가 말을 이었다.

"내 방도 이 방만큼이나 커! 욕실도 따로 있어. 그것도 엄청나게 커! 그리고 네 방과 내 방의 발코니는 연결되어 있어."

리즌은 제이티의 이런 모습을 한 번도 본 적이 없었다. 제이티는 들떠 있었다.

"여름이야!"

제이티가 말을 이었다.

"나를 좀 봐."

제이티는 맨발에 탱크톱에 반바지를 입고 있었다. 발코니 문은 열려 있다. 미풍에 하얀 차양이 흔들린다. 햇살이 창문으로 들어왔다. 나는 눈을 뜰 수가 없었다. 뉴욕에서도 해가 떴지만 이렇게 밝고 따뜻하지는 않았다.

"톰이 동네를 구경시켜 주었어. 바쁘지 않을 때 말이야."

톰이 리즌과 제이티를 번갈아 바라보았다.

"밤에는 박쥐가 날아다니고 낮에는 화려한 색깔의 새들이 가도를 날아다녀! 모든 사람들이 사투리를 써. 너처럼!"

"가도가 아니라 보도라고 말해야지."

톰이 핀잔하듯 말했다.

갑자기 질투가 솟았다. 내가 잠든 동안 둘이 벌써 친구가 되었다. 나 없이도 둘은 잘 지내고 있었던가 보다.

"해가 쨍쨍하고 날은 너무 따뜻해."

제이티는 기쁨에 들떠 있었다.

그리고 갑자기 뭔가 생각난 듯 나를 보았다.

"데니의 전화번호를 알려 줘. 메르가 그러는데 한동안 문을 사용할 수 없대. 나는 전화번호를 잊었어. 데니는 지금 걱정이 이만저만이 아닐 거야. 메르가 언제든지 전화해도 좋다고 했어."

나는 다시 피보나치 33번을 읊어 주었다. 나도 데니와 통화하고 싶다. 나도 할 이야기가 있었다. 하지만 일단 빵을 더 먹어야 한다. 여전히 배가 고팠다. 빵을 하나 더 집어 들었다.

"뭐라고 말할 거야?"

"진실을 말해야지. 오빠도 자라면서 부모님들의 마법을 보았으니, 쉽게 이해할 거야. 그렇게 충격 받지는 않을 거라고 생각해. 게다가 우리가 사라졌으니 말이야. 전화번호를 다시 알려 주겠니?"

나는 다시 전화번호를 불러 주었다.

"그러면 너희 둘은 벌써 마법 수업을 시작한 거야?"

내 안의 질투심은 더욱 커졌다. 그들은 고개를 가로저었다.

"모두 네가 깨어나기를 기다렸어."

제이티가 웃으며 나를 바라보았다.

"메르는 제이슨과 완전히 달라. 100퍼센트 그녀를 믿는다고 말할 수는 없지만 50퍼센트 정도는 믿을 수 있어. 에스메랄다는 숨기지 않고 모든 것을 말해. 만약 에스메랄다가 우리에게 나쁜 짓을 하려고 한다면 우리 셋이 힘을 합쳐 대항할 수 있을 거야."

톰은 불편하게 고개를 끄덕였다.

"다 괜찮을 거야, 리즌."

나는 마지막 한 조각을 삼키고 손가락을 빨며 침대 밖으로 걸어 나왔다. 다리에 힘이 없었다. 나는 비틀거렸다.

"샤워를 해야겠어."

"아침밥이 나를 기다리고 있을까?"

"엄청나게!"

"100만 톤쯤 있어!"

제이티와 톰이 동시에 대답했다.

"어서 내려가 보자고!"

두 사람은 방을 뛰어 나갔다. 나는 차분히 내 방을 둘러보았다. 신선한 꽃, 유칼립투스 가지, 라벤더가 꽃병에 있다. 이제 더 이상 라벤더 향기가 두렵지 않다.

톰이 앉아 있던 의자에는 처음 보는 초록색 옷이 걸려 있다. 양 옆으로 주머니가 줄줄이 달린 바지였다. 부드럽고 튼튼한 옷감이 정말로 마음에 들었다. 내가 잠들어 있는 동안 톰이 바지를 만든 것이다. 바지를 꼭 끌어안았다. 따뜻하고 행복하다. 바지를 입어 보았다. 몸에 딱 맞았다. 마치 내 몸을 놓고 천을 짠 것 같다.

이 바지와 꽃을 제외하면 방은 내가 떠나던 날 그 모습 그대로이다. 볕이 잘 들고 바람이 신선하고 아름답다. 흰색과 푸른색의 원피스가 침대 끝에 놓여 있다. 원피스랑 잘 어울리는 실내화도 침대 아래 가지런히 놓여 있다.

내 배낭까지도 내가 두었던 그곳에 그대로 있다. 침낭 또한 그대로 매달려 있다. 배낭을 열어 보았다. 지도, 물병, 과일, 모두 그대로 있다. 배낭 앞주머니를 열어 보았다. 에스메랄다의 편지를 읽어 보아야겠다. 나는 이제 그 편지를 읽을 준비가 되어 있다. 그날 밤 에스메랄다에게서 들은 이야기가 적혀 있는지 궁금했다. 하지만 편지는 없었다. 온몸에 소름이 돋았다. 편지에 도대체 무엇이 적혀 있을까? 나는 가방을 들고 지금 당장에라도 현관을 나갈 수 있다. 어떻게 이 집을 벗어나는지, 또 어떻게 센트럴까지 갈 수 있는지, 어떻게 대륙 간 버스를 탈 수 있는지, 어떻게 가장 쉽고 빠르게 도망치는지 알고 있었다. 하지만 그럴 수 없었다.

'제이티와 톰은 어떻게 하지?'

오늘에서야 사라피나가 왜 친구를 사귀지 못하게 했는지 이해할 수 있었다. 아래층에 있는 톰과 제이티를 느낄 수 있다. 그리고 그들이 무엇을 바라고 있는지 알고 있다. 친구는 내 발길을 붙든다. 나는 나와 사라피나만을 돌보아야 하는 것이 아니다. 이제는 내 친구들까지 돌봐야 한다. 이렇게 나를 붙드는 사람들을 두고 내가 떠날 수 있을까? 도망치나 여기 남으나 별로 다르지도 않다. 내가 오래 살지 못한다고 하더라도…….

내가 얼마나 마법을 사용했을까? 사람을 죽이려고 한 것, 그것은 몇 년을 소비한 것일까? 40년? 50년? 60년? 마법을 많이 사용하면 나에게서도 녹슨 텁텁한 담배 맛이 날까? 무서웠다.

에스메랄다가 말한 것처럼, 그리고 제이슨 블레이크가 그러는 것처럼 일찍 죽고 싶지 않다. 나도 다른 사람에게서 마법의 힘을 빼앗아 더 오래 살려고 할까? 아니면 마법을 사용해서 다른 사람들을 죽이려고 할까? 아마 사람을 죽인다면 수십 년의 목숨이 줄어들 것이다.

에스메랄다는 고양이를 죽이고도 45년을 살았다. 하지만 그것은 마법이 아니라 칼을 쓴 것이다. 나는 망연하게 침대에 앉아 이런저런 생각을 하고 있었다. 머릿속이 맑아지기를 기다렸다.

얼마나 웃기는 선택이란 말인가? 마법사로 일찍 죽거나 아니면 미치광이가 되다니…… 나는 단 두 가지의 선택만 있다는 것을 받아들일 수 없었다. 왜 서른 가지, 마흔 가지의 선택이 아니란 말인가? 분명히 다른 길이 있을 것이다. 지금까지 아무도 발견하지 못한 다른 방법이 있을 것이다.

사람들 눈에 보이지 않는 패턴들, 나만 볼 수 있는 패턴들이 있다. 다른 사람에게도 내가 보는 것이 보일까? 제이티는 블레이크가 내 할아버지란 것을 알지 못했다. 내가 보는 것을 제이티는 보지 못한다.

나는 패턴과 숫자에 강하다. 그것들은 나의 마법과 복잡하게 얽혀 있다. 분명히 어떤 마법은 다른 마법을 풀 수 있을 것이다. 그러면 우리 모두 마법을 사용해도 일찍 죽지 않을 수 있다. 나와 제이티와 톰을 구해야겠다. 그리고 제이슨과 에스메랄다가 다른 이들의 힘을 빼앗지 않도록 해야 한다. 사라피나를 미치광이의 세계에서 돌아나올 수 있게 할 수 있을 것이다. 나는 베개를 들어 가슴에 꼭 끌어안았다 그 아래 다섯 개의 검은색과 자주색 깃털이 있었다.

Magic or Madness 1

저스틴 라발레스티어 글 | 김동찬 옮김

1판 1쇄 발행일 2009년 6월 30일

발행인 서경석 | 편집인 김민정 | 편집 사이시옷

발행처 스타로드 | 출판등록 제313-2009-68호
서울시 마포구 성산동 254-10 202호
전화 02-323-8225, 6 | 전송 02-323-8227

ISBN 978-89-93912-04-3 04840
ISBN 978-89-93912-03-6 (세트)

「이 도서의 국립중앙도서관 출판시도서목록(CIP)은 e-CIP 홈페이지
(http://www.nl.go.kr/ecip)에서 이용하실 수 있습니다.
(CIP제어번호: CIP2009001796)」